GABRIELE DIECHLER
Vom Himmel das Helle

HIMMELSSTÜRME Lea Einsiedel, Ende 40, arbeitet als Notfallpsychologin für die Mordkommission. Eines Tages hört sie eine männliche Stimme. Sie gehört zu Mark, einem Toten, der ohne Körper lebt und sich in Lea verliebt hat. Anfangs glaubt sie, sie sei einfach nur überarbeitet und fantasiere. Doch als sie am nächsten Tag von ihrem Kollegen zu einem Mordfall gerufen wird, den ihr Mark angekündigt hat, muss sie sich der Wahrheit stellen. Leas ehemalige Schulkameradin Almut Lohmann wurde in ihrer Villa misshandelt und ihr Mann Friedrich, der eine Werbeagentur leitet, wurde erschossen. Da Almut Lea offenbar nicht erkennt, schweigt sie, um nicht wegen Befangenheit von dem Fall abgezogen zu werden. Stück für Stück wird Lea in die geheimnisvolle Geschichte um Almut und Bogdan Ivanovic, einen serbischen Angestellten von Friedrich, hineingezogen. Mit Marks Hilfe kommt sie einem grausigen Geheimnis auf die Spur…

Gabriele Diechler ist 1961 in Köln geboren und lebt am Attersee. Sie hat 13 Jahre lang erfolgreich Drehbücher für ARD/ORF geschrieben und als Dramaturgin für Filmproduktionen gearbeitet. Gabriele Diechler verfasst Kinderbücher, auch Kinderkrimis. »Vom Himmel das Helle« ist ihr zweiter Frauenroman im Gmeiner-Verlag, außerdem sind bereits zwei Kriminalromane erschienen.

Bisherige Veröffentlichungen im Gmeiner-Verlag:
Glutnester (2011)
Glaub mir, es muss Liebe sein (2010)
Engpass (2010)

GABRIELE DIECHLER
Vom Himmel das Helle

Roman

Original

GMEINER

Ausgewählt von
Claudia Senghaas

Personen und Handlung sind frei erfunden.
Ähnlichkeiten mit lebenden oder toten Personen
sind rein zufällig und nicht beabsichtigt.

Besuchen Sie uns im Internet:
www.gmeiner-verlag.de

© 2012 – Gmeiner-Verlag GmbH
Im Ehnried 5, 88605 Meßkirch
Telefon 07575/2095-0
info@gmeiner-verlag.de
Alle Rechte vorbehalten
1. Auflage 2012

Lektorat: Claudia Senghaas, Kirchardt
Herstellung: Christoph Neubert
Umschlaggestaltung: U.O.R.G. Lutz Eberle, Stuttgart
unter Verwendung eines Fotos von: © George Mayer – Fotolia.com
Druck: Bercker Graphischer Betrieb GmbH & Co. KG, Kevelaer
Printed in Germany
ISBN 978-3-8392-1271-4

Erstens: *Der letzte Feind, der vernichtet wird,
ist der Tod.*
(1. Korinther 15,26)

Zweitens : *We must start living from the heart.*
(Kiesha Crowther)

Prolog

Ich bin immer davon ausgegangen, dass es nichts Schöneres gibt, als sich zu verlieben, bis einem das Herz beinahe vor Glück zerspringt.

Doch was bedeutet es, wenn der Mann deines Lebens ein Geist ist? Was ich erlebte, war keine Einbildung, sondern verstörende Realität. Als ich Mark das erste Mal wahrnahm, hielt ich mich für verrückt. Ich sprach offensichtlich mit einem Phantom, denn ich hörte jemanden sprechen, sah ihn aber nicht. Eine Weile versuchte ich zu ignorieren, was passierte. Ich war überarbeitet, da konnte es schon mal vorkommen, dass man Stimmen hörte. Ich würde mich schon wieder fangen. Doch Marks Stimme blieb, es gab ihn, er sprach zu mir und schließlich verliebte ich mich in ihn. Nach und nach begann ich zu verstehen, dass man von der Liebe heimgesucht werden kann, um ein neues, inneres Zuhause zu finden.

Bei Almut lag der Fall anders, sie war in eine verhängnisvolle Affäre verstrickt, die stündlich an Brisanz gewann.

Lieben oder nicht lieben war nicht länger eine gewöhnliche Frage für sie. Es war eine Entscheidung auf Leben und Tod.

Was ich damit zu tun habe? Ich bin die Notfallpsychologin, die man mit dem Fall Almut Lohmann betraut hat. Ich, Lea Einsiedel, soll alles aufklären.

Die Geschichte, die ich erzähle, nahm ihren Anfang, als ich Almut wieder sah. Wir kannten uns aus Schulzeiten. Zumindest kannte ich Almut, auch genannt die Heißbegehrte. Almut besaß die Fähigkeit, vierundzwanzig Stunden unverhohlen Freude zu zeigen. Sie lachte so laut – heute würde ich sagen, sie war manisch vergnügt – dass alle aufschreckten. Das Schlimmste für sie war es, unauffällig zu sein.

Ob sie mich damals bemerkte, ist fraglich. Ich war eine von vielen. Nichts Besonderes. Ich war klein, pummelig und vor allem war ich still.

Im Vergleich zu Almut, der Begehrten, kam ich mir oft zurückgeblieben vor. Ich lebte in einem Schneckenhaus, mit meinen Büchern, den strengen Eltern und krittelte an mir herum, während Almut groß war, gut sichtbar und einen federnden Gang hatte. Alles an ihr sah schnittig aus.

Während ich noch einen unsinnigen inneren Kampf mit mir führte, war Almut schon in die Schlacht des Lebens gezogen und trug erste Siege nach Hause. Vor allem bei den Jungs. Ihre knospenden Brüste halfen ihr dabei. Und ihre Leichtfertigkeit. Ganz klar, Almut war der Star.

Doch wegen dieser Attribute und aufgrund ihres Wesens war sie in der Schule zwar von den meisten bewundert, aber auch von nicht wenigen gehasst worden. Oft hassen wir die, die wir beneiden, weil wir nicht so sein können wie sie.

Damals ist lange her und was das Heute anbelangt, kann ich sagen, ich bin kein Mauerblümchen mehr. Und plötzlich ist Almut wieder mitten in meinem Leben. Diesmal haben wir sogar etwas gemeinsam. Wir haben beide einen geheimnisvollen Liebhaber.

Eins

Ich war früh aufgestanden, weil draußen jemand an seinem Auto herumschraubte. Nach etlichen erfolglosen Startversuchen des Hobby-Mechanikers, begann ich zu akzeptieren, dass an Schlaf nicht mehr zu denken war. Ich schlug die Decke zur Seite, tapste ins Bad, duschte lange und stand wenig später in der Küche. Während ich darauf wartete, dass der Teekessel pfiff, begutachtete ich meine widerspenstigen Haare im Fensterglas. Heute Morgen waren sie noch schwerer als sonst zu bändigen. Notdürftig zupfte ich hier und da eine Strähne zurecht und gab dann auf. Der Teekessel pfiff, ich goss heißes Wasser in die Kanne, in der drei Teebeutel schwammen und blickte dabei gelangweilt aus dem Fenster.

An jenem Morgen, bevor die Geschichte mit Almut begann, schienen sich die Häuser ringsum auszudehnen. Unzählige Fassaden und Dächer, dazu Mengen von Autos und Mopeds. Um mich herum nur Stein und Blech. Die Stadt dehnte sich in eine seltsame Unendlichkeit. Unendlichkeit? Mit dem Wort hatte ich nie wirklich etwas anfangen können. Alles schien endlich zu sein. Meine Partnerschaften, meine Erfolgssträhnen im Job und natürlich das Leben selbst. Leider. Das bekam gerade ich, die ich eng mit der Mordkommission zusammenarbeitete, ständig vorgeführt.

An jenem Tag geschah zweierlei: Ich musste eine berufliche Niederlage hinnehmen und traf einen faszinierenden

Mann namens Mark. Mark war dafür verantwortlich, dass ich eine verwirrende Erfahrung machte. Eine, die selbst mir Angst einjagte, die ich mich mit sämtlichen Abwehrmechanismen bestens auskenne: mit den tief liegenden Schichten und Funktionen des Gehirns sowie mit dem großen Zusammenspiel physiologischer Reaktionen, die die Aktivität der biologischen Systeme des Körpers überwachen.

Doch alles der Reihe nach.

Als ich an diesem Morgen ins Büro kam, stand fest, dass unser aktueller Fall zu den Akten gelegt werden würde. Ich bin dafür bekannt, nicht so schnell aufzugeben und selbst die kleinste Nische nach Brauchbarem zu durchforsten. Doch diesmal hatte es nicht gereicht. Eine Frau, die ein fremdes Kind zuerst entführt und später offenbar erdrosselt hatte, war spurlos verschwunden. Das Kind hatte man gefunden. Doch es gab keine Zeugen und kaum brauchbare Hinweise. Anfangs klang alles nach einem schrecklichen aber interessanten Fall. Doch wie ich es auch anging und was ich auch tat, ich konnte nichts ausrichten. Wir landeten in einer Sackgasse und ich nahm es persönlich. Ein enttäuschendes Gefühl.

Als ich spät am Abend heimkam, kochte ich mir einen Tee und mit dem Becher in der Hand und meinen Lieblingskeksen unterm Arm enterte ich mein Büro, um zur Ruhe zu kommen. Da saß ich also, ziemlich mitgenommen von der Arbeit, noch immer das Bild des toten Kindes im Kopf, und knabberte an meinen Keksen, während ich nachdachte. In letzter Zeit wurde mein Beruf immer mehr zur Belastung. Ich fühlte mich ausgepowert, überanstrengt, innerlich leer. Der unaufgeklärte Fall heute hatte mir den Rest gegeben. Ich dachte zum ersten Mal darüber nach, alles hinzuschmeißen, um etwas völlig Neues zu beginnen. Nicht länger nur mit Toten konfrontiert zu sein, erschien mir plötzlich derart verführerisch, dass ich ein Jahr Auszeit oder sogar eine späte Karriere als Illustratorin oder Sounddesignerin – für beides interessierte ich mich sehr – nicht mehr ausschließen mochte. Doch das war natürlich ein völlig schräger, unannehmbarer Gedanke. Schließlich musste ich die Miete und die Leasingraten für den Wagen zahlen und für meine Reisen in ferne Länder sparen, die mir so am Herzen lagen.

Außerdem lag es nicht nur an meiner Arbeit. Wo ich schon mal dabei war, reinen Tisch zu machen: Wann hatte ich das letzte Mal Herzflattern verspürt und mich in den Armen eines Mannes vergessen? Musste eine gefühlte Ewigkeit her sein. Plötzlich überflutete mich eine Welle puren Verlangens. Wo und wann hatte ich das Glück verloren? Wieso klappte es nicht mit den Männern? Ein drängendes Gefühl wie dieses würde ich nicht mit Schokokeksen stillen können.

Mitten in meine Überlegungen hinein hörte ich plötzlich eine Stimme. Warm und sehr verführerisch. Es war die Stimme eines Mannes und Hören ist vielleicht nicht der richtige Ausdruck dafür, was mir geschah. Rückblickend vermute ich, dass ich das, was ich wahrnahm, nicht mit den Ohren registrierte, – eindeutig das Organ, das fürs Hören zuständig ist –, sondern mit einem anderen Teil meines Körpers. Welcher genau es war, kann ich nur vermuten. Am ehesten das Herz. Ich nahm etwas wahr, das mich an die Gegenwart eines Mannes denken ließ, obwohl sich niemand außer mir im Raum befand. Jemand nannte mich beim Namen, ohne dass ich ihn sah. Aber ich fühlte, dass dieser Jemand mich kannte und vermutlich deshalb meinen Namen mit seinem Gefühl nachbildete. Eine Art Blaupause legte sich als zweite Gegenwart über meine erste. Ich griff nach dem letzten Keks und biss, eher mechanisch, als tatsächlich gewollt, hinein.

»Hallo, Lea.« Kurze Pause. Dann: »Denk nicht so viel nach. Sorgen und Ärger lohnen nicht. Außerdem graben sie nur unschöne Falten in deine süße Stirn. Hab Vertrauen.« Ich ließ den Keks fallen und fuhr herum wie von der Tarantel gestochen. Mit dem Rest Normalfunktion, der mir geblieben war, stellte ich fest, dass bei mir die Region der Amygdala, das Angstzentrum mitten im emotionalen Teil des Gehirns, das wir mit Reptilien gemeinsam haben, aktiviert war. Die nackte Angst hatte mich so energisch gepackt, wie ich es selten erlebte.

Mein Leben schien einen Moment still zu stehen, absolut still, bevor ich weiter nachdachte. Was passierte gerade? Wer oder was hatte mich angesprochen und mir diesen Satz, dass ich mir keine Gedanken machen soll, zugeflüstert? Und wieso erwähnte derjenige meine *süße* Stirn? Mit unverhohlenem Misstrauen sah ich mich in meinem Büro um. Dem Raum, den ich täglich aufsuchte und der mein eigentliches Zuhause war. Schon deshalb, weil ich in ihm die meiste Zeit des Tages und oft genug der Nacht zubrachte. Doch es war nichts Ungewöhnliches zu entdecken. Ich sah meine Ordner in der prall gefüllten Bücherwand, die ich seit ewigen Zeiten vergrößern wollte, den Papierkorb, der längst geleert gehörte, meinen PC, den Drucker, den Scanner, das mit Erinnerungszetteln gespickte Telefon und all den Kram, den ich seit jeher kannte und deshalb gar nicht mehr richtig wahrnahm. Nirgendwo im Raum zeichnete sich eine vage Struktur zwischen Licht und Dunkelheit ab, die mir fremd vorgekommen wäre. Da gab es nur mich und die Dinge um mich herum. Nichts war ungewöhnlich oder gar beängstigend.

»Ach ja. Ich hab mich noch gar nicht vorgestellt. Wie unhöflich«, sprach die fremde Stimme weiter. »Ich heiße Mark. Wir sind uns leider nie begegnet, als ich noch einen Körper hatte. Schade eigentlich.«

Ich hörte einen lang gezogenen Seufzer und schluckte schwer. Litt ich plötzlich unter Wahnvorstellungen und bildete mir Geister ein, die mit mir sprachen?

»Du bist nicht verrückt, Lea. Der Einzige, der hier ungewöhnlich ist, bin ich.« Mark lachte aufmunternd. »Als Erstes: Mich gibt's wirklich. Ich bin zwar vor ewigen Zeiten verstorben – wann genau, spielt keine Rolle –, aber ich existiere. Und zweitens: Ich bin hier, um dir zu helfen«, erklärte er. Seine Stimme hatte erstaunlich viel Kraft. Sie klang tief und männlich. Das nahm mich gleich gefangen. Zweifellos sprühte Mark vor Energie. »Du spürst mich schon eine ganze Weile in deinem Leben, deswegen deine seltsame Unruhe. Und jetzt ist der Zeitpunkt gekommen, mit dir Kontakt aufzunehmen.« Ich lachte gequält auf. »Du irrst. Ich spüre dich nicht, Mark«, ich zögerte, weil ich zum ersten Mal den Namen einer mir unbekannten Existenz aussprach. Wenn man jemanden kennenlernt und ihn beim Namen nennt, ist das immer ein besonderer Augenblick. Nicht umsonst werden Verkäufer dahingehend geschult. Die Nennung des Namens schafft Intimität und verbindet. »Wie auch immer, ich weiß nicht, worum es hier geht«, sagte ich, darum bemüht, ruhig zu bleiben. Mark ließ sich von meinem kurzen Statement nicht aus der Ruhe bringen und gab mir stattdessen weitere Informationen. »Ein schwieriger Fall wartet auf dich, Lea. Er wird dir einiges abverlangen, aber auch etwas verdeutlichen.« Mark schwieg einen Moment, als müsste ich das Gesagte erst verdauen. Und genau das versuchte ich auch. Ich bemühte mich durchzublicken und etwas zu begreifen, das mir unbegreiflich erschien. Ich wollte verstehen, was vor sich ging. Doch wie schnell schaffte es ein Mensch, sich klarzumachen, dass es Geister gab? Mark wandte sich erneut an mich. Mit besonnener Stimme sprach er auf mich ein. »Ich bin hier, um den Fall, den ich gerade erwähnt habe, gemeinsam mit dir zu lösen«, prophezeite er.

Ich sollte einen neuen Fall mit jemandem namens Mark lösen, der bereits tot war, sich mir aber trotzdem mitteilen konnte? Ein langsam rotierender Kreis schien sich, einer unentrinnbaren Schlinge gleich, um mein Gehirn zu ziehen. Ich war kurz davor durchzudrehen. Das, was ich gerade erlebte, gab es nicht. Weder diesen Fall. Noch einen Geist, der mit mir sprach.

Doch Mark lächelte nur. Zumindest fühlte es sich in meinem Inneren so an, als täte er es. Und dann erzählte er mir mit kurzen, einprägsamen Worten das Nötigste über den Tod, das Sterben und das, was danach kam. »Ich bin keineswegs tot«, erzählte Mark behutsam. »Das Leben ist unendlich. Aber das wissen nur wenige Menschen. Ich lebe nicht weiter, Lea. Wer weiterlebt, hat eine Unterbrechung erfahren, sonst gäbe es das Wort ›weiter‹ ja nicht. Ich lebe, das ist die ganze Wahrheit«, erklärte er. »Nur eben anders, als du es dir vorzustellen wagst.«

»Als Geist, vermute ich mal«, murmelte ich zaghaft und unterdrückte gleich darauf ein hysterisches Lachen. Gut, mein Leben war gerade eine Herausforderung. Aber war ich tatsächlich derart überlastet, dass ich mir Geister einbildete? Mark schien meine Gedanken pfeilschnell aufzufangen.

»Geist?« er lachte vibrierend auf. Jedenfalls fühlte sich irgendetwas in mir an, als täte er genau das. »Das Wort gibt es ausschließlich in der materiellen Welt. In deiner, Lea. In meiner existiert es nicht. Das ist etwas für euch, die ihr noch in der Dualität zu Hause seid. Gut und schlecht, schwarz und weiß, heiß und kalt. Tot oder lebendig.« Was redete Mark da über Dualität und die materielle Welt. Was, um Himmels Willen sollte es denn sonst noch geben, außer dem, was ich und alle anderen, mit denen ich zu tun hatte, kannten? Ich schluckte und fasste mir an den Kopf. Doch ich tappte ins Leere. In die unheilschwangere Luft neben meinem Schädel.

Zwei

Ich will nichts von dem, was passierte, vorwegnehmen. Deswegen beginne ich ganz von vorne und erzähle alles der Reihe nach.

Es begann im Grunde mit dem Besuch, ach was, dem Überfall meines Vaters. Der machte sich schon immer schlecht als Hintergrund in meinem Leben. Bereits zu Zeiten, als ich noch ein Kind war, und jetzt, im tiefen Erwachsenenalter, erst recht. Immer, wenn ich an ihn dachte, fiel mir als Erstes ein, wie lähmend seine Gegenwart war. Und so ahnte ich bei seinem unerwarteten Auftauchen – am Tag, nachdem mir Mark zum ersten Mal »begegnet« war, – dass es weder harmlos mit uns beginnen noch versöhnlich enden würde, sondern, wie zu erwarten, erbärmlich. »Renate hat mich, selbstredend grundlos, hinausgeschmissen«, begann er seine Erläuterungen, während er als schattenhafter Umriss in meiner Tür stand. »Und ich bin die nächste Anlaufstelle«, stellte ich richtigerweise fest. Mein Lächeln fiel mager aus, denn ich ahnte das Schlimmste. Der Schatten in der Türöffnung nahm noch mehr als zuvor die fast drohende Gestalt meines Vaters an und wandte sich ins Licht, der endgültigen Realität zu.

»Der Mensch taugt ja nicht zum Einzelgänger«, versuchte mein Vater mir auf die Sprünge zu helfen. Ich wich zurück und ließ ihn hinein. Was blieb mir auch anderes übrig? Ich wollte schließlich nicht unhöflich sein. »Trotzdem sollte man sich gründlich überlegen, mit wem man unter einem Dach lebt«, warf ich ein. Mir gelang bestimmt nicht die einfühlsamste Begrüßung, aber ich war wenigstens ehrlich. Papa ließ nicht locker. »Denk dran, dass du früher bei mir und deiner Mutter gewohnt hast. Geben und nehmen heißt es in der Bibel, nicht wahr?« Er stellte sein Gepäck ab, einen abgewetzten Lederkoffer und einen silbernen Trolly und verbarrikadierte so meinen Flur. Dann sah er mich erwartungsvoll an. »Ach ja, und da wäre noch das Geld, das ich dir damals, nach der Trennung von Berthold geliehen habe, Lea!« Das Gepäck zurücklassend, trat mein Vater schnurstracks an mir vorbei in das Herz meiner kleinen Wohnung, die gerade für mich ausreichend war: für meine Büchersammlung im Wohnzimmer, meine Kräutertöpfe auf der Fensterbank in der Küche und mein kleines Büro, das mein Job als Notfallpsychologin notwendig machte. »Das mit dem Wohnen bei dir, meinst du damit die Zeit seit meiner Geburt?«, konnte ich mir nicht verkneifen zu fragen. Es war geradezu lächerlich. »Selbstverständlich«, klärte mein Vater mich auf und drehte sich mit Schwung nach mir um.

»Ich wusste nicht, dass das bereits eine Leistung und ein besonderes Entgegenkommen ist.« Ich schüttelte gut sichtbar den Kopf, doch es machte ihm – grobstofflich gestrickt, wie er nun mal war – natürlich nichts aus. »Die Entscheidung, Vater zu werden, ist durchaus eine Leistung, meine Liebe«, begann er sein Referat. »Besonders, wenn man einen Beruf wie meinen ausübt. Ich wollte deiner Mutter diese Erfahrung natürlich nicht nehmen. Auch wenn ein Kind nach der kompletten Änderung des Alltags verlangt.«

Ich schluckte weitere Kommentare gerade noch hinunter und blickte auf den sich behände dahinschlängelnden Rücken, der die Küche ansteuerte. Mein Vater war eine giftige Schlange, die sich bei mir einnistete.

Ich würde uns einen starken Kaffee aufbrühen, Eier in die Pfanne werfen und in Ruhe mit ihm reden. Zu mehr war ich weder verpflichtet, noch in der Lage. Schließlich hatte ich einen anstrengenden Tag hinter mir. Doch es kam natürlich anders.

Mein Vater hatte das Wohnzimmer als neuen Lieblingsplatz auserkoren, sich ins Sofa plumpsen lassen und plauderte munter vor sich hin. Wir hatten Spiegeleier mit Speck und danach Pfirsiche mit geschlagener Sahne gegessen und saßen seit drei Stunden im Wohnzimmer und redeten. »Im Übrigen hast auch du nur noch mich!« Er versuchte, mich an meinen Single-Status zu erinnern, was völlig unnötig war. »Oder läuft da was mit irgendeinem Kerl, von dem ich nichts weiß? Seit dem Ende mit Berthold scheint bei dir ja irgendwie der Wurm drin zu sein.« Die Trennung von Renate schien meinen Vater weniger mitzunehmen als angenommen. Vermutlich war er eher beleidigt als betroffen. »Lass mich aus dem Spiel, Papa. Diesmal geht es um dich.« Doch genau das hatte mein Vater nicht vor. Er wusste, wie schwierig es für mich war, eine Beziehung am Laufen zu halten. Deshalb fühlte er sich bemüßigt, mir hin und wieder Tipps zu geben, lautstarke Tipps, wie man eine glückliche führte. Weil er mit Mama bis zu ihrem Tod, der uns alle bei ihrem Alter von knapp über sechzig überrascht hatte, verheiratet geblieben war, gab er sich als Profi aus. Dabei lag es einzig und allein an ihr, dass das Ganze nicht auseinandergebrochen war wie angeschlagenes Porzellan. Meine Mutter hatte in spirituellen Büchern über Hingabe und Demut gelesen und darin Trost und Hoffnung gefunden. Nicht Erfüllung, sondern lediglich die Motivation, nicht alles hinzuschmeißen. Also hatte es all die Jahre über irgendwie geklappt. Seinerseits war keine Leistung dazu erforderlich gewesen. Ihrerseits schon, aber darüber hatte Mama nie wirklich gesprochen. In ihrer Generation galt noch der Satz: Man leidet, schweigt und lebt irgendwie weiter. Als gäbe es so was wie ein Anrecht auf Glück gar nicht. Ich spürte jedes Mal, wenn ich sie zu Gesicht bekam, was oft genug der Fall war, wie die Dinge standen. Schlecht, elendig schlecht. Kein Wunder. Papa war ein Neurotiker, der jedem den letzten Nerv zog. Ohne Betäubung. Selbstverständlich bekam er von seinen Macken nichts mit und lebte munter wie eine Biene, die sich auf ein frisch geöffnetes Marmeladenglas gesetzt hatte, in die Tage hinein.

Bei mir sah es schon anders aus. Ich las keine spirituellen Bücher, war bereits weit in den Vierzigern und dazu ziemlich ausgebrannt. Was meine letzte erwähnenswerte Beziehung anbelangte, die hatte mit einem Immobilienmakler stattgefunden, der Objekte und Kunden in Mallorca betreute. Weshalb unsere Beziehung anfangs ganz gut klappte. Wenn man sich nur hin und wieder sah, gab es wenig Gelegenheit zu streiten. Trotzdem verlief das mit uns mehr oder weniger im Sand. Manchmal hatte ich das Gefühl, er verdingliche mich, meinen Körper, meine Empfindungen und Gedanken, genauso wie die Häuser, die er anbot und mit glänzendem Gewinn veräußerte.

Aber da selbst die Bewegung von Körpern im All ein chaotisches Phänomen ist, nahm ich für mich nichts Anderes in Anspruch. Leben ist wie ein Ball, den man in die Luft wirft und der durch die Einwirkung von Luft, der Objekte um ihn herum und des Zufalls irgendwo landet.

Als ob all das nicht reichte, kam jetzt also mein Vater dazu und machte sich in meinem Wohnzimmer breit. So hatte ich mir den neuen Mann in meinem Leben, mit dem auch eine gemeinsame Adresse nicht ausgeschlossen war, nicht vorgestellt – ja, ich geb's zu, das ist eine gewagte Vorstellung wenn man die vierzig überschritten hatte, aber ich hing nun mal an meinem Bild des Glücks.

Ich tapste zurück in die Küche, richtete Käse- und Schinkenbrote, weil mein Vater noch immer Hunger verspürte und redete weiter mit ihm. Die Zeit verging und ich brachte es natürlich nicht übers Herz, ihn abzuweisen. Offenbar war sein Leben in letzter Zeit zu einem dieser miserablen Fertiggerichte verkommen, die nicht schmeckten. Doch das hätte er mir gegenüber natürlich nie zugegeben. Und abgesehen von mir, wen hatte er denn noch? Mit Renate würde es definitiv nichts mehr werden. Die hatte bereits einen Neuen, erzählte er hastig und auch ein wenig betroffen und gekränkt.

»Sie hat einen schmierigen Advokaten an Land gezogen. Mit ordentlich Geld unterm Hintern, dafür aber schlechten Manieren. Na ja, Renate hat's ja mit dem Verwöhnen: teure Urlaube, Kleider, Schuhe ... Dürfte für ihn kein Thema sein. Sie kann also ihre Marotten in Ruhe weiter füttern!« Papa verdrehte angewidert das Gesicht und ich musste an seinen überfüllten Kleiderschrank denken. Er kaufte selbst wie eine Frau ein. Ach was, wie eine Diva. Aber das waren natürlich alles Schnäppchen, weshalb er sich als Einkaufsgenie betitelte, nicht als Süchtigen.

»Hast du vielleicht noch einen Cognac?«, rief er von seinem Platz gleich am Fenster des Wohnzimmers. Und was tat ich? Durchstöberte meine Bar und schenkte ein. »Ich weiß, Lea, du hast deine Arbeit und dein Leben«, entgegnete mein Vater nach dem zweiten Glas Weinbrand. Er war dazu übergegangen, mit schlurfenden Schritten durchs Wohnzimmer zu wandern. Er wusste genau, dass da kein Leben nach der Arbeit war, außer dem Fernseher, dem Kühlschrank und einem Stapel Bücher. »Apropos Leben. Was gibt's Neues an der Männerfront? Ist Entspannung in Sicht?« Er ließ nicht locker und sah mich forschend an. »Findest du nicht, du solltest mal wieder über deinen langen Schatten springen und einen ran lassen?« Papa quiekte auf wie ein Schweinchen und ich drehte mich weg. Nur die Ruhe bewahren. Vielleicht sollte ich doch mal in einem von Mamas zurückgelassenen spirituellen Büchern schmökern. Ich hatte Hilfe dringend nötig.

Mein Vater ging mit einer Systematik, die seinesgleichen suchte, daran, meinen Kopf mit seinen Wörtern vollzustopfen. Hast du dies, kannst du mal das, mach das doch mal so, ich hab halt mehr Erfahrung und so weiter und so fort. Er trompetete ständig in meine Ohren. Kaum über die Schwelle meiner Wohnung getreten, tapezierte er mein Leben mit seinen Launen und Vorstellungen, und das, wo ich gar nicht renovieren wollte.

Viele Jahre lang hatte ich mir ernsthaft darüber Gedanken gemacht, es hinge vielleicht damit zusammen, dass mein Vater in seinem kreativen Beruf bereits alles an Spielfreude und Spontaneität auslebte. Da blieb im privaten nur noch ein Rest an Funktionalität übrig, den er uns, meiner Mutter und mir, als ungenießbaren Happen zuwarf. Aber was brachte das Grübeln außer neuen Falten?

Jetzt hieß es, die Klippen des Lebens elegant zu umschiffen, ohne die gegnerische Flotte komplett zu vernichten und selbst Schiffbruch zu erleiden. Wie ging man mit einem Mann um, der einen gottgegebenen Anspruch auf die Rolle des Leithammels erhob? Schon nach einigen wenigen Stunden mit ihm war ich mir sicher, dass wir zwei zusammengepferchte, vom Schicksal überrannte Gefühls-Asylanten waren. Familienuntauglich.

»Ich habe mal einen Plan erstellt, wer was wann zu tun hat. Im Haushalt, meine ich.« Das durfte doch nicht wahr sein. Jetzt schrieb er mir schon vor, wie ich zuhause vorzugehen hatte. Dabei war er noch gar nicht richtig eingezogen. »Ich habe ja noch mein Sportprogramm und hin und wieder ruft auch noch mal ein Kunde an. Ich muss also sehen, wie ich klar komme.« Papa senkte seinen Blick und ich wusste Bescheid. Er, der Pensionist, musste sehen, wie er klarkam. Natürlich, Papa war studierter Kunsthistoriker und Restaurateur gewesen. Zwar wurde er auch heute immer wieder mal kontaktiert, weil er wirklich eine Koryphäe war. Aber offiziell war er in Pension. Ich vermutete, dass das der Grund war, weshalb Renate ihn rausgeschmissen hatte. Nicht die Pension, sondern die immer noch eintrudelnden Anrufe und Anfragen, ob er eines der teuren Kunstwerke retten könne. Sein penibles Wesen einschließlich seiner Neurosen wurden unerträglich, wenn er arbeitete. Sie waren zwar die kostenlose Draufgabe, das i-Tüpfelchen, das ihn zu einem Ass machte. Doch so lange ich denken konnte, hatte Papa seine Arbeitswut nicht kaschieren können, sie stand im Mittelpunkt seines Lebens. Er liebte seine Lacke, Farben, Pigmente, Lösungsmittel und seine Essig-Sammlung, auf die er schwor. Mehr als alles andere. Sogar mehr als seine Frauen. Die waren die Dreingabe. Dieses Sammelsurium hatte unsere Wohnung früher wie ein Trümmerfeld aussehen lassen. Auch das war Mama stillschweigend, aber gehörig auf die Nerven gegangen.

Natürlich sah es auch bei mir bald wie in einer Praxis aus, in der kunstvoll operiert wurde, denn selbstverständlich war mein Vater bereits an dem Tag, an dem er bei mir vorstellig geworden war, mit Sack und Pack eingezogen. »Das kleine Kämmerchen neben deinem Schlafzimmer reicht mir völlig!«

»Das ist mein Büro, Papa!«, hob ich an, verstummte aber

schnell. Verflixt, ich saß längst in der Patsche. Was machte es da schon aus, dass Papa gleich einen Anruf erhielt. Kaum hatte er das Telefon zurückgelegt, da fing er auch schon damit an, mit Elefantendung das schadhafte Werk eines Künstlers aufzufüllen. Wo hatte er den Dung nur her? Sein scheußlicher Gestank drang durch alle Ritzen und Spalten der Türen. Ich wusste, dass mein Vater nach dem ersten Wort von mir damit ankommen würde, was mit dem Elefantendung zu verdienen sei. Vermutlich eine Menge. Wogegen ich lediglich ein überschaubares Einkommen verbuchte.

Was trieb ihn nur dazu, bei mir wohnen zu wollen? War es die Einsamkeit? Angst vorm Alter? Oder etwa die Erinnerung an gute alte Zeiten mit mir, als ich klein und rotznäsig war und er etwas versäumt hatte? Das konnte er jetzt, noch immer holprig im Umgang mit mir, sicher nicht nachholen. Er hätte sich ein Penthouse mieten können. Er hatte Geld. Aber er knauserte, als müsse er sich jeden Bissen vom Mund absparen. Die Frage, die ich mir am meisten stellte, lautete: Wohin würde unser erzwungenes Zusammenleben führen?

Drei

Die Lage verschärfte sich, als ich einen neuen Fall übernahm. Es war der Fall, den Mark mir angedeutet, oder sollte ich besser sagen, angekündigt hatte.

Der Himmel war an diesem Tag gestreift von grauen Wolkenstrichen und zitternder Dunst lag über den zuvor noch glühenden Steinen der Häuser und Straßen. In diesem Sommer gab es ungewöhnlich viele und vor allem starke Gewitter. Hochwasser, Wassereinbrüche und Überflutungen waren die Folge. Ich machte mir manchmal darüber Gedanken, wo das alles hinführen sollte, aber ich konnte natürlich nichts daran ändern.

Viel mehr als das Wetter beschäftigte mich, dass ich es bei meinem neuen Fall mit einem Mord zu tun hatte, von dem Mark gewusst hatte, *bevor* es zur Tat kam. Wie war das möglich? Und wieso hatte Mark den Mord dann nicht verhindern können? Zusätzlich zu einem Toten gab es eine Frau, die übel zugerichtet worden war. Es war die Ehefrau des Mordopfers. Man hatte sie mit brutal verpflastertem Mund im Eichenschrank ihres Wohnzimmers gefunden. Gott sei Dank hatten die Nachbarn Alarm geschlagen, weil sie die Frau des Toten, die jeden Mittag ins Fitnessstudio zu fahren pflegte, an jenem Tag nicht zu Gesicht bekommen hatten. Wären die neugierigen Nachbarn nicht gewesen, hätte die Frau des Opfers sich alsbald zu ihrem Mann gesellen können. Als man sie fand, röchelte sie zum Erbarmen laut. Der Rest ihres Körpers sah leider auch sehr mitgenommen aus. Blut, wohin man blickte. Dazu Quetschungen, Prellungen, Schürfwunden, eine gebrochene Nase, ausgerissene Haarbüschel. Doch das Schlimmste war ihr psychischer Zustand. Sie hatte ein schweres Trauma erlitten, zitterte und vibrierte am ganzen Körper und sprach kein Wort.

Als ich sie sah, wusste ich sofort, wen ich vor mir hatte. Das fein gezeichnete Gesicht, etwas älter zwar, aber immer noch erkennbar schön, sprang mir sofort ins Auge. Das störrische, wild gelockte Haar, aber vor allem ihre Hände waren mir ebenfalls gut bekannt. Sie hatte schon damals die Angewohnheit gehabt, mit ihren Fingern herumzuspielen und tat es noch immer. Kein Zweifel, die Frau, der ich gegenübersaß, war Almut. Wir hatten miteinander die Schule besucht. Ob sie mich wieder erkannte?

Ich wartete darauf, dass bei ihr der Groschen fiel. Dass sie mich zweifelnd oder grübelnd ansah. Doch es passierte nichts. Sie begegnete mir wie einer Fremden. Ich tröstete mich damit, dass es eine Ewigkeit her war, seit wir uns das letzte Mal begegnet waren.

Der Typ, oder wer immer dafür verantwortlich war, dass Almut, die früher Müller geheißen hatte und heute den Nachnamen Lohmann trug, aussah, wie sie aussah, hatte ganze Arbeit geleistet. Ich dachte mal wieder, nicht zum ersten Mal natürlich, dass sich das, was ich vor mir sah, nur aufgrund eines ungeheuren Irrtums zugetragen haben konnte. Ansonsten wäre es doch nie möglich, dass Menschen anderen Menschen derartiges antaten. Und dann kamen mir Marks Worte in den Sinn. Es gäbe keinen Tod, hatte er behauptet. So ein Unsinn! Schließlich konnte ich mich ständig davon überzeugen, dass es ihn gab. Mordopfer waren tot, wurden begraben, beweint oder auch nicht und schließlich irgendwann vergessen. Das Leben war erloschen, vorbei, finito. Das war's. Ich seufzte und verbannte Marks seltsame Worte aus meinen Gedanken.

Immer wenn ich mich in die begleitende Aufklärung eines Mordfalls verbeiße wie ein tollwütiger Hund in seinen

Gegner bricht alles um mich herum zusammen. Mein Restleben versinkt im Unsichtbaren. Ich bohre meine Gedanken tief in kriminal-psychologische Hintergründe hinein und existiere außerhalb dessen kaum noch. Vom Essen und Trinken einmal abgesehen. Es ist jedes Mal wieder eine heikle Situation.

Ich arbeitete im Grunde auf dieselbe Art und Weise, wie mein Vater. Präzise und besessen. Das verband mich mit ihm. Doch genau deshalb versuchte ich vermutlich, es zu ignorieren. Ich wollte nicht so sein wie er. Ich wollte ich sein.

Dieses Mal war es schlimmer als je zuvor, denn es ging um jemanden, den ich kannte. Es ging um Almut. Vielleicht wollte ich ihr nach all den Jahren – denn nun hatte ich eine berechtigte Chance dazu – imponieren. Der Gedanke, endlich auf einer Ebene mit der Vielbewunderten sein, war verführerisch. Ich wollte Almut Lohmann gefallen. Freundschaft für damals schließen. Rückblickend sozusagen. Das war der Grund, weshalb ich verschwieg, dass ich das Opfer kannte. Denn hätte ich es zugegeben, wäre mir der Fall vermutlich wegen Befangenheit entzogen worden. Da ich es darauf nicht ankommen lassen wollte, sagte ich nichts.

Mark, der Geist, der trotz allem existierte, war gerade erst in mein Leben getreten. Doch das hatte ich an den äußersten Rand meines Bewusstseins gedrängt, weil ich es nicht verstand. Offenkundig hatte ich es bisher lediglich mit meinem Vater und seinen lästigen Fragen nach den Männern, die in meinem Leben eine viel zu kleine Rolle spielten, zu tun. Und der Tatsache, dass ich Almut unter menschenunwürdigen Umständen wiedersah. Das reichte mir, denn es war Aufregung genug. »In deinem Dasein gibt es keine Sicherheiten, keine Wärme, keine Ausgeglichenheit und wohl auch keine Kinder mehr«, behauptete Papa täglich, seit er bei mir wohnte. »Das mit dem Nachwuchs ist selbstverständlich das geringste Übel«, konstatierte er, der es mit Kindern ohnehin nicht so hatte. »Dein Beruf allerdings? Tsss«, lachte er schnippisch auf. »Mord und Totschlag, derart grausige Dinge bestimmen deinen Tagesablauf. Das ist doch nichts Richtiges für eine Frau wie dich!« Was Eine-Frau-wie-dich bedeuten sollte, wusste ich beim besten Willen nicht. Wenn er mich neuerdings für derart zart besaitet hielt, dann war ihm das früher jedenfalls völlig entgangen. Da hatte er mich wie ein Stück ungeschliffenes Holz behandelt, dem höchstens die Spaltung durch eine Axt etwas anhaben konnte. Ich schnaufte und fuhr mir mit meiner verschwitzten, unberingten Hand durchs Haar. Hinter meinen Ohren entfaltete sich schwach der Duft eines frühlingshaften Parfüms, dem eine seltsame Note nach Dung anzuhaften schien, je länger ich es auf der Haut trug. Am liebsten hätte ich Papa an den Kopf geknallt, dass ich mit dieser Geruchsbeimischung, die ich seinem Elefantendung zu verdanken hatte, niemals jemanden aufreißen konnte. Aber was hätte es gebracht? Er hätte noch nicht mal begriffen, worauf ich hinauswollte. Schließlich war er ein Meister im Nicht-verstehen-Wollen.

Mein Vater war nicht einfach. Doch das Wiedersehen mit Almut nahm mich derart in Anspruch, dass ich ihn für eine Weile fast vergaß. Almuts Schicksal nahm mich magisch gefangen.

Vier

Almut sah ihn auf sich zukommen wie ein verstörtes Tier, das einen riesigen Schatten hinter sich herzieht. Seine Hände, die in dünnen Gummihandschuhen steckten, wie sie Ärzte trugen, wuchsen seltsam ungelenk aus seinem Körper. Wie Unkraut, das man nicht unter Kontrolle bekam. In seiner rechten Hand befand sich eine bereits entsicherte Schnellfeuerpistole. In der linken trug er ein Glas Wasser und mehrere Tabletten. Ein perfides Geschenk an sie. Im Wohnzimmer brannte die Stehlampe neben der Couch. Ein kleiner Lichtkegel, der das dunkle Zimmer aus der Anonymität heraushob. Ansonsten herrschte bedrückende Dunkelheit, denn draußen schien der Tag viel zu früh in unnatürliche Abendstimmung zu versinken. Almut schluckte und hörte, wie ihr der Speichel überlaut die Kehle hinunter rann. Ihr Leben geriet mit einem Mal in einen Raum ohne Maß. Sie spürte, wie alle Fasern ihres Körpers sich anspannten, obwohl sie ruhig bleiben sollte. Ruhig in einer Situation wie dieser. Sie checkte im Bruchteil einer Sekunde, dass sie das, was auf sie zukommen würde, nur durchstehen konnte, wenn sie es schaffte, einen Teil von sich abzukapseln. Auslagern als eine Art Parallelleben. Eines, mit dem sie, Almut Lohmann, nichts zu tun hatte und von dem sie so wenig wie möglich in ihr Bewusstsein ließ. Es war die einzige Chance, die sie hatte. Wenn ihr das misslang, war sie verloren. Was hier und gerade jetzt vor sich ging, war keine Situation, auf die sie ihr bisheriges Leben vorbereitet hatte. Das war das Extremprogramm. Ein abartiges Spiel zwischen zwei Menschen. Ihm und ihr.

Er stand vor ihr, die Arme ausgebreitet, um sie mit seiner Existenz zu umschlingen, und zögerte. Nicht aus Mitgefühl, aus Kalkül. Offenbar war es noch nicht soweit. Als Erstes würde er ihr die Tabletten zum Lunch reichen. Danach blieben ihr einige Minuten Restzeit. Vielleicht fünf, sechs, mit ein bisschen Glück sogar sieben. Minuten des Wahnsinns, die ihr das Blut in den Adern gefrieren lassen würden, während ein Wust seltsamer Gedanken in ihrem Gehirn die Welt ringsum endgültig auslöschte. Das Letzte, was sie wahrnahm, war der Sturm, der draußen wahllos an allem rüttelte und zerrte. Windböen, die alles in die Knie zwangen, sich alles unterordneten. Sie registrierte es wie von fern, wie durch eine Art Filter, das Maß dafür, was länger für sie wichtig war und was nicht. Danach drang das Nichts in ihren Körper und erschuf ein Duplikat ihrer Selbst. Einen zweiten Körper, von dem sie nie gewusst hatte.

Er kam den letzten, entscheidenden Schritt auf sie zu. Sie sah seine Füße, die in tadellosem Zustand waren. Seine schmalen Knöchel, die Vorhut der Waden. Borstige schwarze Haare auf seinem Fleisch. Das Knistern seines Hemdes, das blütenweiß, ohne Blut, ohne Schweiß, ohne alles auf ihm lag. Er war so unbefleckt. So rein. Barfuss war er über den Teppich gehuscht. Als wisse er, dass er nicht hierher gehörte, dass er ein Kind der Finsternis und der Verdammnis war. Er lächelte schroff, zog sich plötzlich Socken über und bückte sich zu ihr hinunter, wie man sich zu einem hilflosen Kind hinbewegte. Sie spürte, wie er ihr Handgelenk packte und sie zwang die Tabletten hinunterzuwürgen. Eine nach der anderen verschwanden sie im dunklen Loch, ihrem weit aufgerissenen Mund. Anfangs verschluckte sie sich. Wieder und immer wieder. Er schwieg dazu. Vollkommen ruhig. Nach etlichen Versuchen gelang es ihr, die Tabletten hinunter zu schlucken. Das Wasser, das er ihr in den Mund goss wie in einen Brunnen, der seit Langem ausgetrocknet war, rann ihr an den Mundwinkeln vorbei, das Kinn hinunter. Zwischen dem Schweiß ihrer Brüste suchte es sich einen Weg, bis es am Bauch festklebte und aufhörte zu sein. Es schien so, als könnte ihr Leben an diesem Tag nicht länger auf sie warten. Es überflutete sie, als habe das Hochwasser sämtliche Schutzdeiche aufgeweicht und zum Bersten gebracht.

»Ich warte, bis die Wirkung der Tabletten einsetzt«, versprach er und lächelte genauso harsch wie zuvor. Sie spürte ein unmerkliches Nicken, als müsse sie sich bei ihm bedanken. Als wisse sie im Detail, was auf sie zukam. Als sei das der zweite Versuch nach einer erfolgreich verlaufenen Generalprobe. Aber das stimmte nicht. Das hier war live. Das hier war das erste Mal, dass ihr jemand Gewalt antat. Das hier war nicht gespielt, es war eine Aufführung in Echtzeit.

»Es wird trotzdem wehtun, höllisch wehtun. Aber es geht nicht anders. Wir haben keine andere Wahl«, schien er zu versprechen. Sein Gesicht zwang sich zu einem gewöhnlichen Blick. Den Blick, den er tagtäglich trug. Es gelang ihm nur halbherzig, dieses Starren zu halten. Doch als er nach weiteren qualvollen Minuten aufstand, seinen Körper aus dem wuchtigen Sessel hob und erneut zum zweiten Anlauf zu ihr hinüberkam, entglitt ihm sein

Gesicht in eine Grimasse. Ihr Leben hatte so lange einer Festung geglichen, die niemand einnehmen konnte. So lange. Bis jetzt.

»Augen schließen!«, befahl er. Kein Zaudern. Kein Zögern. Kein Mitgefühl. »Niemand soll mir dabei zusehen, wie ich dieses wunderschöne Gesicht demoliere. Es tut mir leid, fürchterlich leid.« Seine Stimme brach wie einer der Äste draußen als Folge des unbändigen Sturms, der sich hier drinnen in dem weitläufigen Wohnsalon fortsetzen sollte. Sie sah in Zeitlupentempo, wie seine Hand nach hinten stob, als müsse sie Anlauf nehmen. Die Finger ballten sich in einer einzigen Geste, rotteten sich zusammen. Die Faust war geboren. Hastig gehorchte sie ihm und schloss die Lider, bevor der erste Schlag sie frontal traf. Sofort spritzte eine Fontäne Blut aus ihrer Nase. Sie spürte es warm und klebrig an sich festwachsen. Dann ging alles ganz schnell. Er schlug auf sie ein, drosch auf ihr Gesicht, prügelte ihren Körper. Sie rollte sich zusammen, instinktiv, wie ein Tier. Er schlug sich in eine Spirale aus Zorn, Wut und ungenannter Gewalt. Wie von Sinnen. Wie ein Tier, auch er. Almut spürte, wie die Tritte in die Nieren sie erschütterten, dann folgten die in den Magen. Ein Feuerwerk an Schlägen, das niemals aufhören würde. Niemals, das wusste sie genau.

Fünf

Der deutsch-israelische Psychoanalytiker Erich Neumann, der 1933/34 bei Carl Gustav Jung eine tiefenpsychologische Ausbildung absolvierte, hatte in einem seiner Bücher definiert, dass Mörder und Ermordete zusammengehörten. Dieser Satz fiel mir plötzlich zu wie ein lange verloren geglaubter Schlüssel, nach dem ich nicht gesucht, den ich aber gefunden hatte. Es passierte, als ich meinem Vater dabei zusah, wie er fasziniert auf das Foto eines schwarzgrünen Würfels starrte. Offenbar das Werk eines bedeutenden Künstlers. Ich hatte Mark fast vergessen und das war gut so. Ich war wieder ich selbst. Alles schien normal zu sein. Ich lebte wie die anderen Menschen um mich herum auch. »Diese Art von Bildern ist am schwersten zu restaurieren«, erklärte Papa mir mit einem fachmännischen Runzeln im Gesicht. »Das Finish ist zu perfekt. Denk mal an einen Kratzer im Autolack. Den verspachteln und den richtigen Glanzgrad treffen …« Er schüttelte schwer den Kopf und klopfte dabei mit spitzen, flachen Bewegungen auf das Foto in seiner Hand. »… praktisch unmöglich.« Er erzählte noch von einem Symposium des Guggenheim-Museums, an dem er vor kurzem teilgenommen hatte. Da hatte Renate, die Untreue, ihn noch begleitet. Geradezu gebettelt habe sie darum, mitkommen zu dürfen, vertraute er mir an. »Schließlich war sie der Star an der Seite des hoch angesehenen Experten. Die Frau neben mir.« Papa rümpfte die Nase angesichts der deprimierenden Erinnerung, die sich in seinen Augenblick drängte. »Renate hat mich übrigens gleich am ersten Abend in eine Duftoper geschleppt. ›Green Aria‹ von Laudamiel und Stewart Matthew. Das hatte im Guggenheim Premiere.«

»Und wie funktioniert eine Duftoper?« Ich hatte keinen blassen Schimmer, war aber halbwegs interessiert.

»Ganz einfach. Licht aus. Dunkelheit rein. Und dann ein Feuerwerk an Musik und Parfüm aus Duft-Mikros.«

Ich seufzte angetan. »Eine Symphonie für die Sinne. Muss berauschend sein.«

»Schön wär's. Es hat bestialisch gestunken.«

»Schade, hätte auch anders sein können.« Doch mein Vater hörte mir gar nicht mehr zu. Er war bereits beim nächsten Thema. »Übrigens hat man mir an besagtem Abend davon erzählt, dass sich die Restauratoren mit dem sogenannten ›Black Painting‹ des abstrakten Expressionisten Ad Reinhart rumgeschlagen haben. Beim Aufbau einer Ausstellung ist es zerkratzt und danach durch eine dilettantische Reparatur zerstört worden. Ein Jammer! Es war zig Millionen Dollar wert und jetzt ...?« Mein Vater vollführte eine scharf abgrenzende Handbewegung, die klarmachte, dass es sich um einen Totalverlust handelte. Das kannte ich selbst nur zu gut. Jedes Mal, wenn ich einen Toten vor mir hatte, handelte es sich um einen Totalverlust. Und reparieren ging auch nicht mehr.

»Kann das zerstörte Gemälde nicht wenigstens als Lehrstück dienen, so, wie Pathologen eine Leiche öffnen, um herauszubekommen, woran jemand gestorben ist, oder um menschliche Organe zu studieren?«, schlug ich vor.

»Du bist mir zu pragmatisch!« Mein Vater sah mich an wie früher. Anmaßend und zurechtweisend. »Man kann dieses Kunstwerk nicht mehr aufhängen und sagen: Das ist ein echter Ad Reinhardt! Du behauptest ja auch nicht von einem Toten, er würde jeden Moment auferstehen und weiterleben.«

Ich schwieg betroffen. Weniger über die unsinnige Bemerkung meines Vaters, sondern weil mir Mark durch diesen Satz wieder ins Gedächtnis kam. Seit jenem seltsamen Erlebnis unserer ersten Begegnung hatte ich nichts mehr von ihm gehört oder besser gesagt, für ihn empfunden. Selbstverständlich hatte ich das Ganze inzwischen ins Reich der Fantasie verbannt und auch dort belassen. Doch etwas in mir sträubte sich dagegen und machte mir klar, dass die Sache nicht so einfach abzutun war. Vielleicht hatte ich das Leben an sich viel zu lange wie durch die falsche Seite einer Lupe gesehen. Es war ohnehin wahrscheinlich, dass es jede Menge gab, was ich noch nicht kannte. Die Wissenschaft machte uns ständig klar, dass sie nur eine momentane Bestandsaufnahme war, keine Feststellung. Sie war bestenfalls ein Versuch, eine Vorstellung. Die Wahrheit, die tatsächliche Wahrheit, wenn es denn so etwas gab, lag woanders. Dort, wo wir Menschen noch nicht hingekommen sind.

Ich hörte mit halbem Ohr zu, wie mein Vater mir vorschlug, ihn auf seinen täglichen Marathon-Spaziergängen zu begleiten. »Ein bisschen Bewegung könnte dir und deinen Hüften nicht schaden. Männer mögen sanfte Rundungen. Wie das Hügelland eines fruchtbaren Weingebiets. Fett dagegen stört. Darauf springt keiner an. Jedenfalls kein Vernünftiger.« Er wusste noch immer, wie man Anti-Komplimente aussprach. Ich fühlte, wie sich ein Gefühl von Betroffenheit in mir niederließ, und kämpfte dagegen an. Schweigend, ohne abzulehnen oder anzunehmen, ging ich aus dem Zimmer, das einmal meines gewesen war. Sollte er beleidigen, wen immer er wollte. Ich stand dafür nicht mehr zur Verfügung. Doch als Psychologin wusste ich natürlich, dass es so einfach nicht wahr. Bei Weitem nicht. Was man einmal gehört, erfahren oder empfunden hatte, wurde man nicht mehr so schnell los.

Warum war mir Erich Neumann eingefallen? In weit zurückreichenden Jahren hatte ich mich mit allerhand Themen und Thesen beschäftigt, auch mit Neumann. Doch da hatte ich auch Stippvisiten in die Gebiete der Neurologie und der Psychiatrie unternommen. Welche geheimnisvolle Verbindung mochte es zwischen Mordopfer und Mörder geben? Das hatte ich nie restlos herausfinden können, obwohl Neumann sich dazu selbstverständlich näher äußerte. Ähnliche Schwingungen schafften eine Verbindung zwischen einzelnen Menschen oder größeren Gruppen. Niedere Schwingungen, die mit Raub oder Mord einhergingen, suchten sich eine ähnlich ausgeprägte bei potenziellen Opfern. Jemand, der innerlich stark und unabhängig war, jemand, der keine Angst und wenig Zweifel hatte und in sich ruhte, wie man so schön sagt, wurde wesentlich seltener das Opfer eines Gewaltverbrechens. Und wenn doch, ging er völlig anders damit um als der gewöhnliche Mensch, der zur Rache neigte und die Schuld ausschließlich beim Täter suchte und fand.

Aber was hatte all das mit den Erlebnissen der letzten Tage zu tun, fragte ich mich, als ich in der Küche vorm Herd stand, um mich mit einem Kaffee und einem Stück Himbeerkuchen abzulenken. Ich goss meine Tasse voll schwarze, köstlich dampfende Flüssigkeit, gab einen Würfel Zucker und einen Schuss Sahne dazu und rührte gedankenverloren um. Doch meine Vorfreude auf kulinarische Genüsse wurde vom Klingeln meines Handys unterbrochen.

»Einsiedel!«, meldete ich mich. Draußen hinterließ die Stadt einen trostlos düsteren Eindruck. Wo eben noch die Sonne hervorgelugt hatte, türmten sich jetzt Wolkentürme, die an die Hochhäuser in New York denken ließen. »Ich bin's, Frank«, hörte ich die Stimme von Hauptkommissar Frank Kastein, meinem Kollegen, mit dem ich seit über zehn Jahren zusammenarbeitete und auf den ich mich immer verlassen konnte. Zumindest, was die Beschaffung von Arbeit für mich anbelangte. »Wir brauchen dich, Lea. Kannst du dir Almut Lohmann näher anschauen? Wir kommen weder mit dem Verhör weiter und auch sonst ist alles gerade furchtbar unergiebig.«

»Ich bin in einer halben Stunde da«, versprach ich und legte auf.

Meine Kuchengabel bohrte sich in die Ecke des Himbeerkuchens, stach ein Stück heraus und führte es zum Mund. Ich kaute genüsslich und spürte die angenehme Säure der Beeren. Kaum hatte ich den Bissen hinuntergeschluckt, kam mein Vater herein. Unser vorhin verebbtes Gespräch war ihm offenbar auf die Stimmung geschlagen. Er blickte mürrisch drein, als habe er sich mit dem Wetter abgesprochen. »Kriege ich auch was ab?«, quengelte er, nahm einen Teller vom Bord und hielt ihn mir hin, damit ich ihn mit einem Stück Kuchen belegen würde.

»Keine Zeit! Ich muss weg. Dienstlich«, entgegnete ich, ließ ihn mit seiner seltsamen Laune und dem Kuchen auf der Arbeitsplatte zurück und machte mich auf den Weg in die City. Ich ahnte bereits, dass es bei Almut unappetitlich werden würde. Das gehörte nun mal zu meinem Job. Doch wie anstrengend der aktuelle Fall tatsächlich war und in welche Zusammenhänge er mich hineinziehen würde, wie in einen Strudel, das konnte ich beim besten Willen und bei all meiner Vorstellungskraft nicht ahnen.

Sechs

Ich hatte die Leiche tags zuvor zum ersten Mal zu Gesicht bekommen. Friedrich Lohmann lag auf dem Rücken. In Kopf und Herzgegend Flecke von gezielten Schüssen, die ihm das Leben genommen hatten. »Wieder einmal eine Missachtung des Glücks«, hatte ich betroffen gemurmelt, als ich mir Almuts Ehemann, der schätzungsweise Ende vierzig gewesen sein mochte, angesehen hatte. Mein Blick ruhte eine Weile auf ihm. Wie friedlich er dalag, stellte ich fest. Er schien auf dem Holzboden mitten im Wohnsalon der hinreißend schönen Villa, die mit viel Kunst und modernem Mobiliar bestückt und in einem der Nobelvororte der Stadt angesiedelt war, regelrecht zu ruhen. Ich nahm die sicher sündhaft teuren Bilder an den Wänden wahr, an denen mein Vater seine helle Freude gehabt hätte. Unter Garantie hätte er mir die Namen der Künstler aufgezählt wie ich ihm das Einmaleins der Psychologie.

Hier draußen war alles ordentlich und teuer eingefriedet, in eine parkähnliche Gartenanlage gebettet und von einem eindrucksvollen Architektenhaus gekrönt. Eine Gegend, in die ich nicht allzu oft gerufen wurde, denn hier wurde weit weniger gemordet als im Rest der Stadt.

Friedrich Lohmann war sauber mit zwei gezielten Schüssen erschossen worden, aber vom Täter fehlte jede Spur. Im Haus hatte man keine Fingerabdrücke gefunden, außer den seinen, denen seiner Frau, der Haushaltshilfe und des Gärtners. Gäste habe man schon länger keine mehr gehabt, war das Einzige, was man Almut entlockt hatte. Der oder die Täter hatten keine Gewalt angewendet, um ins Haus zu kommen. Noch während der Vernehmung hatte Almut verlangt: »Ich will nicht ins Krankenhaus. Besorgen Sie mir eine Pflegerin!« Alle von der Kripo hatten sich über Frau Lohmanns ungewöhnliche Bitte gewundert, doch sie hatte darauf bestanden, dass man ihrer Anweisung Folge leistete. Sie wolle im Haus bleiben, dem Ort, wo sie ihren Mann zum letzten Mal lebend gesehen habe, behauptete sie. Obwohl ausgerechnet die Villa der Ort des Grauens war, an dem ihr Mann zu Tode gekommen und sie selbst misshandelt worden war. Sie blieb dabei, sie ginge nicht von hier fort.

Als ich Almut das erste Mal nach all den Jahren gegenüberstand, fühlte ich wieder die Unsicherheit von damals. Geradeso, als sei ich in der Zeit zurückgereist, um nachzuspüren, wie ich damals empfunden hatte. Das Gefühl wich Gott sei Dank schnell aus meinem Körper und meinen Gedanken, denn ich war so sehr mit den schrecklichen Vorkommnissen beschäftigt, dass unser Wiedersehen dagegen zu verblassen begann. Doch kalt ließ es mich nicht.

Je mehr ich mit Almut zu tun hatte, desto mehr nahm sie mich erneut gefangen. Diesmal auf eine andere Weise, denn das Ungleichgewicht hatte sich zu meinen Gunsten verlagert. Almut war noch immer eine wunderschöne Frau mit stechend einprägsamen Augen. Das ahnte man hinter ihren Verletzungen. Neben ihr gingen viele Frauen als schlechte Kopie der Weiblichkeit durch.

»Komische Entscheidung, hier bleiben zu wollen«, hatte ich Frank gegenüber beteuert, der mich mit einem Blick, prall gefüllt mit alter Wut, anstarrte. »Das kannst du laut sagen!«, stimmte er mir zu. Ich las in seinem Gesicht, dass er die Welt nicht mehr verstand und wohl auch nicht verstehen wollte. »Und, was sagt unsere Psychologin zu solch irrationalen Ansagen?« Frank sah mich kurz an, ließ den Blick dann aber abprallen, wie an einer Betonwand. Er vergrub sich ins Grün des Gartens, offenbar hatte er eine Idee und ich folgte ihm hinaus in den Park. »In all den Jahren, die ich als Notfallpsychologin arbeite, ist mir so was noch nicht untergekommen.« Ich grübelte einen Moment im Stillen, während wir die Kieswege abschritten, vorbei an alten Ahornbäumen, Eichen und Rhododendren. »Wenn die Traumatisierung so stark ist, dass sie keinen Zugang mehr zu den Gefühlen gestattet, wird es besonders schwierig. In der Psychiatrie nennt man das Dissoziation. Aber das dürfte bei Almut Lohmann nicht der Fall sein. Zumindest meiner Ansicht nach.« Frank zuckte nur mit den Schultern und ging weiter den Weg entlang, den er längst mit seinem Blick eingenommen hatte. Schließlich blieb er neben einem Rosenbeet stehen und steckte sich eine Zigarette an. Er sog den Rauch seiner American Spirit tief ein und tigerte weiter durchs Grün, um besser nachdenken zu können.

Frank war, wenn er die Schultern hängen ließ, was er meistens tat, sehr klein. Wahrscheinlich unter Einsfünfundsechzig. Er verwies gern auf Tom Cruise, der ebenfalls unter Einssiebzig war und trotzdem etwas darstellte. Er sprach mit einem leicht verschnupften Ton, wobei er den Mund einen kaum wahrnehmbaren Spalt weit offen ließ. Seine Augen hatten die Farbe von Schmutz. Aber wenn er lachte, war er unwiderstehlich. Er schoss sein Lachen in die Welt hinaus, als müsse er alle mit seiner guten Laune retten. Das wirkte ansteckend.

Er war ein verbissener Ermittler, der keine Spur aus den Augen ließ, das verband uns. Doch er war eine Niete, was den Einblick in die Psyche eines Menschen anbelangte. Ich fragte mich seit jeher, wie er zur Polizei gekommen war und was er dort zu suchen hatte. Was meine Anmerkungen anbelangte, kamen Frank und ich selten auf einen gemeinsamen Nenner, zumindest anfangs. Ich wusste, dass er meine Arbeit schätzte und mich im Stillen vielleicht sogar bewunderte.

In diesem Moment befand er sich in einer Phase, in der er jeden Menschen mit Inbrunst hasste. Im Grunde seiner Seele war er verletzlich und sensibel. Er verachtete seinen Job, oder sollte ich besser sagen, die Umstände, die ihn mit Tätern, mit Schuldigen, mit psychisch gestörten Menschen zusammenbrachte, denen er auf der Spur war. Ich, als Psychologin, hatte gewisse Vorteile. Ich war therapiert worden und bestens ausgebildet, um mit solch außergewöhnlichen und belastenden Situationen neutral umzugehen.

Zumindest versuchte ich es. Frank dagegen nahm meist abrupt die Haltung des Verurteilenden an. In der Hoffnung, sich dadurch zu schützen. »Ich muss Dampf ablassen, sonst explodiere ich«, behauptete er jedes Mal. Und dabei klang seine Stimme nie zaudernd, sondern meistens bedeutungsschwer.

Heute ließ Frank seinen Blick davonirren, hinein in die Büsche und Bäume des Gartens, als könne er ihn dort in der friedlichen Sicherheit der Hecken und Sträucher verstecken. Psychoanalyse oder gar Tiefenpsychologie waren nichts für ihn, obwohl er ständig beruflich damit zu tun hatte. Er ließ lediglich die neuesten Forschungsergebnisse über die immer besser verständlichen Funktionen des menschlichen Gehirns gelten. Das leuchtete ihm ein. Und alles, was ihm einleuchtete, ließ er zu.

»Nach dem Verlust eines geliebten Menschen oder auch infolge eines einschneidenden Vorfalls, wie ihn Almut Lohmann am eigenen Leib erfahren hat, sozusagen einer Situation, die unser Gefühl und das Bedürfnis nach Sicherheit in Frage stellt, gerät unser Nervensystem vorübergehend gewaltig in Unordnung«, erklärte ich ihm. »Die gewohnte Orientierung funktioniert nicht mehr. Es braucht Zeit, um die Hömöostase wiederzuerlangen.« Frank und ich blieben neben einer riesigen rosafarbenen Hortensie stehen, die ihre Blätter und Blüten sanft im Wind wiegte.

»Die *was* wiederzuerlangen?!« Er schnippte seine Zigarette, die er hastig zu Ende geraucht hatte, weg und drehte sich zu mir um. Offenbar hatte er mir bisher nur halb zugehört. »Das Gleichgewicht, Frank. Frau Lohmann braucht Zeit, um das Gleichgewicht wiederzuerlangen. Deshalb ihre seltsamen Ansagen.«

»Ja, klar, weiß ich doch. So was faselst du ständig. Jeder braucht anscheinend Zeit. Nur, die haben wir nicht«, regte er sich auf. Er ließ mich allein im Garten zurück, um sich erneut in der Villa zu verschanzen. Es würde noch ein paar Zigaretten brauchen, bis er das von mir Gehörte akzeptieren konnte. Wie immer musste ich die Geduld aufbringen.

Kaum war Frank außer Sichtweite, begann ich darüber nachzugrübeln, ob es mich kränkte, dass ich Almut sofort erkannt hatte, während sie es offenbar nicht tat. Doch ich fand keine Antwort darauf.

Sieben

Almut musste das Bewusstsein verloren haben, denn als sie zu sich kam, stand Friedrich da. Er nahm mit seinem Körper den gesamten Raum ein und ließ nur wenige Schritte Sicherheitsabstand zwischen sich und ihr. Er war ausnahmsweise früher nach Hause gekommen, weil sie ihn vor etwas mehr als zwei Stunden im Büro erreicht und um ein Gespräch zu Hause gebeten hatte. Er hatte seine Termine nicht überprüfen müssen, um ihr zu sagen, dass das nach einem kleinen organisatorischen Kunststück verlangte. Mittags zu Hause, in seiner Villa, am Rand der Stadt, wo das Leben Luft zu holen schien. Das war regelrecht absurd und kam dementsprechend selten vor. Sie hatte gelacht und ihn mit wenigen Sätzen geschickt um den Finger gewickelt: »Ich hab Sehnsucht nach deinem Körper, Friedrich. Ich brauch dich hier, bei mir. Es wird nicht lange dauern, unser Gespräch von Haut zu Haut.«

Sie spürte, wie eine seltsame, alles verbrennende Hitze in ihrer Brust aufflammte, als sie ihn jetzt durch dick geschwollene, blutverkrustete Augen anblickte. Er sah mit seinem Blick durch sie hindurch in eine andere, unbeschädigte Welt, die er sich garantiert wünschte, aber nicht mehr vorfand. Almut spürte, dass ihr das Leben, trotz allem, auf hinterhältige Weise vertraut war, verstörend vertraut, jedes Mal, wenn sie Friedrich sah. Mit jedem Schritt, den er näher kam, indem er seine Füße in die Blutschlieren setzte und sie verteilte, gewann das Leben härtere Konturen. Seine Stimme klang wie zerbrochenes Glas, als er sie ansprach: »Almut? Oh Gott, was ist mit dir?!« Seine Augen schienen zu schwimmen, als er sich über sie beugte, und doch lag etwas anderes dahinter. Eine stumpfsinnige Aggressivität, eine boshafte Verschlagenheit. Dachte er an Rache, daran, wie er das hier wieder gut machen könnte, nachdem er den Kerl, der das mit seiner Frau angerichtet hatte, geschnappt und halb totgeschlagen hätte? Draußen fiel der Regen stetig und starr, wie eine Anklage. Wenn sie nur hassen könnte, dachte sie bei sich. Wenn sie ihn nur hassen könnte!?

Aus der hinteren Ecke, dort, wo der Flachbildfernseher an die Wand montiert war und wo sie sich abends oft aufhielten, um in eine Scheinwelt abzutauchen wie Wasservögel in die Tiefe eines Sees, kam ein Geräusch. Friedrich hob seinen Körper vom Boden weg und präsentierte ihn frontal. Er sah ihn. Den Fremden. Wie ein Mahnmal stand er da. Einen Moment schienen die Augen zweier Männer miteinander zu ringen. Mit Blicken, ohne Gesten, ohne ein Wort. Zu einem Schrei kam es nicht. Rasch, lange gedanklich geplant, fiel ein Schuss, dann ein zweiter. Friedrich stand einen Moment wie eine Säule, gerade und starr. Dann sackte er in sich zusammen und bildete ein Bündel Mensch am Boden.

Almut sog die Luft durch die Zähne ein und spürte dabei, wie ihre Zunge noch mehr anschwoll. Vermutlich hätte sie nicht sprechen, nur lallen können. Sie ließ es bleiben, denn sie wusste, dass er sich jetzt, wo es vollbracht war, erneut ihr widmen würde. Er schien ihre Gedanken zu lesen, gehorchte ihrer Vermutung, trat über Friedrichs Leiche am Boden hinweg zu ihr hin. Er packte sie achtlos, wie man nach einem Paket griff, das man nicht bestellt hat und doch annehmen muss. Sie stöhnte und ächzte, als sei ihr Körper nicht mal mehr in der Lage, sich irgendwo hinschaffen zu lassen. Er öffnete den Schrank, riss mit wenigen Gesten den gesamten Inhalt heraus, warf die Holzböden zur Seite, dass es krachte, und zerrte sie hinein.

»Rein da!« Er stöhnte, genauso wie sie. Almut hockte da, die Beine an die Brust gezogen wie zusammengefaltet, weil die Seitenwand des Schrankes nichts anderes zuließ. Die Türen des Schrankes wurden vor ihren Augen zugeworfen und verschlossen. Der Schlüssel drehte sich im Schloss. Sie nahm das Halbdunkel wahr, wie sie zuvor alles andere wahrgenommen hatte. Dann schloss sie müde die Augen und sackte endgültig in sich zusammen.

Acht

Ich fuhr seltsam automatisiert die Straße entlang, auf dem Weg zu Frank Kastein und dachte dabei die ganze Zeit an Almut. Das ehemals bewunderte Mädchen, das nun eine Frau in den besten Jahren war, glich einem Wrack. Seit ich sie wiedergetroffen hatte, war mein Bild von ihr zerstört. Und mit dem ausgelöschten Bild schwand ein Teil unserer gemeinsamen Vergangenheit.

Eine Frau, die vom Glück verlassen worden war und nun an ein schreckliches Schicksal gekettet schien, konnte ich einfach nicht mit Almut in Verbindung bringen. Die war immer mein funkelnder Stern gewesen. Jemand, an den man sich in stillen Stunden orientierte.

In meiner Erinnerung war Almut ein Wesen, dem man nie glich, das sich jedoch perfekt zum Anhimmeln eignete. Brauchten wir nicht alle solche Menschen? Zumindest in der Jugend, wenn der Weg noch nicht festgelegt war und vieles ausprobiert wurde? Almut hatte die Milde des Schicksals verkörpert, denn ihr gelang alles und deshalb nährte sie in mir und vielen anderen die Hoffnung auf ein tolles, erfülltes Leben. Irgendwann zumindest. Doch nun war alles dahin.

Almuts Mann war erschossen worden und sie selbst misshandelt. Ihre äußere Schönheit würde wiederherstellbar sein. Doch was war mit ihrem Inneren? Wie stand es um ihre Seele? Es hatte Jahre gedauert, doch nun musste ich einsehen, dass sogar für Almut das Glück ein Trugschluss war. Nichts würde je sein wie zuvor.

Als ich an der Oper links abbog und die Gasse rechts hinein fuhr, um irgendwo einen Parkplatz zu finden, spürte ich, dass er da war. Mark. Das seltsam kribbelnde Gefühl im Bauch, das ich bereits beim ersten Mal verspürt hatte, als wir einander »begegnet« waren – die Ahnung, ich wäre nicht länger allein im Wagen –, machte mich auf ihn aufmerksam. Ich blickte in den Rückspiegel und nahm mit erleichterter Gewissheit zur Kenntnis, dass sich hinter mir nicht mal eine abgelegte Jacke, ein vergessenes Buch oder eine alte Zeitung befand und neben mir schon gar nichts. Und doch! Er war da. In meinem Wagen. Ich spürte ihn. »Mark?«, versuchte ich den Kontakt herzustellen. »Bist du hier, bei mir?« Diesmal ging ich in die Offensive und sprach ihn an.

»Ja, Lea. Ich bin da«, antwortete er, kaum dass ich geendet hatte. Alles in mir fiel zusammen, denn nun konnte ich mir nicht länger einreden, ich hätte unlängst mit mir selbst geredet. Mit meinem imaginären zweiten Ich. Ein kleiner Ausrutscher, aus verständlichen Gründen der Überlastung mochte ja noch drin sein. Doch ein erneutes, zweites Gespräch war nicht so einfach abzutun.

Ich schaltete in den zweiten Gang, dann in den ersten, bremste den Wagen und steuerte ihn auf einen Behindertenparkplatz vor einem Supermarkt. Dann drehte ich mich um und sah entsetzt ins Leere. »Was willst du von mir?«, begann ich auf Mark einzureden.

»Ich bin da«, wiederholte er ruhig. Nur diese drei Worte.

»Gut, du bist da. Was ich mich allerdings frage, ist, was willst du von mir?«

»Dein neuer Fall ...« Mark machte eine bedeutungsvolle Pause. »Almut Lohmann, ihr Mann Friedrich und noch jemand …«

»Ich verstehe nicht, was du mir sagen willst.« Wieso geriet ich derart aus der Spur, weil Mark von Almut und ihrem erschossenen Mann zu reden begann. Und was sollte dieses *und noch jemand* bedeuten?

»Die Liebe!«, gestand Mark und verwirrte mich damit vollends.

»Mord und Misshandlung!«, stellte ich richtig. »Ich kümmere mich um das Gegenteil von Liebe. Das ist mein Beruf.«

»Alles geschieht im Namen der Liebe. Erinnere dich, Lea!« Mark seufzte. Als er weitersprach, klang seine Stimme wie ein Dolch, der nicht verletzte, jedoch auseinanderschnitt und neu zusammensetzte. »Gestattest du mir, dir ins Bewusstsein zu rufen, was Liebe ist?« Es klang nicht wie eine Ermahnung, sondern wie ein Vorschlag. »Novalis hat es so beschrieben: *Die Liebe ist das höchste Reale – der Urgrund*. Ich selbst könnte es nicht besser ausdrücken. Liebe ist die Wurzel von allem.« Ich spürte, dass mich dieser Satz tief berührte, doch ich wusste nicht weshalb. »Mag schon sein, dass der berühmte Novalis Recht hatte. Vielleicht willst du mir sogar erzählen, dass ihr euch, nach dem Tod selbstverständlich, auf einen kleinen Plausch getroffen habt. Novalis und du. Wo auch immer man einander danach trifft.« Ich massierte mir mechanisch die Pulsadern am Handgelenk und versuchte, jeden weiteren Gedanken, der sich mit dem Leben nach dem Tod und dem Mysterium rund um Mark beschäftigte, auszuschalten. »Nimm bitte zur Kenntnis, dass ich zu arbeiten habe«, hob ich an. »Ich bin maßgeblich daran beteiligt, einen mysteriösen Fall aufzuklären, den wir noch nicht mal richtig angegangen sind. Ich hab keine Zeit für Diskussionen, auch wenn mich die Liebe grundsätzlich interessiert.« Es klang arrogant und unnachgiebig und ich hoffte sogar, ich könnte Mark so loswerden und ohne größere Blessuren zu *meiner* Normalität zurückfinden.

»Du behauptest, die Liebe interessiert dich?« Mark lachte leise auf. Doch sein Lachen klang betrübt. Ich wünschte mir inständig, er möge aufhören, mich ins Gebet zu nehmen und ich könnte zurück in mein altes Leben. Doch Mark dachte nicht daran und sprach weiter. Jedes Wort von ihm teilte mir mit: Ich bin da, es gibt mich, Lea! Ich existiere. »Die Liebe interessiert dich als Fallbeispiel. Und natürlich, weil du jemanden in deinem Leben haben möchtest. Menschen sehnen sich nach Liebe, weil sie fälschlicherweise davon ausgehen, ein Partner löse ihre Probleme und mache sie glücklich.« Mark lachte erneut und diesmal klang es verständnisvoll. So, als wisse er selbst am besten, wovon er sprach. »Aber das stimmt nicht. Das ist nicht die Liebe. Es ist die Illusion davon und es geht schief.« Ich begriff, dass Mark mit jedem Wort, das er aussprach, ins Schwarze traf. Es war so, wie er es beschrieb. Wir benutzten die Liebe, um ein Loch, das wir in uns spürten, aufzufüllen. Doch wer gab das schon zu? »Liebe, um etwas zu bekommen. Um sich kurzfristig besser zu fühlen. Das ist nicht die Liebe, die ich meine. Und auch nicht die deine, die du tief in deinem Herzen bewahrst, wie den kostbarsten Schatz, den du je heben könntest. Man muss sich selbst glücklich machen, auch ohne Partner. Erst danach kann die Liebe kommen, die ihr als solche bezeichnet.« Mark schien ein romantischer Philosoph zu sein und er ließ nicht locker. Doch so sehr er auch mein Interesse weckte, grundsätzlich zumindest, so ungern wollte ich ihm weiterhin meine Zeit widmen. Ich hatte immer noch Angst davor, was passierte, wenn ich mir gegenüber zugab, dass Geister existierten. Ich hatte Angst vor einer neuen Freiheit im Denken und den Konsequenzen daraus. Mit wem würde ich noch sprechen können? Und würden meine Freunde sich von mir abwenden und mich als Spinnerin abtun?

»Mark, hör mir bitte zu«, fuhr ich fort, weit ruhiger als zuvor. »Ich glaube nicht an ein ewiges Leben. Den Tod kann man nicht ignorieren. Es gibt ihn. Wenn man stirbt, ist man tot. So ist das nun mal, verstehst du?«

»Stimmt, Lea. Der Körper stirbt und ist für immer verloren und wenn wir lediglich unser Körper wären, stürben wir ebenfalls. Doch wir sind mehr als das. Der Körper ist unser Verstärker auf Erden, unser ausführendes Organ im Äußeren. Er qualifiziert uns dazu, tätig zu sein und anderen Menschen auf der körperlichen Ebene zu begegnen.« Marks Stimme war plötzlich wie eine Decke im Winter, in die man sich hineinkuscheln konnte. Als ich den Gedanken zuließ, dass sein Reden das in mir auslöste, spürte ich, wie ich regelrecht in Marks Arme fiel. Nicht in Wirklichkeit, denn er hatte ja keinen Körper, aber gefühlsmäßig. Ich konnte mich ihm nicht länger entziehen. Ich sank regelrecht in ihn hinein. »Nach dem Tod des Körpers, nach dem Sterben, stellst du plötzlich fest, dass etwas passiert, worauf dich niemand vorbereitet hat. Du lebst immer noch, obwohl jeder auf Erden dir gesagt hat, du würdest es nicht tun. Deine Gedanken und Emotionen funktionieren. Besser als zuvor. Du scheinst über deinem toten Körper zu schweben, wie eine Wolke am Himmel. Du kannst dich in Gedankenschnelle überallhin bewegen. Du siehst, fühlst, wie die Hinterbliebenen um dich weinen, und möchtest ihnen sagen, dass sie aufhören sollen. Du bist immer noch da, obwohl sie dich nicht mehr sehen können. Du sie aber schon.«

Mit linkischer Geste wischte ich eine Träne aus meinen Augenwinkeln. Ich war fest entschlossen, dem gewöhnlichen Leben standzuhalten. Denn wenn ich es nicht täte, müsste ich vor mir selbst zugeben, dass ich in Mark meinem Korrektiv begegnet war. »Wenn das, was du erzählst, stimmt, hieße das, dass ich die Toten, zu denen ich gerufen werde, ihre Seelen, noch vorfände?« Ich schluckte schwer, so sehr beschäftigte mich das, worüber Mark mit mir sprach. Plötzlich war ich mir nicht mehr sicher, ob meine Version unseres Daseins die Richtige war. Was, wenn mein Leben bisher ein Berg aufgeworfener Erde gewesen war. Ohne Struktur, aber mit genügend Inhalt und einem Fundament, wenn ich erst mal Ordnung in alles gebracht hätte.

»Ja, Lea. Du kannst mit Toten sprechen. Sie könnten dir wertvolle Hinweise liefern. Zum Beispiel darüber, wer der Täter ist und warum es überhaupt zur Tat kam.«

Wenn es mir bisher gelungen war, mich notdürftig gegen die Überraschungen in Marks Aussagen zu wappnen, dann brach dieser Mechanismus in diesem Moment in sich zusammen. Plötzlich drehte sich alles um mich herum, zerfloss vor meinen Augen und ordnete sich neu. Ich fühlte mich, als sei ich in einen Strudel hineingeraten. Einen, der mich in unvorstellbare Höhen und in noch weniger vorstellbare Tiefen zog. Was ich durch Mark erfuhr, sprengte meine gesamte Vorstellungskraft. Es war derart unglaublich, dass ich es weder annehmen, aber auch nicht völlig ignorieren konnte.

»Ich bin zu dir gekommen, um deine Feinfühligkeit zu schulen. In nicht allzu ferner Zeit wird es für dich nicht mehr darum gehen, Kriminalfälle zu lösen, sondern darum, sie zu verhindern.« Mark machte erneut eine kurze, bedeutungsschwere Pause. Ich spürte, wie seine Worte regelrecht in mich hineinkrochen. In jeden Winkel meines Körpers. Um dort ein neues Zuhause zu finden. Egal, ob ich meine Einwilligung dazu gab, oder nicht. »Ich warte schon so lange darauf, dass du mir zuhörst.«

»Ach ja?«, schoss ich hervor. Mit meinem letzten Rest an Gegenwehr. Ich war noch nicht bereit aufzugeben. »Wie lange wartest du angeblich darauf, dass ich ganz Ohr bin?«

»Über dreißig Jahre, Lea.«

»Oh, mein Gott!« Ich vergrub mein Gesicht für einen kurzen Moment in den Händen und lugte zwischen den gespreizten Fingern hindurch.

Ich musste mich verhört haben. Mark konnte unmöglich von einer derartigen Zeitspanne gesprochen haben. »Dreißig Jahre sind nur für dich eine lange Zeit. In Wahrheit ist es ein Windhauch, den man kaum auf der Haut spürt.« In meinem Kopf explodierte ein Gedankenkonstrukt unglaublichen Ausmaßes. Ich hörte Mark gar nicht mehr richtig zu. Seine Wahrheiten schienen viel zu weit weg von meinen zu sein. Er war ein Exot unter lauter Normalen, von denen ich eine war. Doch mein Status der Normalität hatte Risse bekommen und ich kam kaum mit der Beseitigung des Schadens nach. Ich hetzte und eilte, reparierte und war unablässig tätig. Doch es fühlte sich mit jedem Loch, das ich stopfte, falscher als zuvor an. Ich beobachtete mich selbst und es schien, als restauriere ich eine Ruine, die schon am nächsten Tag zum Abriss freigegeben werden würde.

Nach einer Weile nahm ich all meinen Mut zusammen, um eine letzte Frage zu stellen. Eine, die alles für mich ändern würde. »Weißt du etwas über meine Mutter, Mark?« Ich kam nicht dazu, weitere Details zu erläutern, denn Mark antwortete augenblicklich. »Deine Mutter ist vor einigen Jahren ganz plötzlich verstorben!«, entgegnete er. Mein Blick fuhr gehetzt, wie der eines Tieres, am Armaturenbrett meines Wagens entlang, dann stolperten meine Augen wieder nach oben, als könne ich Mark irgendwo in der Höhe des Rückspiegels wahrnehmen. »Sie lässt dich von Herzen grüßen. Ihre Liebe, die unendlich ist, umhüllt dich seit dem Tag, an dem sie gegangen ist. Wenn du dich darauf konzentrierst, spürst du es, Lea.« Mark schwieg. Doch am liebsten hätte ich ihm weiter Wort um Wort aus seinem Leib gesogen, den er nicht mehr hatte. »Deine Mutter bittet dich darum, deinem Vater mit Milde zu begegnen. Alles, was er sagt und was dich verletzt, verletzt ihn selbst am meisten. Er glaubt an die Dominanz der Macht und der Stärke. Er nimmt an, er müsse der Tonangebende sein, denn er kennt nichts anderes. Du weißt insgeheim, dass es anders ist, und deshalb bist du die Stärkere. Du wirst einen Weg zu ihm finden, denn er braucht dich. Allein deshalb ist er bei dir.« Ich schwieg lange, nachdem Mark mir diese Informationen über die Gefühlsebene mitgeteilt hatte. Ich schaffte es gerade so, meine Tränen zurückzuhalten, denn ich spürte ganz unmissverständlich nicht nur Marks Anwesenheit, sondern auch die meiner Mutter. Sie saß neben mir auf dem Beifahrersitz, den ich immer frei hielt und streichelte mir besänftigend übers Haar. Wie sehr hatte ich ihre weichen, warmen Hände vermisst, all die Jahre. Ich hatte sie sehr geliebt und es ihr, als sie noch lebte, viel zu selten gesagt. Warum bloß? Ich ließ die wenigen Tränen, die aus meinen Augen rannen, auf meinen Wangen trocknen.

»Was ist mit der Liebe?«, wollte ich von Mark wissen, endlich bereit, ihm auch bei diesem Thema zuzuhören.

»Sie ist der Schlüssel zu allem, Lea. Doch alles geschieht freiwillig, denn der freie Wille ist unantastbar.«

Ich schloss meine Augen und hörte draußen leise den Wind rauschen. Ich hatte Kontakt zu meiner Mutter aufgenommen, wenn auch nur für einen kurzen Moment. Doch in diesem Augenblick hatte ich mich so viel besser gefühlt als die Monate zuvor. Als Psychologin wusste ich, dass nur zählte, wie man sich fühlte. Es waren Momente, auf die es ankam. Dass man ruhig atmen konnte. Sich sicher wähnte. Dass man sich zu lachen traute und beizeiten übermütig war. Ein erwachsenes Kind unter lauter Versteinerten. So drückte ich es gern aus.

»Die Liebe ist dein Thema, Lea. Beruflich und privat. Ich kann dir dabei helfen, einen Weg zur wirklich existierenden Liebe zu finden. Der Liebe, die alles umfasst«, schlug Mark mir vor. Es klang wie eine Freikarte ins Paradies.

»Die Liebe ist oft genug eine Sackgasse«, brach es aus mir heraus, während ich ein weiteres Mal an meine Enttäuschungen dachte, die aus der Liebe hervorgegangen waren. »Meistens verursacht Liebe doch nur Ärger. Versteht ein Geist wie du so etwas überhaupt?«

Ich nahm draußen plötzlich ein planenverhängtes Baugerüst wahr. Der Wind fuhr hinein und drückte die Plane vor dem Gerüst nach innen. Es sah aus, als schmiege sie sich ans Haus. ›Selbst die Plane liebt das Baugerüst‹, durchzuckte es mich.

Mark lächelte und es fühlte sich so an, als wickle er mich damit in ein feuchtes, kühlendes Tuch, das in Momenten, wenn draußen der klebrige Wind vorbeizog, nur zu angenehm war. Ich merkte, wie mir leichter wurde, und entspannte mich. Mein Wagen stand auf einem Parkplatz, während ich mit einem Geist kommunizierte, den ich nicht kannte, der mir aber Zugang zu meiner Mutter gewährte. Ich hatte sie neben mir gespürt. Auf dem Beifahrersitz meines Wagens. Ob ich nun zehn Minuten früher oder später bei Frank eintraf, wen interessierte es und was spielte es für eine Rolle, angesichts dessen, was hier gerade vorging. Die Zeit schlich sich plötzlich aus meinem Wagen und nichts blieb übrig, außer Mark und tausend Fragen, mit denen ich ihn am liebsten überfallen hätte.

Doch ich legte den ersten Gang ein, parkte geschickt aus und fädelte mich, vom zweimaligen Benutzen meiner Hupe unterstützt, energisch in die Autoschlange ein. Ich war fest entschlossen, mich den Dingen zu stellen.

Neun

Noch während der Fahrt rief Frank an und teilte mir mit, dass ich zur Lohmann-Villa kommen solle. Er selbst und zwei Kollegen seien bereits dort.

Ich drehte um und fuhr stadtauswärts, bereit, Almut erneut gegenüberzutreten.

Als ich sie diesmal sah, war ihr Kopf fast vollständig hinter Mullbinden verschwunden, denn die Wunden verteilten sich großflächig über das ganze Gesicht. Auch an Hals und Oberkörper fanden sich welche, die vor einer Infektion geschützt werden mussten. Insgesamt machte sie den Eindruck eines gebrochenen Menschen.

Sie erkannte mich auch diesmal nicht. Zumindest hatte es ganz den Anschein. Frank war bei ihr, doch sie ignorierte ihn. Er stand still neben ihrem Bett, darauf hoffend, dass, wenn ich dazustoße, wenigstens ich eine Reaktion auslösen könnte.

Ich vermutete inzwischen, dass sie mich damals, als wir Schülerinnen waren, nicht wahrgenommen hatte. Meinen Namen musste sie allerdings gehört haben, denn ich war oft deswegen aufgezogen worden: *Lea, die Einsiedlerin. Geh zurück zu deinen verstaubten Büchern. Ab ins Schneckenhaus.* Ich hörte es noch heute. Dass Almut nicht stutzig geworden war, als ich mich ihr vorgestellt hatte, überraschte mich.

Ich kam näher und registrierte, dass ihre Hände nervös über die dünne Bettdecke huschten. Ich setzte mich neben sie und blieb einen Moment still sitzen. Mir kam es vor, als müsse sie sich beschäftigen oder als versuche sie, gegen den Reflex anzukämpfen, sich an den Wunden zu kratzen. Ich gab ihr Zeit, sich zu beruhigen, auch wenn Frank neben uns ungeduldig hin und her zu gehen begann.

Jede halbwegs anständig ausgebildete Psychologin hütet sich vor den Tücken des Mitleids. Mitgefühl dagegen gilt als ein Pluspunkt auf dem Konto ›emotionale Intelligenz‹. Ich wusste, dass ich hier viel zu tun hatte. Ohne meine fachliche Unterstützung würde Frank schnell an eine Grenze geraten, an eine hohe Mauer stoßen, für deren Überwindung er nicht entsprechend ausgerüstet war. Almuts Pflegerin Norma Thata, eine Schwarzafrikanerin, scharwenzelte die ganze Zeit um sie herum, um ihr jeden Wunsch von den Augen abzulesen. Kaum war ich in Almuts Schlafzimmer getreten, da klingelte schon mein Handy. Ich entschuldigte mich, nickte Frank kurz zu und ging hinaus auf den weitläufigen Gang, der von der Größe her in etwa meinem Wohnzimmer entsprach.

»Lea?« Mein Vater! Ich hatte geahnt, dass er keinen Frieden gab. »Mit der Sahne stimmt was nicht. Ich will sie mit dem Quirl schlagen, damit der Mixer nicht schmutzig wird, aber entweder machen meine Handgelenke nicht mehr mit, was eigentlich nicht der Fall sein kann, oder die Sahne ist schlecht, obwohl sie laut Datum auf dem Deckel noch in Ordnung sein müsste.« Er schnalzte mit der Zunge und mir wurde übel. Mein Vater hatte immer noch den Bogen raus und schaffte es, mich mit einem einzigen Anruf auf die Palme zu bringen.

»Und wie kann ich dir von hier aus helfen, außer dir zuzuhören, obwohl ich eigentlich keine Zeit und auch keinen Grund dazu habe?«, warf ich ein. Ich war darum bemüht, nicht ins Unfreundliche abzudriften, aber es gelang mir natürlich nicht.

»Ich dachte, du hättest vielleicht einen Tipp, wie ich es doch noch schaffe, Schlagsahne zum Kuchen zustande zu bringen.«

»Kauf neue!«, schlug ich vor.

»Und wo soll ich hingehen?«, quengelte er.

»Plus, Edeka, Aldi oder irgendein Feinkostladen. Such's dir aus.«

»Glaubst du, ich hab Lust, quer durch die Straßen zu zigeunern auf dem Weg nach einem Becher Sahne?«, warf mein Vater mir vor. Er bemerkte, dass er zu weit gegangen war und ruderte zurück. Wesentlich freundlicher sagte er: »Wo befindet sich denn der nächste Supermarkt?«

»Geh aus dem Haus und bieg dreimal rechts ab und dann einmal links. Circa zwei Kilometer. Dann stehst du davor.«

»Zu Fuß?« Langsam fing ich innerlich an zu kochen. »Mein Wagen ist in der Inspektion«, teilte er mir mit. Als könnte ich etwas dafür. »Nimm ein Taxi. Du kannst es dir leisten.« Offenbar musste ich ihn sogar an das Naheliegendste erinnern. Ich legte auf und kniff die Augen zusammen. Wie lange hatte mein Vater meine Mutter auf diese und ähnliche Weis als Dienstbotin missbraucht? Zeit ihres Lebens. Und jetzt schien seiner Meinung nach ich dran zu sein. Sobald ich wieder zu Hause war, musste ich ernsthaft mit ihm sprechen und eines klarstellen. Ich hatte ein Eigenleben und bestand auch darauf. Und wenn er sich nicht schleunigst daran gewöhnte, würde er meine Wohnung schneller wieder verlassen, als der Müll in meinem Abfalleimer in die Tonne vorm Haus gelangt.

Frank kam aus der Tür und sah auffordernd zu mir rüber. »Alles klar?«, wollte er mit heiserer Stimme wissen. »Mein Vater!«, gab ich Auskunft, als müsse er nach der Information automatisch wissen, welche Konflikte dahinter steckten, welche Qual und welches schlechte Gewissen, obwohl ich mich im Recht wähnte. Wahrscheinlich neigte jede Tochter dazu, es dem Vater recht machen zu wollen. Vor allem, wenn er nicht mehr jung, sondern auf Hilfe angewiesen war. Natürlich wurde genau das mit Vehemenz von meinem Vater abgestritten. »Mit Mitte siebzig braucht man noch keine Hilfe«, hätte er zur Antwort gegeben und seinen halbherzigen Schwindel noch nicht mal bemerkt. »Tut mir leid, ich bin sofort wieder bei dir. Gib mir eine Minute«, meinte ich zu Frank.

»Was wollte er denn?« Er schien sich um seinen Job an Almut Lohmanns Seite am liebsten drücken zu wollen.

»Den starken Mann markieren«, erklärte ich.

»Aha.« Frank grinste und zog mich hinter sich her, zurück in Almuts Schlafzimmer, das sicher der Größe meiner gesamten Wohnung entsprach.

Als Psychologin wusste ich, dass es sich bei meinem Tun um die Aufschiebung der Erfassung unangenehmer Informationen handelte. Ich grübelte herum und verglich die Größe meiner Mietwohnung mit dem Schlafzimmer von Almut. Anstatt brisante Informationen in Erfahrung zu bringen, die mich dem Mord an Friedrich Lohmann und der Misshandlung seiner Frau näher brachten. Mord war eine Tatsache, die mich auch heute noch beunruhigen und belasten konnte. Irgendwo in mir drin war ich nicht nur die Psychologin mit Kenntnissen der Neurologie und Psychiatrie, sondern einfach nur Lea Einsiedel. Eine Frau, die sich vieles vorstellen, manches verkraften, aber nicht alles verarbeiten und schon gar nicht verstehen konnte.

Zehn

Ich hatte Frank und Norma gebeten, das Zimmer zu verlassen, um mit Almut allein sein zu können. Eine Weile saß ich auf ihrer Bettkante, nachdem sie mir dieses körperliche Näherkommen weiterhin gestattet hatte, und blickte mit ihr gemeinsam aus dem Fenster. In den sanftblau getönten Himmel, an dem Vögel hier und da für schwarze Tupfer sorgten. Eine kleine Aufgeregtheit im ansonsten unspektakulären Bild. Ich spürte, wie mein Atem trotz allem gleichmäßig ging. Einatmen bis in den Bauch hinunter, dann dieser kleine, kaum wahrnehmbare Moment des Nichts, bevor es rückwärts wieder ans Ausatmen ging. Ein, aus. Immer wieder dasselbe. Ich ließ die Zeit verstreichen und hielt mich zurück, irgendetwas zu sagen. Vielleicht fing Almut ja als Erste an zu reden, um mir anzuvertrauen, dass sie mich nun erkannte. Sah sie endlich die kleine, gedrungene Lea vor sich, die in Schulzeiten zwar nie am Rand gestanden hatte, aber auch nicht bis zur Mitte, ins Zentrum des Geschehens, vorgedrungen war? Das Zentrum war stets Almut gewesen. Sie hatte die Rolle der Herrscherin perfekt ausgefüllt. Würde es mir helfen, wenn sie sich meiner erinnerte? Oft war erinnern gleichbedeutend mit jemandem vertrauen und das wäre mir recht, denn so könnte ich diesen Fall leichter lösen.

Die umschwärmte Almut und Lea Einsiedel, ich, die damals kaum wahrgenommen worden war, saßen so nah beisammen, wie noch nie zuvor. Wie oft hatte ich mir gewünscht, einmal einen Nachmittag mit Almut zu verbringen. Vielleicht sogar ihre Freundin zu werden. Jetzt hatte sich alles umgekehrt. Nicht ich würde durch sie profitieren, weil man durch einen umschwärmten Menschen nun mal aufgewertet wurde, diesmal war Almut auf mich angewiesen. Ein seltsamer Schwenk des Schicksals.

Nach einer Weile fing Almut tatsächlich als Erste an zu sprechen. So, wie ich es erhofft hatte. Sie sagte: »Bringen wir's hinter uns. Was wollen Sie wissen?« Ich spürte, dass sie nervös war. Ihre Pupillen weiteten sich und auch sonst wirkte jede noch so kleine Bewegung fahrig. Ich nahm es ihr nicht übel. Nach allem, was sie durchgestanden hatte, war es verständlich, aufgeregt zu sein.

»Frau Lohmann«, ich zögerte kurz, »oder darf ich Almut sagen?« Ich legte meine Hand ein wenig näher an ihre, geradeso, dass wir einander nicht berührten. Ich wusste, wie heikel der Sicherheitsabstand zwischen Menschen war. Den durfte man auf keinen Fall überstrapazieren. Trotzdem wollte ich signalisieren, dass ich bei ihr war, ganz nahe, und doch weit genug entfernt, um ihre Identität zu schützen. Das war das erste Sondieren, das Entree.

»Von mir aus. Nennen Sie mich Almut! Ich hab nichts dagegen«, stimmte sie halbherzig zu. »Ich heiße Lea. Lea Einsiedel. Aber Lea reicht«, stellte ich mich ein weiteres Mal vor. Es war der letzte Versuch noch eine Erinnerung in ihr loszutreten. Als keine Reaktion ihrerseits kam, sprach ich weiter. »Ich bin Notfallpsychologin. Aber das wissen Sie ja schon. Nach meinem Studium hab ich mich eine Weile der Neurologie und der Psychiatrie gewidmet, bevor ich mich entschloss, bei der Aufklärung von Verbrechen zu helfen. Seitdem unterstütze ich Hauptkommissar Kastein bei seinen Ermittlungen.« Ich seufzte, während Almut unbeweglich dasaß. »Immer, wenn es um sensible Fälle geht, werde ich hinzugezogen. Ich möchte betonen, dass nichts geschehen wird, absolut nichts, womit Sie nicht einverstanden sind, Almut. Ab jetzt bilden wir ein Team. Eins, das gemeinsam und behutsam herausfinden wird, was geschehen ist und noch geschehen wird. Wir werden uns in dem Tempo, dem Sie zustimmen können, dem Geschehen widmen, das Ihr Leben berührt hat. Das, was mit Ihrem Mann passiert ist. Das was Ihnen passiert ist.«

»Mein Mann ist ermordet worden und ich wurde zum Tier degradiert. Das ist geschehen. Lohnt nicht der Mühe es noch mal hervorzuholen.« Almut presste ihren Atem heraus, als würde sie daran ersticken. »Ich weiß nicht, wie man das behutsam angeht. Da war nichts Behutsames dabei, als geschah, was geschah. Da waren nur Mord und körperliche und seelische Vergewaltigung. Es braucht nicht unbedingt einen Penis, der einem mit Gewalt reingesteckt wird, um sich vergewaltigt zu fühlen. Ich wurde an jeder Stelle meines Körpers misshandelt. Jeder, die Sie sehen.«

»Und auch an einer, die ich nicht sehe, an Ihrer Seele«, fügte ich hinzu. Almut drehte den Kopf weg und starrte aus dem Fenster. Sie war eine Festung, die ich nicht einnehmen konnte.

»Es war also ein Mann, der Ihnen das angetan hat, Almut?«, begann ich vorsichtig mit der Befragung.

»Hab ich das gesagt?« Sie fuhr sich mit der weniger verletzten Hand, der linken, ins Gesicht und stöhnte dabei auf. Ich spürte, dass ich noch behutsamer als bisher vorgehen musste. Oft nützte es, wenn man ein Detail aus dem eigenen Privatleben preisgab. Das schaffte einen Puffer und unterbrach entspannend schwierige Gespräche. Es ermöglichte durchzuschnaufen, bevor man den nächsten, heiklen Punkt anging.

»Natürlich kenne ich solche Belastungen, wie Sie sie erlebt haben, nur aus beruflicher Sicht. Allerdings erlebe ich privat auch gerade etwas, mit dem ich den Umgang erst lernen muss. Mein Vater ist bei mir eingezogen. Er ist weit über siebzig und bestreitet natürlich, dass er einsam ist und Hilfe oder auch nur Unterhaltung braucht. Wir müssen erst einen Weg zueinander finden. Einen, der es jedem von uns ermöglicht, ordentlich weiterzuleben.« Ich machte eine Pause und musste lachen, bevor ich weitersprach. »Manchmal frage ich mich, weshalb man erwachsen wird, sich abnabelt, wenn all das wenig später wieder von vorne losgeht. Nur diesmal andersherum. Wir übernehmen die Elternrolle und unsere Mutter und unser Vater die der Kinder.« Almut hatte mir mit undurchdringlicher Miene zugehört, erwiderte aber nichts auf meine Worte. Also entschied ich mich weiterzusprechen. »Ich will Ihnen helfen, Almut. Ich möchte, dass Sie das, was hinter Ihnen liegt, dieses schreckliche Erlebnis, nicht Ihr ganzes restliches Leben mit sich herumtragen. Wie einen Rucksack, der zu schwer für Ihre zarten Schultern ist. Und ich möchte, dass derjenige, der Ihnen das angetan hat, die Verantwortung dafür übernimmt.« Ich seufzte. »Sehen Sie mich als eine Art Mutter oder Vater, die oder der versucht Sie von etwas zu säubern, das sie beschmutzt hat.«

»Davon hab ich nichts mehr.« Almuts Körper geriet in Bewegung. Sie wand sich im Bett, als könne sie es nicht länger darin aushalten. Ich legte meine Hand auf ihre und sah sie direkt an. Sie erwiderte meinen Blick, bevor sie ihn mir wieder entzog. Man konnte es ruhig als eine Art Kräftemessen bezeichnen, was zwischen uns stattfand.

»Es beruhigt, wenn Sie wissen, dass niemand anderem das zustoßen kann, was Ihnen zugestoßen ist. Nicht von dem Täter, der sich an Ihnen vergriffen hat.«

»Hören Sie auf, mich wie ein Opfer zu behandeln. Ich bin keins mehr, seit ich aus diesem verdammten Schrank befreit wurde. Mein Mann ist tot und ich bin verwundet, verletzt, demoliert. Aber ich lebe. Mit keinem einzigen Gedanken werde ich mich der Vergangenheit widmen. Scheiße, aber mir ist egal, ob jemand gefasst und bestraft wird. Mir geht's nur noch um mich. Verstanden?« Eins stand fest. Almut hatte nichts von ihrer Präsenz verloren. Und auch nichts von ihrer Durchsetzungskraft.

»Wollen Sie denn nicht, dass wir den Tod Ihres Mannes aufklären?«, versuchte ich es noch einmal.

»Das ist mir scheißegal. Ich will meine verfluchte Ruhe. Wenn ich weiß, wer's war: Bringt mir das meinen Mann zurück?« Almut hatte plötzlich einen herrischen Zug um den Mund, den ich noch nicht an ihr gesehen hatte. »Lassen Sie mich in Frieden, Frau Einsiedel. Klären Sie einen anderen Fall. Gehen Sie! Verlassen Sie mein Haus. Und kommen Sie nie wieder.« Sie meinte es ernst, das wusste ich sofort.

Ich sah sie verwundert an. Irritiert und auch überrascht von der Energie, mit der sie mir ihre Worte entgegengeschleudert hatte wie eine Waffe. Diese Frau hatte Energiereserven, die ich ihr nicht zugetraut hätte. Zumindest nicht in der Situation, in der ich ihr heute gegenübersaß. Ich nickte ihr stumm zu, stand auf, strich die Falte glatt, die ich auf ihrem Bett hinterlassen hatte, und verließ den Raum.

Unten traf ich auf Frank und Norma Thata. Ich zuckte nur die Schultern.

»War nicht zu überhören das zarte Organ der Frau Lohmann«, gab Frank zu und grinste emotionslos.

»Ich befinde mich in der Zwickmühle. Da soll ich Almuts freien Willen respektieren und gleichzeitig meiner Arbeit nachgehen und Ergebnisse liefern«, stellte ich verwirrt fest. »Auch um eventuell Menschen zu schützen, die als Nächstes als Opfer missbraucht werden könnten.« Eine dichte, pochende Hitze hatte sich im Raum breitgemacht. Ich ging zur Schiebetür, die in den Garten führte, und öffnete sie. Hitzegetränkte Luft strömte herein. Ich atmete sie ein und setzte mich Frank und Norma gegenüber in einen der Designersessel.

»Offenbar hab ich das Gespräch falsch angelegt. Keine Ahnung, was schiefgelaufen ist«, gab ich zu. Norma Thata hatte mir ein verstelltes Lächeln gegönnt, war aufgestanden und leise hinausgegangen. Wahrscheinlich war sie auf dem Weg zu ihrer Patientin. Dafür wurde sie bezahlt.

Mir fielen Mark und seine seltsamen Eröffnungen ein. Und natürlich das Gefühl, das sich nach den Kontakten mit ihm bei mir eingebrannt hatte. Fieberhaft überlegte ich, ob ein weiteres Gespräch mit ihm helfen würde.

Elf

Zu Hause erlitt ich den nächsten Schock. Mein Vater hatte sich im Wohnzimmer breitgemacht, wie es sonst nur kleine Kinder tun, die neues Spielzeug geschenkt bekommen hatten und es nun auf Teufel komm raus ausprobieren wollten. »Ich arbeite nur ausnahmsweise hier, Lea«, versprach er in einem Ton, dem man die charmante Lüge anhörte. »Ich muss die Wasserflecken an dieser Holzplastik entfernen und natürlich die Kratzer. Dafür war in deinem Büro eindeutig zu wenig Platz. Ach ja, und den angeschlagenen Rahmen dieses kleinen Bildes hier, mit dem muss ich mich natürlich auch noch befassen, und zwar mit dem hier.« Er deutete auf eine Flasche und mehrere Gefäße, in denen er irgendein Gebräu angerührt hatte. »Das gebe ich auf die beschädigten Stellen und im Nu ist der Farbton wieder in Ordnung. Eine einfache Prozedur, aber sehr wirksam.«

»Eine einfache Prozedur, die vermutlich eine Menge einbringt. Ich weiß«, seufzte ich und ließ mich in meinen Lieblingssessel vorm Fenster fallen. Ich blickte hinaus, um mich auf andere Gedanken zu bringen. Positivere. Wenn es so weiterging, hatte ich bald nur noch mein Schlafzimmer zur Verfügung. Und natürlich das Bad, zumindest zwischen halb sechs und viertel nach. Danach stürmte mein Vater den kleinen Raum. Aber das war im Augenblick nebensächlich. Mich interessierte mein Scheitern bei der Befragung von Almut. Ich sah mich ständig mit Menschen konfrontiert, die Traumata erlitten hatten. Ausnahmslos alle hatte ich befragt, weitere Behandlungen mitbestimmt oder angeregt. Natürlich glich kein Fall dem anderen, aber meistens war es mir gelungen, einen Zugang zu der Person zu finden, mit der ich sprechen sollte, um so den Fall zu lösen. Diesmal war ich gleich zu Beginn gescheitert. Ich sollte nicht mehr wiederkommen. Das war etwas Neues. Und es irritierte mich.

»Wieso bist du schon zurück? Ich hab noch nicht mit dir gerechnet«, redete mein Vater in meine Gedanken hinein, während er geschickt, das musste man ihm lassen, an der Plastik herumwerkelte. »Es ging schneller als gedacht«, sagte ich nur.

»Mit gutem oder schlechtem Ergebnis?«, wollte er wissen.

»Mit miserablem Ergebnis, sofern man in der frühen Phase überhaupt von einem solchen sprechen kann.«

»Dacht ich's mir doch. Du siehst frustriert aus.«

»Du auch.«

»Da irrst du, mein liebes Kind. Wenn ich arbeite, bin ich nie frustriert. Und dass ich keine Schlagsahne für einen Kuchen hinbekomme, tangiert mich nun wirklich nicht.«

In der Küche sorgten zwei halbangebrochene Becher Sahne, ein verklumpter Quirl, etliche Brösel auf dem

Boden und ein fast leer gegessenes Blech Himbeerkuchen für Unordnung.

»Genauso, wie du es liebst, Lea Einsiedel«, murmelte ich vor mich hin, nachdem ich in der Küche verschwunden war. Fest entschlossen, einem Kurzschluss im Gehirn entgegenzuwirken, nahm ich das Scheuermittel aus dem Schrank, griff nach Schwamm und Lappen und ging ans Werk. Sorgsam schrubbte ich die Arbeitsfläche und den Boden sauber, stellte die Sahne zurück in den Kühlschrank, weil sie draußen, in der Wärme, nur schlecht werden würde – etwas, das ich Papa unbedingt beibringen musste, wenn unsere Haushaltskosten nicht explodieren sollten –, und sorgte mit geübten Handgriffen für Ordnung in meinem Blickfeld. Als alles erledigt war, stand ich einen Moment da. Es gab nichts mehr für mich zu tun. Ich sah, wie draußen eine Biene den Kelch einer Blüte einnahm. Ein wunderbar entspannendes Bild, das man in der Stadt nicht alle Tage zu sehen bekam. Gegenüber brach sich eine andere Welt eine Schneise. Häuser, nichts als Häuser. Höhere, niedrigere, dazu Straßenlaternen, Verkehrsschilder, Asphalt, dahinhastende Menschen, Autos. Plötzlich ahnte ich, was mit mir geschehen war. Ich hatte Almut nicht meine ganze innere Aufmerksamkeit geschenkt. Ich war nicht so präsent gewesen, wie ich es hätte sein sollen, denn ich hatte ständig an die Almut von damals gedacht.

Außerdem waren mir die Probleme rund um das Zusammenleben mit meinem Vater und vor allem die Begegnungen mit Mark im Kopf herumgegangen. Und Almut? Was hatte ihr Gehirn derart gefangen genommen, dass sie die hilfreiche Hand einer Notfallpsychologin ausschlug? War ihr doch noch eingefallen, dass wir einander kannten und sie hatte es nur nicht eingestanden, weil ihr der Umstand unseres Wiedersehens unangenehm war? Weiteres Nachsinnen und Herumgrübeln würde nicht helfen. Es war an der Zeit, einen anderen Zugang zu den Dingen zu finden, wenn ich die Ermittlungen nicht behindern wollte. Einen, der meine Intuition auf den Plan rief.

Was sprach dagegen, mich eine Weile ins Schlafzimmer zurückzuziehen, meinem Vater den Wust im Wohnzimmer zu überlassen und mit Mark weiterzureden? Ich wrang den Schwamm ein letztes Mal aus und legte ihn unter die Spüle. Danach verließ ich die Küche, seltsam beruhigt, weil alles wieder an seinem Platz war, aber auch wegen meiner Idee, mit Mark zu reden.

Ich hatte mich lange nicht mehr tagsüber aufs Bett gelegt. Heute tat ich es, indem ich mir das Kissen bequem im Nacken zurechtschob und die Füße salopp übereinander schlug. Danach schloss ich die Augen, froh, einfach so dazuliegen. Doch anstatt ein inspirierendes und weiter aufklärendes Gespräch mit Mark in die Wege zu leiten, glitt ich in einen traumlosen Schlaf, der mich über zwei Stunden außer Gefecht setzte.

Als ich wieder aufwachte, standen die Zeiger meiner Uhr auf dem Nachttisch auf kurz nach sechs. Ich gähnte und ärgerte mich darüber, eingeschlafen zu sein und dadurch so viel Zeit verloren zu haben.

Zeit! Das war eines der Wörter und vor allem einer der Umstände, mit denen ich nie richtig klargekommen war. Ständig lief mir die Zeit davon. Frank und ich brauchten zu viel davon, um einen Fall aufzuklären. Zumindest behauptete das unser Vorgesetzter, Walter Platzker, wenn er sich einschaltete. Und meine ständig anwachsenden Falten im Gesicht machten mir jeden Morgen aufs Neue klar, dass nicht mehr allzu viel Zeit übrig blieb, um den richtigen Partner halbwegs ansehnlich in mein Leben zu ziehen. Verfluchte, verflixte, verhasste Zeit, ärgerte ich mich im Stillen, obwohl ich mich doch entspannen wollte.

»Hast du dir schon mal Gedanken darüber gemacht, dass Zeit keine Rolle spielt, wenn es den Tod nicht gibt. Zumindest keinen, der deine Seele, dein wirkliches Sein betrifft?«

Mark war da. Hatte er meinen Wunsch, noch einmal mit ihm zu sprechen, gespürt? Konnte er meine Gefühle orten und sich so in mich einfühlen? Auf die sensible Empfindung, dass er bei mir wäre, hatte ich die ganze Zeit hingefiebert. Doch ich kam nicht dazu, ihn das, was mir im Kopf herumspukte, zu fragen denn er sprach bereits weiter.

»Ja, du denkst richtig, Lea. Ich kann Gedanken lesen. Klingt lässig, nicht wahr, aber im Grunde kann es jeder. Man muss es lediglich trainieren und sich darauf einlassen.« Ich dachte sofort an Naturvölker, etwa die Aborigines. Die konnten sich durch Gedankenkräfte über viele hunderte Kilometer hinweg verständigen. Durch die Bündelung ihrer Gedankenkräfte. Die meisten Wissenschaftler, und nicht nur die, staunten darüber und wollten dieses Phänomen durch wissenschaftliche Experimente belegen. »Für jeden, der noch etwas vom ursprünglichen Leben in sich trägt und spüren kann, ist die Tatsache des Gedankenlesens vorstellbar«, behauptete Mark rundheraus. Ich schwieg, weil mich dieser erneute kleine Vortrag von ihm sprachlos machte. Doch nach einer Weile fiel mir wieder mein Zuständigkeitsbereich ein. Almut. Mein Rauswurf. Ich musste Mark um Hilfe bitten. »Es gibt Probleme, Mark. Ich komme nicht an Almut Lohmann heran«, gestand ich.

»Ihr Kopf ist eine Müllhalde«, erklärte Mark eindringlich. Ein passendes Bild ihres psychischen Zustands, fand ich.

»Wie kann ich die Müllhalde säubern, bevor sie zu stinken anfängt?«, hakte ich nach. Almut war kein normaler Fall für mich. Sie war die Freundin, die ich nie gehabt hatte, aber immer hatte haben wollen. Ich hatte furchtbare Angst, ich könnte an ihr scheitern und es könnte noch mehr geschehen. Wenn Mark mir schon wertvolle Hinweise gab, konnte ich ihn ruhig in die Pflicht nehmen, was Almut betraf. »Derjenige, der Almut Lohmanns Mann getötet und sie so übel zugerichtet hat, könnte das auch jemand anderem antun. Es gibt kein Motiv, es wurde nichts gestohlen. Der Fall ist rätselhafter, als ich anfangs dachte«, gab ich zu. »Außerdem liegt Almut mir sehr am Herzen. Ich kenne sie von früher«, fügte ich noch an.

»Derjenige, der das getan hat, wird nirgendwo sonst tätig werden. Aber etwas Anderes könnte geschehen. Jemand, an den du jetzt nicht denkst, ist in Gefahr. In Lebensgefahr, Lea.«

Ich spürte, wie sich ein beklemmendes Gefühl in mir breitmachte. Es nahm meinen Körper in Geiselhaft und ich konnte mich nicht dagegen wehren. »Was soll ich tun?«, fragte ich, eindringlicher als zuvor. Dann ging es mit mir durch. »Shit!«, fluchte ich laut. »Ich komm nicht an sie ran und du sagst kein Wort, Mark.«

»Du musst deine Schwingung, einfacher ausgedrückt, deine Energie, erhöhen. Wenn das passiert, wird Almuts niedrigere Schwingungsfrequenz dazu gezwungen werden, deiner höheren zu folgen.«

»Und wie mache ich das?« Mit einem Vorschlag, den ich noch nicht mal verstand, war mir nicht geholfen, ärgerte ich mich insgeheim.

»Lass die Angst weg«, verlangte Mark von mir. »Grandios«, entglitt es mir. »Wenn du mir jetzt noch sagst, wie ich das hinkriege, dann spricht nichts dagegen.« Der Vorschlag hatte zwar etwas für sich. Doch wie sollte ein gewöhnlicher Mensch wie ich es schaffen, ohne Angst durch die Tage zu kommen? Ich begann nervös an meiner Lippe zu nagen. Wie stellte Mark sich ein angstfreies Dasein überhaupt vor? Sogar minimale Ängste waren durch einen Besuch beim Psychologen nicht mal eben so loszuwerden. Angstbekämpfung war eine echte Herausforderung.

Mark spürte, dass ich mit mir haderte. »Fang klein an, Lea«, versuchte er mich zu motivieren. »Beginne mit der Angst, zu wenig Zeit fürs Leben zu haben. Danach nimmst du dir die Angst vor deinem Vater vor.« Für ihn schien alles ganz leicht zu sein. »Und wenn es dir damit etwas besser geht, stellst du dich der Angst vor Männern im Allgemeinen. Vor allem dem Zweifel, keinen mehr fürs Miteinander-Leben zu finden. Du brauchst dich nicht vor tiefer, alles umfassender Liebe zu fürchten. Auch vor mir nicht, Lea …!« Mark stockte. Ich fühlte, wie etwas um mich herum sich verstärkte oder verdichtete. Die Luft schien schwerer geworden zu sein. Was passierte gerade mit mir. Was ging hier vor?

»Ich habe keine Angst vor dir«, stellte ich trotzig fest, glaubte aber selbst nicht an das, was ich sagte.

»Doch, das hast du.« Marks Stimme blieb liebevoll, aber bestimmt.

»Ich spüre es und es tut mir weh, weil du mir nicht vertraust. Lass uns Freunde werden. Denn ...« Mark zögerte erneut, fasste sich schließlich und sprach weiter. Was er sagte, haute mich um. »... denn ich liebe dich, Lea. Ich liebe dich seit dem Tag, als wir uns zum ersten Mal begegnet sind.«

Zwölf

Almut lag im Bett, den Blick starr gegen die Decke gerichtet, die ihr wie der Deckel einer Kiste vorkam, in der sie gefangen war. Wenn sie gesprochen hätte, wäre in ihrer Stimme unendliche Bosheit mitgeschwungen. Aber sie konnte nicht. Sie brachte nichts heraus. Keine einzige Silbe. Sie sprach nicht und sie aß nicht. Alles, was sie tat, war trinken. Wasser. Literweise Wasser. Als sei sie kurz davor auszutrocknen.

Als sie sich nach unendlich langer Zeit mit schroffer Willkür die Decke von den Beinen schob, sah sie an sich hinunter, wie von der Sicherheit einer Anhöhe auf ein ausgetrocknetes Flussbett. Ihre Beine lagen vor ihr, wie abgetrennt von ihren Empfindungen. Vermutlich hätte sie sich eine brennende Zigarette auf dem Oberschenkel ausdrücken können und hätte nichts gespürt. Genauso gleichgültig fühlte sich alles an. Fremd, weit entfernt. Der Körper träge, dahinsiechend, wie tot. Manchmal sah sie seltsamerweise dottergelbes Gedärm in ihrem Inneren. Es schwabbelte auf und ab, hin und her. Es war, als schaue sie sich einen Film an, der ihren Körper zum Thema hatte. Aber alles lag nur darin herum und passte nicht zueinander. Sie war außen vor. Sie lebte und lebte doch nicht.

Damit hatte sie nicht gerechnet und darauf war sie auch nicht vorbereitet gewesen. Das Erlebte machte sie fertig, verfolgte sie mit jedem Atemzug, jedem nicht gedachten Gedanken, in jeder Sekunde ihres verbliebenen Lebens.

Was hatte sie getan? Was hatte sie nur dazu bewogen, *nicht* in ihren Porsche zu steigen, um wie immer zum Sport zu fahren und ihren Körper zu stählen. Was hatte sie veranlasst, diese Entscheidung zu treffen, die zu einem Radikalschwenk in ihrem Leben führen sollte. Eine neue Regieanweisung. Eine, die nicht zu revidieren war.

Die Sonne, die von draußen durch die dünnen Vorhänge schien, die sich in ihr Gesicht presste und ihr den Schweiß aus den Poren trieb, war eine Verbündete für den Augenblick. Sie ließ die kleinen, klebrigen Tropfen unter den Mullbinden gewähren. Am liebsten hätte sie die Vorhänge von den Stangen gerissen und sich der gleißenden, sengenden Mittagssonne ausgesetzt. Auf dass sie ihr die Lippen zum Springen brächte, ihr Krater in den Leib stieße, nur durch Hitze, durch alles aufschmelzende Hitze. Sie verdiente jede Qual. Sie hatte den Teufel gerufen und er war gekommen.

Der Mann, der Friedrich kaltblütig getötet und ihr seine

Fäuste und Füße ins Gesicht, in den Magen, in die Nieren und überall sonst hin gerammt, gebohrt und gestoßen hatte, befand sich noch in ihrem Haus. Vielleicht hielt er gerade jetzt sein Gesicht in die Sonne. Dieselbe Sonne, die sie sah. Glühend vor Glück, voller Vorfreude. Unversehrt, vor allem unversehrt. Die Tatwaffe nah bei sich. Bereit, jeden Moment hervorzukommen, wie die Ratte aus ihrem Loch, auf der Suche nach Abfall und Dreck.

Dreizehn

Als ich am nächsten Morgen aus dem Bett stieg und nur mit einem T-Shirt am Leib aus dem Fenster sah, brach die Sonne sich durch das letzte Stück Nacht einen Weg. Alles war in tiefes Rot getaucht. Nicht sanft und leise, sondern verheißungsvoll und laut. Der Himmel stand in Flammen. Es war ein Naturschauspiel, wie man es nur selten erlebte, und vor allem nur dann, wenn man früh genug aus dem Schlaf gerissen worden war. Ich spürte, wie Dankbarkeit in mir aufstieg. Dafür, dass ich diesem stillen Moment beiwohnen durfte. Ein Geschenk das nichts kostete.

Für diesen Augenblick am Fenster stand die Zeit still und ich hatte es viel zu spät bemerkt. Plötzlich wurde ich gewahr, dass alles in Ordnung war, obwohl sich seit gestern Abend nichts in meinem Leben geändert hatte. Ich spürte, dass mein Empfinden mit dem Stillstehen der Zeit zu tun hatte. Und dann fiel mir ein, dass man beim Blick in den Himmel immer nur die Vergangenheit sieht. Von manchen Sternen braucht das Licht bis zur Erde Millionen Jahre. Man sieht also einen Stern, wie er vor Millionen von Jahren, irgendwann, existierte. Vielleicht gab es ihn jetzt gar nicht mehr, obwohl man ihn wahrnahm. Eine verrückte Sache.

Ich begann damit, das Bettzeug auszulüften und jeder meiner Handgriffe wurde von einem Gedanken an Mark begleitet. Er hatte mir seine Liebe gestanden und war gleich darauf verschwunden. Ich war mit einem Liebesgeständnis dagestanden und hatte, wie es meine Art war, sofort begonnen, darüber nachzusinnen. Schließlich war ich zu dem Ergebnis gekommen, dass Mark von der Liebe im Allgemeinen sprach. Er liebte mich, wie Menschen sich liebten, wenn sie einander mochten. Nicht wie ein Mann gegenüber einer Frau empfand, die er begehrte. Ich verbot mir weitere Grübeleien zu dem Thema, legte das Bettzeug zurück aufs Bett und schloss energisch das Fenster, das ich geöffnet hatte. Dann ging ich in die Küche und während ich ging, gestand ich mir ein, dass es irgendwo in mir eine Lücke gab, was Marks Liebesgelöbnis anbelangte. Etwas sehnte sich danach, dass er seine Liebesworte so gemeint hatte, wie sie geklungen hatten: »Ich liebe dich, Lea! Und ich will mit dir zusammensein.«

Als ich die Butter aus dem Kühlschrank genommen hatte, damit sie später gut streichbar war und das Klo entern wollte, saß mein Vater bereits drauf. Seine blaugrün karierte Schlafanzughose hing ihm in den Kniekehlen wie Wäsche an der Leine; so saß er da, die Lippen wie Striche aufeinandergepresst und beschimpfte mich. »Anklopfen,

Lea, keine schlechte Sache, meine ich!« Ich war entschlossen, meine gute Laune beizubehalten, ging stattdessen ins Bad, stellte mich unter die Dusche, drehte das Wasser auf und ließ meinen Urinstrahl dazu rinnen.

Als ich die Haare eingeschäumt und gewaschen hatte, mit Creme und Parfüm versorgt und angezogen war, ging ich erneut in die Küche. Dort erwartete mich ein ungewohnter Anblick. Ein Großteil der Arbeitsfläche war mit Kürbiskernölkapseln, Vitamin-B12-Präparaten, Vitamin-C-Brausetabletten und weiteren Kleinigkeiten ähnlicher Couleur verstellt. Vorhin, als ich lediglich die Kühlschranktür geöffnet hatte, war mir das nicht aufgefallen.

Mein Vater hatte das WC verlassen und streckte seinen Kopf flugs durch die Türöffnung, als habe er mitbekommen, was mir durch den Kopf ging: »Alles Vorsorge. Die Kürbiskernpräparate sind für meine Prostata. Ich muss inzwischen leider zwei-, dreimal nachts aufstehen. B12 ist für die Nerven und Vitamin C braucht wirklich jeder, Lea.«

»Aha«, presste ich nur heraus.

»Was hältst du von einem starken Earl Grey, einem getoasteten Dinkelbrot, Sauerrahmbutter und Light-Marmelade zum Frühstück?« Er freute sich offenbar aufs Essen. »Ah, wunderbar, die Butter hast du schon rausgestellt.« Papa deutete in die rechte Ecke, die ich noch gar nicht richtig wahrgenommen hatte. »Ich war im Reformhaus. Einkaufen. Wenn ich schon bei dir wohne, will ich mich auch erkenntlich zeigen.«

»Erkenntlich zeigen?« Im Inneren meines Mundes zog sich alles zusammen, als hätte ich gerade herzhaft in eine

Zitrone gebissen, die ich irrtümlich für eine Orange gehalten hatte.

Das Gesicht meines Vaters verschwand wieder im Dunkeln hinter der Türöffnung. »Das Erkenntlich-Zeigen hört wohl bei der Zubereitung des Frühstücks auf«, rief ich ihm hinterher. Seltsamerweise konnte mich heute nichts aus der Ruhe bringen, zumindest nicht wirklich. Ich war so gut drauf, wie schon lange nicht mehr.

Als ich ins Revier kam, saß Frank mit hängenden Schultern in seinem Stuhl. Ich hatte Erbarmen mit diesem Häufchen Mensch in dunklem Leder vor schon lange nicht mehr geputzten Fensterscheiben, die die Welt draußen immer gleich wiedergaben.

»Ich hab mich gestern in Friedrich Lohmanns Firma umgesehen«, meinte er zur Begrüßung und straffte die Schultern.

»Eine ziemlich passable Werbeagentur«, räumte ich ein und schmiss meine Tasche auf den freien Sessel.

»Das ist nicht mal 'ne Untertreibung, Lea.« Frank kratzte sich ausgiebig die Stirn. »Almuts Mann war einer *der* Werber Deutschlands. Den hat man beauftragt, wenn man ein richtig großes Ding landen wollte. Wenn du einen Blick in die Bücher wirfst und den Jahresumsatz siehst, wirst du entweder rot oder frustriert. Such's dir aus.«

»Dann nehme ich rot. Damit kann ich heute eine Menge anfangen«, gab ich freundlich zurück. Ich dachte kurz an den Sonnenaufgang und rot als Farbe der Liebe und hievte mich auf die Kante von Franks Schreibtisch. »Gibt's sonst noch Neues? Was sagt die Gerichtsmedizin? Was sagt Platzker?«, hörte ich mich fragen, während ich mich zu Frank hinüberbeugte, um Bereitschaft zu signalisieren.

»Die Gerichtsmedizin hilft uns leider nicht weiter. Zwei saubere Schüsse in Friedrich Lohmanns Körper. Aber das wussten wir ja bereits. Und die Spurentechnik jubiliert, weil sie nichts zu tun hat. Zumindest nichts zu melden. Es gibt keine interessanten Fingerabdrücke in der Lohmann-Villa. Aber auch das erstaunt uns nicht wirklich.« Frank zog die Augenbrauen unnatürlich eng zusammen.

»Und Platzker!«, wollte ich noch wissen. »Platzker?«, Frank lachte kurz auf. »Dein Schuckiputzi glaubt noch immer, dass du auf ihn stehst. Schließlich hast du letzte Weihnachten, erinnere dich an unsere Feier, fünf mal mit ihm getanzt.« Frank grinste frech. »Oh nein!« Ich verdrehte die Augen, dass es wehtat. Wenn Walter Platzker lachte, entblößte er mit seiner oberen Zahnreihe auch sein rosa geschwollenes Zahnfleisch und die Ansätze mehrerer Kronen, die längst ausgetauscht gehörten. »Macht vorwärts, Leute. Wir brauchen Ergebnisse«, äffte mein Kollege Platzkers Stimme nach, einschließlich seiner Gesten, die er den Worten gewöhnlich folgen ließ.

Frank konnte seinen Vorgesetzten derart originalgetreu nachahmen, dass ich üblicherweise nicht nur grinsen, sondern lauthals losprusten musste. »Na dann«, hob ich an und stieß die Luft aus meinen Lungen. »Ich würde sagen, wir sitzen ganz schön in der Scheiße.«

»Kannst du laut sagen. Aber wir haben ja ein gutes Raumspray.« Frank holte ein Duftspray mit Rosenaroma aus der Lade seines Schreibtischs, drückte auf den weißen Knopf und sprühte es großflächig in den Raum. »So, jetzt riecht's so schnell keiner mehr«, meinte er selbstzufrieden, während ich ein Hüsteln gerade noch hinunterschlucken konnte. Franks Büro strahlte heute Morgen eine seltsame Hintergrundspannung aus. Ich vermutete die Erregung rund um die ausbleibenden Ergebnisse als Grund. Frank hatte gut reden, denn ich war diejenige, von der jeder Ergebnisse erhoffte. Gute und vor allem schnell gelieferte. Egal ob Almut nun mit mir reden mochte oder nicht.

Obwohl ich wirklich anderes zu tun hatte, dachte ich immer wieder an Mark. Vor allem daran, was er über das Phänomen der Angst gesagt hatte. Wenn ich die besiegen könnte, ginge mir alles leichter von der Hand. Ein Satz wie eine Granate. Andererseits wäre es einen Versuch wert.

Doch die Kontrolle von Gefühlen durch das Denken ist ein zweischneidiges Schwert und eine seltsame Angelegenheit. Kommt sie zu oft zum Zug, verliert man womöglich die Fähigkeit, Hilferufe des emotionalen Gehirns wahrzunehmen. Die Folge davon ist, dass man Gefühle als nicht zulässig einstuft. Männer, die nicht weinen dürfen, weil sie Männer sind, so was kommt unter anderem dabei heraus, grübelte ich. Wenn man sich aufwühlende Bilder ansieht, verstümmelte Leichen etwa, reagiert das emotionale Gehirn sofort darauf. Mitgefühl flammt auf. Versucht man, die Gefühle unter Kontrolle zu halten, dann sieht man, wie die kortikalen Bereiche die Bilder ihres aktivierten Gehirns verdrängen und die Aktivitäten des emotionalen Gehirns blockieren. Es muss also einen anderen Weg geben, als den, die Angst durch das Denken zu besiegen. Dass das nicht möglich ist, hat man hinlänglich bewiesen. Sogar jahrelange Gesprächstherapie bringt oft genug nur Teilerfolge.

Mein analytischer Gedankenstrom riss nicht ab. Natürlich, es gab den direkteren Weg über den Körper. Mit dreimal zwanzig Minuten Sport in der Woche hatte man hervorragende Ergebnisse erzielt, was die Behandlung von Angstgefühlen und Depressionen anbelangt. Bessere als durch das Verschreiben und Einnehmen von Antidepressiva. Mir wurde schlagartig bewusst, dass ich mich seit Jahren nicht mehr um Sport und den tatsächlichen Zustand meines Körpers kümmerte. Den nahm ich nur am Rande war. Er funktionierte, ich hatte Sex, tauschte mich aus. Alles im grünen Bereich. Doch vom Optimum war ich meilenweit entfernt. Vielleicht sollte ich es über diese Schiene versuchen? Ich musste mich wieder mehr bewegen.

Als ich aus dem Fenster blickte, bemerkte ich, dass es draußen ungewöhnlich ruhig war. Wärme schon am frühen Morgen hatte offensichtlich die Wirkung einer Schlaftablette. Die wenigen Menschen, die unterwegs waren, schlenderten die Straßen entlang, als hätten sie Urlaub. Der Verkehr trödelte die zweispurigen Straßen entlang, gemächlich, völlig untypisch für die Stadt.

»Wie willst du Almut Lohmann knacken, Lea? Ich versteh zwar nichts von deinem Psychokram, aber setz ihn endlich ein, damit ich hier nicht wie angeschossenes Wild verfaule«, bohrte Frank nach. Er stützte das Kinn auf die Hand und sah mich treu an.

»Das autonome Nervensystem besteht aus zwei Strängen. Und die regen alle Körperorgane an, ausgehend vom emotionalen Gehirn. Der als ›Sympathikus‹ bezeichnete, setzt Adrenalin und Noradrenalin frei und steuert Kampf- und Fluchtreaktionen. Der Herzschlag wird beschleunigt. Der ›Parasympathikus‹ setzt einen anderen Neurotransmitter frei, der in Zusammenhang mit Entspannungszuständen wirksam wird.« Franks treuer Blick war einem wütenden gewichen. Er sah aus, als wolle er mich ins Gebet nehmen, denn er hielt nichts davon, übermäßig mit meinem Fachgebiet konfrontiert zu werden. »Der Herzschlag wird verlangsamt. Bremse und Gaspedal. Einleuchtend, oder?«, erklärte ich weiter. »Ich muss Almut Lohmann in einen Zustand der Entspannung versetzen. Einen Moment lang kein Adrenalin, sprich keine Fluchtreaktion im Sinn, sondern frei wie ein Vogel und bereit, sich mir zu öffnen. Aber da ist was in ihrem Blick und in ihren Gesten. Als müsse sie sich vor sich selbst schützen. Ich weiß nicht, woher es kommt, aber ich spür's. Es ist Angst, aber nicht die Art von Angst, die ich gewöhnlich vermute«, ergänzte ich.

Franks Finger standen mit einem Mal wie Taktstöcke in die Luft. Er sah mich verwirrt an. »Herrgottnochmal, ich versteh nicht mal ein Viertel von dem, was du sagst. Optimistisch geschätzt. Fahr zu Frau Lohmann und häng dich an sie ran. Wie du das anstellst, geht mich nichts an. Aber tu endlich was.«

Ich rutschte von seinem Schreibtisch, zog mir den Rock zurecht, der viel zu hoch gerutscht war – ein Umstand, den Frank durchaus mit einem Blick quittierte –, schnappte meine Tasche und ging hinaus.

Draußen spürte ich die Wärme im Nacken und auf meinen Schultern und das stimmte mich zuversichtlich. Ich würde einen Weg finden, mit Almut klarzukommen.

Ein komplizierter Fall hatte mich früher auch nicht abgeschreckt. Eher sogar gereizt. Doch seit einiger Zeit gestalteten sich die Dinge schwieriger. Wie verrückt alles noch werden sollte, wusste ich nicht.

Vierzehn

Während ich aus der Stadt hinausfuhr, die Häuser kleiner, seltener und die Bäume und Wiesen häufiger wurden, fiel mir plötzlich wieder ein, womit ich mich am Rande meines Studiums beschäftigt hatte. Eine ganze Weile hatte ich mit verwirrten Kindern gearbeitet, die nicht in der Lage waren zu sagen, was ihnen fehlte und ob ihnen etwas wehtat. Damals hatte ich nach anfänglicher Verzweiflung, weil nichts weiterging, eine magische Frage gestellt, die mir Tür und Tor öffnete. »Was fühlst du in deinem Herzen?« Mit diesem Satz war es mir gelungen, die Emotionen der kleinen Patienten anzuzapfen. Die Kinder hatten gespürt, dass sie sich öffnen durften und dass ich nicht schimpfen würde.

Früher hatte Almut dazu tendiert, sich vorher zu überlegen, ob das Gefühl für einen Jungen das Aufbrezeln und all das lohnte. Zumindest in Fällen, in denen er mehr in sie verliebt war, als sie in ihn, was meist der Fall gewesen war. Das unterschied sie von den meisten anderen. Wir beratschlagten uns zwar wenn's um Jungs ging, doch wir redeten mehr um des Redens willen, nicht um ein besseres Ergebnis zu erzielen. Wir waren zu sehr von unseren Gefühlen überwältigt. Almut war anders. Sie plante und führte sauber aus. Wie zu erwarten, war sie auch heute eine vernunftbegabte Person. Sie neigte dazu, die Welt um sich herum fast ausschließlich über die Vermittlung ihres kognitiven Gehirns wahrzunehmen. Rational. Immer alles im Griff. Sie erinnerte mich an die Kinder von damals, an ihre verschlossene Art, ihre stumme Verzweiflung. Was wäre, wenn ich ihr die simple, zu Herzen gehende Frage stellte: *Was fühlst du in deinem Herzen, Almut?* Würde sie sich darauf einlassen und mir und auch sich selbst ihr wahres Wesen zeigen?

Mit diesen Gedanken beschäftigt, parkte ich meinen Wagen vor der Auffahrt zur Villa, klingelte mehrmals hintereinander, weil ich es eilig hatte, zu Almut zu kommen, und wurde von Norma Thata eingelassen.

»Frau Einsiedel?« Norma zog die Augenbrauen unnatürlich hoch. Ich sah ihr an, dass sie nicht mit mir gerechnet hatte. Heute nicht und auch an keinem der folgenden Tage. »Frau Lohmann hat nicht gesagt, dass Sie kommen«, meinte sie, verschämt zu Boden blickend. Sie wollte höflich sein mit unbestimmtem Ergebnis.

»Ich komme unangemeldet, ich weiß. Und Sie müssen mich nicht anmelden. Ich kenne den Weg.«

Ich hatte meine Stimme energisch klingen lassen, als ich an ihr vorbeigegangen war und nun hastete ich die Treppe hinauf. Auf dem Gang, der heute ein von der Sonne hell erleuchteter Tunnel war, blieb ich stehen.

»Denk dran, Lea, Narben machen sich im emotionalen Gehirn bemerkbar, sobald die Wachsamkeit unseres kognitiven Gehirns und seine Kontrollfähigkeit nachlassen«, erinnerte ich mich an einen wichtigen Punkt meines Wissens. »Durch den Genuss von Alkohol, Drogen, wenn wir sehr müde oder von anderen Dingen abgelenkt sind, verlieren wir die Kontrolle über die unserem limbischen System eingeprägte Angst.« Ich atmete tief ein und aus, ballte meine Hände zur Faust und klopfte so mehr pro forma an die Tür. Ehe ich dazu aufgefordert worden war, trat ich ein.

Almut lag wie eine lebende Puppe im Bett. Die Augen zu kleinen Schlitzen verengt. Der restliche Körper bewegungslos, wie aus Wachs. Als sie mich wahrnahm, hob sie sachte und wie falsch eingeübt den Oberkörper. Ihre Augen blickten kurz verschreckt, ehe sie sich wieder entspannten und sie erneut zurück in die Kissen sank. Im hinteren Teil des Zimmers meinte ich einen Schatten wahrzunehmen. Ich musste blitzartig an Mark denken, den ich nie als Schatten wahrgenommen hatte, sondern immer nur als Gefühl. Dabei hatte ich mir als Kind immer Dunst oder wenigstens Umrisse vorgestellt, wenn ich etwas über Geister gelesen oder im Fernsehen angeschaut hatte.

Ich kam näher und blieb einen Augenblick schweigend vor ihrem Bett stehen. »Almut ...?«, begann ich. Sie schwieg.

Irgendetwas ließ mich vor ihr zurückschrecken. War es ihr falscher Blick, ihre unnatürliche Körperhaltung oder etwas anderes? Ich war mir plötzlich sicher, dass ich nicht allein mit ihr im Zimmer war, sondern dass sich irgendjemand in den hinteren Teil des Raums zurückgezogen hatte. Ich würgte meinen Speichel hinunter und spürte, wie sich meine Muskeln zusammenzogen. Ich wusste nicht, was hier vorging, aber ich war zum ersten Mal seit langer Zeit wieder voll da, ich war auf der Hut. Ich spürte, wie sich eine Erregung in mir ausbreitete, die ich so noch nicht kannte, zumindest nicht in Kombination mit meinem Beruf. Jeder Zweifel schmolz im Angesicht meines Tatendrangs, wurde durch meine Adern gespült wie brackiges Wasser, das nicht länger in mir eine Heimat haben durfte.

Ich hockte mich auf den Boden neben Almuts Bett, nahm ihre Hand in meine und presste sie danach an mein Schlüsselbein. Sie versuchte, sie mir zu entziehen, wollte mir geschickt ausweichen, doch darauf war ich ebenfalls vorbereitet, ich war stärker. Nur kommen lassen, sprach ich mir selbst gut zu. Lass die negative Energie zu, sieh sie dir an, weich ihr nicht länger aus. Hab keine *Angst* davor. Ich sah ihre Zähne im Widerschein des Fensters blitzen wie Messer, die es auf mich abgesehen hatten. Ein Mund wie eine Meuchelmörderin, schoss es mir durchs Gehirn. Und dann wusste ich es plötzlich.

Almut war nicht nur ein Opfer. Sie war das Opfer und der Täter zugleich. Der Hinweis, der aus dem Nichts über mich hinweg schwappte wie eine Brecherwelle, legte mein Gehirn lahm und nahm mir die Luft zum Atmen.

Aus ihrem Mund drang ein Schrei. Ein kleiner, spitzer, hoher Ton, der mir in den Ohren wehtat. Ich roch ihren Schweiß. Angstschweiß. Endlich hielt sie still, ließ ihre Hand an meinen Körper gepresst, als hätte ich sie ihr von ihrem abgetrennt. Ich hielt weiter den Atem an und nahm sie mit einem Blick, schroff und scharf wie eine Felswand, gefangen. »Ich verlasse dieses Zimmer nicht eher, bis Sie mir sagen, was *wirklich* geschehen ist.« Ich musste mich zwingen, sie zu Siezen. Alles in mir drängte danach, du zu ihr zu sagen und unser Kennen preiszugeben. *Almut, ich bin's, Lea. Ich stand damals oft unter dem Mauervorsprung gleich beim Schuleingang und hab dich sehnsüchtig beobachtet. Ich fand dich so toll. Du warst meine heimliche Heldin.* Ich zwang mich meine Empfindungen für mich zu behalten, denn sie auszusprechen, stand mir nicht zu.

»Ich habe Ihnen nichts zu sagen. Lassen Sie mich in Ruhe oder ich schalte meinen Anwalt ein.«

»Was geht hier vor, Almut? Ich spüre doch, dass etwas nicht stimmt. Was ist Ihnen geschehen? Was haben Sie mit Ihrem Mann gemacht?«

Versteckte Erinnerungen! Das wurde mir mit der Gewaltentladung eines Blitzes klar. Almut Lohmann litt unter versteckten Erinnerungen, die wie giftiges Unkraut aus dem Bodensatz ihres Unterbewusstseins sprossen. Sie hatte etwas gesehen, etwas geplant oder sogar selbst ausgeführt, womit jetzt, nach den Auswirkungen, plötzlich nicht mehr klarzukommen war. Deshalb benahm sie sich unkooperativ und verweigerte jedes echte Gespräch. Sie hatte panische Angst davor, sich wieder an ihre Gefühle anzuschließen. Deshalb glich sie einem Abziehbild ihrer selbst. Ein Charakter wie Almut reagierte anders, als sie es momentan tat. Etwas Schreckliches war vorgefallen und hatte sie aus der Bahn geworfen. Und es war nicht der Tod ihres Mannes, der sie so zugerichtet hatte. Es war etwas bisher Unausgesprochenes. Etwas, das ich mir noch nicht mal im Ansatz vorstellen konnte.

Fünfzehn

Zwei etwa gleich große Forellen, jede eben noch ein schleimiger Fisch mit silbrigen, am Rücken dunkler schimmernden Schuppen, lagen auf den Tellern, als ich das Radio anstellte. Inzwischen waren die Fische gegart, tischfertig und von je einem Weißweinglas und einer hübschen Karaffe Wasser eingerahmt. Die Karaffe aus Bleikristall hatte ich unlängst in einem teuren Laden, der preisreduzierte Ware angeboten hatte, erstanden.

Nachdem ich die Fischkörper unter fließendem Wasser, das an den Schuppen zerstob, gewaschen hatte, waren sie vorsichtig mit Küchenpapier trocken getupft worden. Danach hatte ich sie mit Thymian, Salz, einem Hauch rotem Pfeffer und Zitrone gewürzt und im eigenen Saft geschmort. Der Tisch sah mit der weißen Decke und den eierschalfarbenen Servietten elegant aus. Ich war zufrieden. Auf dem Teller meines Vaters hing der Schwanz des Fisches vorwitzig über den Rand. Müde grinsend kam Papa herein, nahm Platz und riss der Forelle geübt den Kopf ab. Er gab die Haut zur Seite und machte sich mit großen, hungrigen Augen ans Essen. Kaum hatte er den ersten Bissen hinuntergeschluckt, da starrte er mich ähnlich seltsam an wie Stunden zuvor Almut Lohmann. »Der Fisch ist alt«, meinte er nur.

»Was sagst du?« Ich sah ihn verdutzt an.

»Wieso lässt du dir alten Fisch andrehen? Die Arbeit mit dem Kochen hast du dir jedenfalls umsonst angetan.«

Ich ließ mein Besteck eine Spur zu laut auf den Rand des Tellers fallen. »Ich hab den Fisch nicht im Supermarkt, sondern im Fischladen gekauft. Und er war kein Schnäppchen.«

»Er ist trotzdem ungenießbar. Darüber täuschen auch deine Kräuter nicht hinweg, die, nebenbei erwähnt, den feinen Geschmack zerstören.«

Mein Vater stand auf, wischte sich schon im Stehen den Mund mit der Serviette sauber, obwohl nichts daran abzuwischen war. »Das ist jetzt aber nicht dein Ernst? Ich bin fast eine Stunde in der Küche gestanden«, ärgerte ich mich.

»Was hältst du davon, wenn ich dich die nächsten Tage zum Essen einlade? Heute lassen wir es einfach bleiben. Ein halbes Kilo weniger, das deine Knochen zu tragen haben, schadet sicher nicht, oder spielt dein Blutzuckerspiegel nicht mit?« Papa durchschritt, nachdem er mir die Worte an den Kopf geknallt hatte, mit wenigen, weit ausholenden Schritten das Zimmer und verschwand in meinem ehemaligen Büro. Sein ganzer Auftritt war rasch vonstatten gegangen und, nebenbei erwähnt, derart grotesk, dass ich es noch gar nicht richtig fassen konnte. Ich zog seinen Teller zu mir hinüber, langte mit dem Finger nach dem Fisch, steckte, fast übertrieben vorsichtig, ein Stück in den Mund und kaute umständlich darauf herum.

»Perfekt!«, beruhigte ich mich. Und dann ärgerte ich mich noch ein bisschen mehr.

Nach dem verpatzten Essen ging ich joggen, um einen klaren Kopf zu bekommen. Kaum auf der Straße, rannte ich los. Es gab kein Ziel, ich wollte nur weg, mich spüren anstatt zu denken. Dass ich heute bei Almut wieder keinen Schritt weitergekommen war, half nicht gerade, meine Stimmung zu verbessern. Offenbar befand ich mich in einer glücklosen Lebensphase, wenn man das Liebesgeständnis von Mark mal wegließ. Aber das war natürlich auch so eine Sache. Der Hoffnungsschimmer, den ich mir tagsüber in punkto Mark gegönnt hatte, war bald von vernünftigen Gedanken verdrängt worden. Wenn ich Valerie gebeichtet hätte, dass mir ein Mann namens Mark seine Liebe geschworen hatte, wäre sie vor Freude ausgerastet und hätte auf eine spontane Feier bestanden. Liebesgeständnisse kamen schließlich nicht jeden Tag vor. Schon gar nicht in meinem Leben und in Valeries auch nicht. Doch was hätte ich sagen sollen, wenn sie nach Marks Job und seinem Leben gefragt hätte? Wenn ich mit der Wahrheit rausgerückt wäre, hätte Valerie mich für übergeschnappt gehalten und darauf bestanden, dass ich irgendwo Hilfe suche.

Und was Papa anbelangte, der sah mich, meine Wohnung und mein Leben im Allgemeinen als persönliches Kolonialgebiet an. Während ich die hoffnungslos verstopften Straßen auf und ab lief, hörte ich ständig den schaurigen Unterton aus seiner Stimme heraus. Im Vakuum unseres häuslichen Daseins gedieh er anscheinend prächtig. Ich dagegen verkümmerte wie eine lange nicht mehr gegossene Pflanze.

Mit kindlich-regressiver Verzweiflung trottete ich vor mich hin, umkreiste parkende Autos, hüpfte über Zebrastreifen, ignorierte wütendes Hupen vor und hinter mir und hätte meinen Vater auch jetzt noch am liebsten erwürgt. Was erdreistete sich der Kerl, mir so in meine Tage zu pfuschen? Hatte er seine Manieren dem Leben zum Fraß vorgeworfen? Zumindest mit Achtung und Respekt konnte er mich behandeln, wenn er schon nicht loben wollte. Ich spielte in Gedanken unsere gemeinsame konfliktreiche Vergangenheit durch und eine nicht weniger unheilvoll anmutende Zukunft. Das Schicksal hatte mich mal wieder ausgebootet, und zwar bei vollem Bewusstsein. An dieser trüben Prognosen-Suppe konnte ich mich nur verschlucken. Doch damit es nicht soweit kam, musste ich etwas unternehmen.

Nach einer Viertelstunde wildem Herumgerenne war ich außer Puste und konzentrierte mich wieder auf Almut. Sie litt noch immer unter starken physischen Schmerzen. Wenn ich ihr wenigstens helfen könnte, die zu meistern, würde das auch meiner Arbeit zugute kommen. Ich entsann mich eines Artikels in einer Fachzeitschrift, die ich zuletzt an einem gemütlichen Abend zu Hause bei einem mit Käse und Gurken belegten Brot und einem guten Glas Merlot studiert hatte. Mehrere kontrollierte Studien hatten zweifelsfrei den Nutzen der Akupunktur bei postoperativen Schmerzen belegt. Man konnte die Dosis von Narkotika auf ein Drittel der üblichen Menge reduzieren, und zwar lediglich mit einer lumpigen einwöchentlichen Akupunkturbehandlung. Wenn ich Almut dahingehend beeinflussen konnte, genau das auszuprobieren, würde ich vielleicht doch noch einen Zugang zu ihr bekommen. Sozusagen durch die Hintertür. Indem ich mit ihr über ein Thema sprach, das sie direkt betraf, mich oder unsere Arbeit aber nicht, würde ich signalisieren, wie wichtig sie mir als Mensch war, nicht nur als Arbeitsobjekt. Offenbar waren Akupunkturnadeln tatsächlich imstande, jene Regionen des emotionalen Gehirns zu blockieren, die für die Erfahrung und das Erleben von Angst und Schmerz zuständig sind. Außerdem regte Akupunktur die Sekretion von Endorphinen an, den kleinen, vom Gehirn produzierten Molekülen, die wie Heroin und Morphium wirkten. Ich würde Almut davon berichten und am besten gleich einen geeigneten Akupunkteur mitbringen, der sie behandeln konnte. Sicher gewann ich damit ein Stück weit ihr Vertrauen. Und das wäre dann die Vorbereitung für eine entspanntere Zeit und produktive Ermittlungen. Ich atmete erleichtert auf. Mit einem Plan, der zu funktionieren schien, fühlte ich mich gleich bedeutend besser.

Als ich um die Ecke bog, die in meine Straße führte, hörte ich plötzlich Marks Stimme. Sie war leise wie das Säuseln des Windes und ich wunderte mich, dass ich sie trotzdem wahrnahm. »Hast du geklärt, weshalb Lohmanns Überwachungskamera an besagtem Tag keine Bilder aufgezeichnet hat, Lea?«, wollte er von mir wissen. Kein Wort über sein Liebesgeständnis.

Ich stolperte fast über eine abgebrochene Granitkante am Übergang vom Bürgersteig zur Fahrbahn. »Was denkst *du* denn?« Mit blutleerem Gesicht stand ich im Rinnstein und sprach ohne ein Gegenüber. Ich hatte also ausgezeichnete Chancen, von meinen Mitmenschen als Irre wahrgenommen zu werden. »Das war das Erste, was Frank und ich gecheckt haben. Die Alarmanlage war außer Betrieb.«

Mark erwiderte nichts, doch ich wusste, was in ihm vorging. »Du denkst, es war kein Zufall. Es steckt was dahinter?«, mutmaßte ich.

»Das denkst du schon eine ganze Weile, aber du hast diesen Gedanken nicht weiterverfolgt, weil du so beschäftigt bist. Ich nehme nur deine Gedanken auf, Lea.«

Marks ständige Andeutungen machten es mir nicht unbedingt leichter, mit meinem aktuellen Fall zurande zu kommen, eher schwerer. Mein Schmalspur-Leben wurde noch eine Spur enger. »Schön, dass du mir das mitteilst«, sagte ich nur, weil mir nichts Besseres einfiel.

»Du hast viel zu viele andere störende Gedanken über diesen einen gelegt, Lea. Geradeso, als müsstest du dich im Sommer mit zwei Decken zudecken. Da darf man sich auch nicht wundern, dass einem heiß wird.« Mark lachte, aber ich fand das Beispiel nicht besonders lustig.

»Ich würde mich nie im Sommer mit zwei Decken quälen. Das gliche einer Selbstmordabsicht«, konnte ich mir nicht verkneifen zu sagen. Hatte ich mir nicht vorgenommen, etwas besonnener und ohne große Emotionen mit Mark zu sprechen?

»Du verstehst mich schon, Lea. Aber schön, dass du mir eine Weile deine wunderschöne warme Stimme gönnst.« Ich war vor dem Haus angekommen, hinter dessen Mauern im dritten Stock sich mein Vater befand. Der Mann, der nicht gerade spendabel im Umgang mit Lob war. Ich zögerte weiterzugehen. Es war mir regelrecht zuwider, den Hausflur zu betreten, die Treppen oder den Aufzug zu nehmen und ihm in die bittern Augen zu sehen. Meine Füße schienen am Asphalt festzukleben und mein Schweigen wuchs wie ein Geschwür. Ein schmerzendes, unbehandeltes Gewächs. »Ergeh dich bloß nicht in langen Reden«, warf ich Mark an den Kopf. »Ich weiß schon, was du mir sagen willst. Ich soll nachsichtig mit ihm sein.« Ich ahnte bereits eine ganze Weile, dass Mark an meinem Umgang mit meinem Vater Interesse fand.

»Nachsicht wäre eine Lösung. Die schnellste, die Menschen anstreben können. Tote übrigens auch.« Na toll. Jetzt fühlte ich mich noch mieser. Weshalb klangen Marks Statements immer so weichgespült? Geradezu übermenschlich. Doch ich war weit davon entfernt, übermenschlich zu sein. Ich regte mich nun mal auf. Ich fand mich sogar dazu berechtigt, manchmal überzulaufen wie ein voller Wassereimer. Vor allem, wenn es um meinen Vater ging. Ich stiefelte die Treppen hinauf. Jede Stufe der verlängerte Arm meines eben begonnenen Sportprogramms. »Manchmal ist die beste Lösung eben nicht die, die man normalerweise hinkriegt«, spornte Mark mich weiter an. »Mag ja sein, Klugschwätzer. Aber momentan wäre ich trotzdem eher an einem Zerwürfnis interessiert. Da könnte ich mal so richtig schön aufschäumen wie Persil in der Waschmaschine und meinem Vater eine volle Breitseite verpassen. Garantiert ginge es mir hinterher besser. Auch wenn du davon wahrscheinlich absolut nichts hältst.« Mark lachte aus voller Kehle. »Ich versteh dich ja, Lea. Manchmal kommt mir sogar vor, du sprichst von mir.«

»Von dir?« Ich konnte es nicht glauben.

»Von mir wie ich früher war, als ich es gern kompliziert hatte, obwohl ich das natürlich abgestritten hätte. Immer mit dem Kopf durch die Wand. Am besten gleich durch zwei.« Jetzt musste ich doch noch lachen. »Muss Jahrhunderte her sein, dass du so reagiert hast. Jetzt bist du nämlich der reinste Samariter. Und da kann ich nun mal nicht mithalten. Das krieg ich nicht hin.«

Ich blieb auf einer der Stufen stehen, darauf gefasst

Marks Antwort zu kassieren wie einen Strafzettel wegen Falschparkens oder früher ein völlig danebengegangenes Zeugnis. Doch anstatt mit einer Antwort konfrontiert zu werden, irgendeinem letzten belehrenden Wort, einem klugen, sinnigen Hinweis, irgendwas Vernünftigem, auf das ich zumindest noch was entgegnen hätte können, breitete sich ein fahles, sich völlig falsch anfühlendes Schweigen aus, das nur von den Geräuschen des Hauses unterbrochen wurde. Dem Knarzen eines Fensters, dem Quietschen von Türen, dem Ächzen der Wände. »Mark?« Ich hörte meine eigene Stimme widerhallen. Ein befremdendes Echo, das sich an den Wänden im zweiten Stock brach. Nichts. Keine Antwort meines Freundes, der in mir von Tag zu Tag mehr das Gefühl eines liebgewordenen Menschen wachrief. Manchmal sogar mehr als das, nämlich ein Gefühl, dem ich – noch – keine Etikettierung geben wollte. Ich sah mich um, als hätte ich Mark die ganze Zeit über körperlich wahrgenommen. »Bist du wütend, weil ich uneinsichtig bin?«, fragte ich. Vielleicht war ich in seiner Vorstellung gerade heruntergestuft worden. Von einer halbwegs akzeptablen Entwicklungsstufe auf die Nächstgeringere, vermutlich eine nahe Verwandtschaft zum Affen.

Mein mit einem robusten Ego ausgestatteter Vater riss in meine vorgerückten Überlegungen hinein die Tür auf und schaute mich grimmig wie ein Bär an. »Wo steckst du die ganze Zeit? Verschwindest ohne ein Wort. Ich hab mir Sorgen gemacht. Schließlich leben wir nicht in einem Kaff, wo dich höchstens eine entlaufene Kuh erschrecken könnte, sondern in einer Millionenmetropole mit hoher Kriminalitätsrate.«

»Ach, nein!«, entgegnete ich bissig und trat ein, hinein in eine Wohnung, die mir mit ihrer hinterhältigen emotionalen Leere langsam über den Kopf wuchs. Dass die meisten Verletzungen, Überfälle und kriminellen Handlungen innerhalb der Familie stattfanden, unterschlug ich für den Moment. Öl ins Feuer zu gießen, kam plötzlich nicht mehr infrage. Nicht bevor ich Mark wieder gefunden und besänftigt hätte. Ohne ihn fühlte ich mich seltsam nackt, als fehle mir der wärmende Schutz seiner Worte. War es nicht vernünftiger, einen Überlebenspakt zu schließen. Bilaterale Gespräche. Wenigstens das musste mir gelingen. Natürlich, das war's. Das Dasein in Gegenwart meines Vaters war zwar dem Wesen nach instabil, aber das hieß noch lange nicht, dass man daran nicht arbeiten konnte. In der Politik ging es ähnlich zu. Brennpunkte, wohin man sah. Kriegserklärungen brachten auch nichts außer Verlusten auf beiden Seiten. Das Einzige, was taugte, waren Verhandlungen. Psychologisches Geschick im verbalen und emotionalen Umgang miteinander.

Die schmorende Hitze der Stadt war durch die Ritzen der Fenster in die Wohnung gezogen und der Rest des Tages bildete plötzlich eine große, ehrfürchtige Menge an Stunden. Zeit, mit der ich alles Mögliche anfangen konnte, auch etwas Vernünftiges. Ich ging ins Bad und schlüpfte aus meinen verschwitzten Sportsachen. Mein Gott war ich fertig. So viel Bewegung hatte ich seit Jahren nicht mehr gehabt. Gut, ich hatte ein argwöhnisches Verhältnis zu meinem Vater, überlegte ich weiter. Seine Worte waren einfach viel zu oft wie gefräßige Halunken, die einen schon am frühen Morgen überfielen und in Geiselhaft nahmen. Trotzdem, es gab die Liebe. Die Liebe, die nicht abwägte, die einfach ihre Existenz feierte. Die Liebe, von der Mark unablässig sprach. Was, wenn ich diese Liebe in mir entdeckte und, was revolutionär wäre, zum Vorschein brächte? Vielleicht nicht sofort. Aber irgendwann. Plötzlich tat sich ein Paradies vor mir auf. Das Bollwerk an getarnter Ignoranz, das mein Vater mir gegenüber die ganze Zeit über aufrechterhielt, brach entzwei. Die Barriere der emotionalen Kälte zwischen uns schmolz zusammen und floss als reißender Fluss, dann als Bach, schließlich als kaum wahrnehmbares Rinnsal ab. Unsere gestörte Beziehung trocknete aus und bildete den Boden für neues Wachstum. Meine Liebe würde unseren Acker bestellen. Der Himmel auf Erden lag vor mir. Ich sah in eine blühende Landschaft hinein, wie in ein frisch gemaltes, eben erst getrocknetes Bild. Ich hatte den imaginären Spiegel nur noch nie wahrgenommen. Obwohl er immer, jeden einzelnen Moment meines Lebens, da gewesen war.

Ich spürte, wie etwas in mir wuchs. Dieses Etwas fühlte sich erholsam und erhaben an. Genau das hätte Mark gewollt. Dass es mir gut ging. Dass ich auflebte.

Nur damit das passierte, musste ich die Hände ausstrecken und sie dem Menschen hinhalten, der mir am meisten zu schaffen machte.

Sechzehn

Almut döste im künstlichen Dämmerlicht ihres Zimmers wie im Netz einer mörderischen Spinne gefangen, der nicht zu entkommen war. Norma Thata hatte ihr ein Tablett mit Köstlichkeiten ans Bett gestellt: Sandwiches mit Gänseleberpastete und Trüffelschaum, Crostinis mit Tomate, gefüllte Eier und geröstete Champignons mit Salatgarnitur. Alles vom Caterer. Norma fand, dass das Essen appetitlich aussah. Sie bekam sehr selten etwas so Schönes zu sehen. Das Arrangement auf dem Silbertablett wirkte wie gemalt. Viel zu schön für eine so missmutige Person wie ihre Arbeitgeberin, ärgerte sich Norma im Stillen. Liebend gern hätte sie gekostet oder sogar alles aufgegessen. Aber ihr blieb nur ein flüchtiges Hinsehen und der Genuss der Düfte durch die Nase.

»Sie müssen etwas essen, Madame. Wollen Sie nicht zu Kräften kommen?«, hatte Norma beinahe gefleht und dabei versucht, ihre Gier und ihren eigenen Appetit zu verstecken. Doch Almut hatte sich nicht mal die Mühe gemacht, Worte für ihre Ablehnung zu finden. Ein angedeutetes Kopfschütteln, eine wegwerfende Handbewegung, mehr war ihr nicht abzuringen. Norma war nichts übrig geblieben, als sich leise zurückzuziehen in ein Zimmer, das zu verlassen ihr strengstens untersagt war. Das Zimmer war ein Teil ihrer Abmachung, die Bedingung, als Pflegerin eingestellt zu werden. Norma hatte sich keine unnötigen Gedanken über dieses seltsame Wegsperren gemacht. Sie war ungewöhnliche Anweisungen gewöhnt, denn sie arbeitete vorwiegend für eine wohlhabende Klientel. Da kam einiges vor. Norma untersagte sich, etwas wissen zu müssen. Ihr Leben, das in der Armut Afrikas begonnen hatte und das sie im bescheidenen Wohlstand Europas fortführte, ließ keine vorlauten Fragen zu.

Sie saß ruhig im weichen Sessel mit der rotbraunen Seidenbespannung und las Zeitung. Draußen wogten die hohen Wipfel der Bäume wie Tänzer im leichten Wind. Der Himmel war der Wachtposten über ihnen wie ein blauer Bezug darüber. Norma glaubte einen Moment wieder ans stille Glück der Bescheidenheit, obwohl nichts in ihrer Umgebung darauf hindeutete. Auf einem Vulkan hätte es nicht gefährlicher sein können als an dem Platz, an dem sie sich seit wenigen Tagen befand.

Siebzehn

Er hockte zwei Etagen unter Almuts Krankenzimmer und schätzte beklommen seine Chancen. Die Luft, die sich zwischen ihn und Almut geschoben hatte wie eine trennende Wand, war derart elektrisch aufgeladen, dass es der Behandlung mit Elektroschocks gleichkam, wenn sie sich näherten. Am liebsten wäre er ihren Körper entlang geglitten und hätte ihr mit der Zärtlichkeit seiner Hände die vergangenen Tage weggewischt. Doch bis jetzt kam er lediglich bis auf vier, fünf Meter an sie heran.

Almut behauptete neuerdings, er kenne nur die periphere Welt, nicht die dekorative. Was immer sie damit meinte, es ging ihm am Arsch vorbei. Sie drückte sich oft kompliziert aus. Als wolle sie ihm zu verstehen geben, wie verschieden sie, abseits vom Sex, waren. Das ging ihm auf die Nerven. Dabei hatte er ihr Leben mit Stunden voller tiefgründiger Leidenschaft angefüllt. Mehr als ausgemacht gewesen war.

Nun allerdings war der Kelch übergelaufen, ohne dass er etwas dagegen hatte tun können. Er hatte es selbst gespürt, als er sich in diese seltsame Spirale hineinbegab, diese Achterbahn, in die ihn die Wut und Gewalt geschleudert hatten. Er hatte Almut mit sich gezogen und sie geprügelt, geschlagen und gedemütigt und sogar Lust dabei empfunden. Eine seltsame, rauschhafte Lust, die nichts mit der des Sexuellen zu tun hatte. Eine Lust fernab davon, eigenständig und süchtig machend. All das Dunkle, alles Verstecken, all der Hass auf ihr Leben im Licht war in ihm aufgewallt, hatte sich gebündelt und auf sie entladen. Auf die Frau, die er seit jenem Herbsttag fickte.

Wann hatte es begonnen? Er seufzte träge und lehnte den Kopf gegen das Sofa im Keller. Sein Paralleluniversum, nannte Almut das Zimmer. Eins, das Friedrich Lohmann nie zu Gesicht bekommen, aber auch nie gesucht hatte.

Sie waren einander erstmals am 3. September begegnet. Er würde sich immer an dieses Datum erinnern. Am 3.9. hatte das Geschehen seinen Anfang gefunden.

An jenem Tag hatte der Wind ihm ins Gesicht gepeitscht. Scharfe, schwere Striche über seine Wangen und in die Augen hinein. Er hatte sich die Kapuze seiner Jacke tief ins Gesicht gezogen. Nur raus aus der Firma und irgendwo ein Bier trinken. Das hatte er vorgehabt.

Als er Almut zum ersten Mal sah, war er sofort geil gewesen. Sie war ein ziemlich auffälliges Weib. Gute Kurven, toller Gang, Haare, in die er mit seinen Händen hineinfahren wollte. Gehört hatte er bereits von ihr. Von der kapriziösen Frau des Bosses. In der Firma wurde getuschelt. Weniger hinter vorgehaltener Hand als offen und frei heraus. Anscheinend interessierte sich niemand dafür, was geschehen würde, falls Friedrich Lohmann davon erfuhr.

Sie war aus ihrem Porsche gestiegen und hatte einen Blick auf ihre schwarzen High Heels mit den feuerroten Sohlen geworfen. Wie einstudiert war sie auf Friedrich Lohmann zugekommen und hatte gleichzeitig ihn, den kleinen Angestellten, mit Blicken verschlungen, wie man nach einer langen Hungerphase einen saftigen Burger verschlingt. Sie war hungrig und gierig und er hatte gehofft, dass er bald neben ihr auf dem teuren Leder des Sportwagens sitzen würde, ihre Hand an seinem Schritt.

Auf einer Fahrt hinaus aufs Land, die wenige Tage später folgte, waren sie sich tatsächlich näher gekommen.

Der Herbst war in diesem Jahr ungewöhnlich mild gewesen. Zu Mittag hatte es noch fast dreißig Grad gehabt und er hatte Almut, die Frau seines Chefs, auf der erhitzten Kühlerhaube gevögelt und nichts dabei empfunden, außer einer aufflackernden Dankbarkeit, aus dem stickigen Büro herauszukommen, in dem er zuvor noch wie ein Gefangener über Kalkulationen gesessen hatte. Sie hatte ihm die Finger in den Mund gesteckt, während über ihnen die warme Herbstluft rauschte. Er hatte sich frei gefühlt. Egal, was sie mit ihm vorhatte, er wäre dabei. Er trat als Zuchtbulle an, er war die Ware, die Almut Lohmann, nein, nicht kaufen, erobern wollte. Aber auch er erlag ihr. Ihrer feuchten Grube über dem heißen Blech. Ihrer weichen Samthaut und dem geruchlosen Atem, den sie ihm entgegenpresste. Ihre Brüste waren groß wie Melonen. »Ich hasse Melonen!«, fiel ihm ein, als käme er nach einer Amnesie wieder zu sich. Wenn er Melonen aß, musste er hinterher ständig pinkeln und fühlte sich wie ein alter Sack, der Probleme mit der Prostata hatte.

Ihre Melonen waren prall und fest, wie frisch geerntet. Er ließ seine Hände von ihren Früchten abfallen und führte sie höher, ihren Hals hinauf, bis zum Haar. Er griff in die dichten Büschel, in ihr Fell und presste dabei seinen Oberkörper an ihren. Er machte ihr klar, dass er nicht ihr Untergebener war, sondern gleichberechtigt. Sie hatte gekeucht wie ein gejagtes, in die Enge getriebenes Tier. Später hatte sie mal gesagt: »Ich hab bei dir keinen Ausweg gesucht, sondern einen Eingang.« Er fand ihre Vergleiche übertrieben. Er drückte sich nicht so aus wie sie. »Ich bin nicht dumm. Eher clever«, hatte er erwidert. »Du bist anders«, hatte sie festgestellt. Und das Andersartige gefiel ihr.

Das war der Beginn ihrer Geschichte gewesen. Keine Worte, sondern drängende Taten. Doch seit einigen Tagen bekam er sein Schicksal einfach nicht zu fassen. Es entschlüpfte ihm zwischen den Fingern, Fingern, die sich in Almuts Möse vergraben hatten und dort feststeckten, wie in einem luxuriösen Gefängnis. Eine ganze Weile brütete er über seinen Tagen und Nächten. Plötzlich war sein Leben verschwunden. Am 15. Dezember desselben Jahres verschwand sein Name von der Bildfläche des städtischen Lebens. Er verschwand aus der Firma, kam nicht mehr in seine billige Wohnung zurück, galt als vermisst.

Seitdem lebt er im Keller des Hauses, das sie mit ihrem Mann bewohnte und genoss mit ihr einen Rausch aus Sex. Ihre Finger nehmen ihn hart ran. Ihre Hand prallt an seiner Erektion ab. Sie nimmt ihn in die Mangel, lacht kehlig auf und schiebt sich ihn hinein. In der Tiefe ihres Geschlechtsorgans glaubt er zu verstummen. In einer Abfolge von verschiedenen Phasen lernt er zu gehorchen, obwohl er genau das nie wollte. Er vögelt sie sanft, wild, hart, unnachgiebig, immer dann, wenn sie will. Und sie will oft. Sie ist attraktiv, was ihren Körper anbelangt, aber er weiß nicht, was mit ihrer Seele ist. »Du bist ein Parasit, der den Wirt nicht besser macht, nicht mehr werden lässt, sondern nur anders«, hatte sie zu ihm gesagt. »Schlaumeier«, hatte er entgegnet und mit der Zunge geschnalzt. Und dann hatte er sie geküsst.

Achtzehn

Es war kurz vor fünf in der Früh. Draußen zwitscherten die Vögel laut und vergnüglich den Tag ein. Ich setzte mich im Bett auf und knipste die Lampe neben mir an. Eher mechanisch als reiflich überlegt, schnappte ich mir eins der Bücher über Physik, die ich mir gestern, gleich nachdem ich von Almut weggefahren war, in der Bücherei in der City ausgeliehen hatte. Seit meinem letzten Gespräch mit Mark dürstete es mich nach Antworten, die ich vielleicht in einem Physikbuch finden konnte. Ich hoffte insgeheim sogar, einen Anhaltspunkt über Existenzen außerhalb des Gewöhnlichen zu finden. Einen Hinweis auf Geistwesen.

Ich schlug das Buch irgendwo auf und las über die Illusion einer Matrix, in der wir anscheinend lebten. »*Wir sind nicht nur die Summe der Moleküle, die sich zu unserem Körper zusammengefunden haben. Die Hilflosigkeit, die uns manchmal zu überkommen scheint, ist nur eine Illusion.*« Ich schob das Buch von mir weg und grübelte, dann zog ich es wieder zu mir heran und las weiter. Ich erfuhr etwas über luzide Qualitäten, die uns dazu befähigen, im Traum selbstständig zu agieren, sozusagen Regie zu führen, anstatt uns irgendeine Traumhandlung aufdrücken zu lassen. Galt das nur für unsere Träume oder auch für unser wahres Leben? Das, was wir tagtäglich, sozusagen in echt und vor allem im Wachzustand durchlebten. Und war das, was wir das wahre Leben nannten, – die Stunden, die wir bei klarem Verstand über die Bühne brachten –, überhaupt das wahre Leben. Oder war selbst das nur ein Traum? Lebten wir ununterbrochene Träume und vermuteten nur, dass etwas davon das richtige, das einzig wahre Leben sei?

In der theoretischen Physik waren wiederholt Versuche unternommen worden, eine sogenannte Weltformel aufzustellen, mit der das gesamte Universum berechenbar sein sollte.

Burkhard Heim, ein Schüler des Nobelpreisträgers Werner Heisenberg, hatte eine physikalisch-mathematische Struktur ausgearbeitet, die genau diesen Anforderungen gerecht wird. Er entdeckte die einheitliche Massenformel, was so viel bedeutete wie die von allen Physikern gesuchte, große Vereinheitlichung.

In den Büchern, die ich die nächste Stunde bis kurz nach sechs durchsah, ging es unter anderem um die Aufdeckung von Einfluss-Strukturen, die auf den Menschen unbewusst einwirken. Eine marionettenhafte Daseinsform, die wir als ›wirklich‹ bezeichnen, obwohl sie es nicht ist. Ich verglich es für mich mit dem Leben, das der Fernseher uns vorgaukelte. Wenn man nur lange genug vor dem Kasten saß, glaubte man tatsächlich, in die Geschichte auf der Mattscheibe verwoben zu sein. Man wurde zur Figur auf dem Bildschirm. Ja, das war möglich, das hatte ich oft genug selbst erlebt.

Ich schlug alle Bücher zu, die inzwischen auf meinem Bett wie aufgefächert um mich herum lagen, stapelte sie unterm Bett und stand auf.

»Duschen, Lea!«, beschwor ich mich. Jetzt half nur noch kaltes Wasser und später, irgendwann, wenn ich ihn überhaupt noch mal in meine Nähe bekam, ein klärendes Gespräch mit Mark. Er war der Einzige, den ich über die Verrücktheiten, die ich in den Büchern gelesen hatte befragen konnte.

Im Bad traf ich auf meinen Vater. Ein Mann frühmorgens im Bad einer Frau meines Alters bedeutete gewöhnlich etwas anderes, wesentlich Entspannenderes als das, was ich zu sehen bekam. Mein Vater hockte in der Dusche und kümmerte sich um seinen Unterbodenschutz.

Ich kicherte. Ich schwöre, ich konnte nicht anders, als ich seine gegrätschten Beine, die faltig sehnige Haut darüber und sein verbissen-korrektes Gesicht über all dem sah.

»Hast du deine Manieren auf den Müll geworfen oder siehst du schlecht? Ich bin im Bad und will meine Ruhe haben«, grantelte er in der Manier eines alten Einsiedlers.

Ich blickte mich um und sah seine Teilprothese auf dem Waschbeckenrand liegen neben der Armatur. Ein seltsames Gebilde mit drei modellierten Zähnen, falschem Zahnfleisch und goldenen Klemmen daran. Brücken oder sogar Zahnersatz, das war mir bis jetzt, Gott sei Dank, erspart geblieben.

Auf der anderen Seite des Beckens stand sein fix und fertig gemixter Haardrink, wie ich die Mischung aus warmem Wasser und Apfelessig nannte. Das Mittel gegen Haarausfall. Wahlweise griff er auf eine Spülung mit warmem Bier zurück, was ebenfalls gute Ergebnisse auf einem spärlich von Haaren besuchten Kopf bringen sollte. Danach kam nicht nur früher, sondern anscheinend auch heute noch, das Eincremen sämtlicher Muttermale und Hautunebenheiten mit selbst angesetzter Ringelblumensalbe dran. Eine Prozedur, die ihn in ein speckiges Schweinchen verwandelte. Man hätte auf ihm ausrutschen können, auf Mister Bohnerwachs – wie ich ihn als Kind genannt hatte, als ich von seinem seltsamen Körperpflegeritual erfahren hatte. Den Höhepunkt bildete, wie ich unschwer an dem Becher unterm Spiegel erkannte und roch, die zwischen die Zehen zu steckenden Wattepads. Tunken in Eigenurin soll gegen Fußpilz helfen, den mein Vater sich in einer schwachen Stunde eingehandelt hatte, als er ein öffentliches Schwimmbad betreten hatte und sogar ins Wasser gegangen war. Papa schwor Stein und Bein, wie eine Frau nur auf ihre Lieblingsschuhe geschworen hätte oder auf ihre Lieblingsfreundin, dass täglich fünf Minuten zwischen die Zehen gesteckte Urinpads dem Pilz keine Wahl ließen. Er musste das Weite suchen, wie ich in dem Moment auch.

Ich nickte nur und sah mir Papa, in seiner unendlichen Verschrobenheit, von der er nichts mitbekam oder zumindest so tat, ein letztes Mal an. Wie er in seinem seltsam karierten Schlafanzugoberteil, der roten Nase im Gesicht, den noch vom Schlaf verquollenen Augen und dem Rest Zahnpasta am noch unrasierten Kinn dahockte. Als ich mir das vollständig vergegenwärtigt hatte, ging ich an die ungeduldige Entsorgung dieses Bildes.

Wie unendlich gütig war das Leben, bedachte ich plötzlich im Flur stehend. Man konnte vieles ausblenden und einfach so tun, als hätte man es nie gesehen, als gäbe es nur das, was man wahrhaben wollte. Ich ging in die Küche und vergaß augenblicklich falsche Zähne, faltige Haut und Urinpads und strahlte, weil die Sonne den Poker gegen die Wolken endgültig für sich entschieden hatte. Für mich der Deal schlechthin.

Neunzehn

Ich hatte mich in meine Lieblingsjeans und einen Pullover geworfen und schmierte mir ein Brot als es klingelte. Als ich öffnete, stand Frank breitbeinig wie ein Sheriff vor mir. Er reichte mir den Rest einer stinkenden Zigarette zur Entsorgung, oft genug seine Art zu frühstücken, und kam unaufgefordert herein.

»Seit wann kommst du nach Hause?«, wunderte ich mich und leckte mir den Rest Butter von den Fingern. »Zu Leuten, mit denen du arbeitest?«, fügte ich korrekterweise hinzu. In den zehn Jahren unserer Zusammenarbeit hatte ich Frank kein einziges Mal bei mir zu Hause gesehen. Ich war mir noch nicht mal sicher gewesen, dass er meine Adresse kannte. Doch nun stand fest, er kannte sie.

Natürlich wussten wir einiges voneinander, Frank und ich. Ich wusste zum Beispiel, dass er in einem heruntergekommenen Loft lebte, ständig wechselnde Freundinnen hatte, inklusive einer, die er beibehielt, die aber verheiratet war: Carmen, seine erste große Liebe, die tragisch endete, weil er sich in eine andere verschaute, und Carmen, anstatt zu trauern, schnellstens für Ersatz sorgte. Er kannte sie seit seinem achtzehnten Lebensjahr. Als sie sich dann vor fünf Jahren zufällig in einem überfüllen Kaufhaus wieder begegneten, begannen sie eine Affäre. Anfangs brachte Frank diesen Umstand als das Salz seines Lebens zur Sprache, doch in den letzten zwei Jahren war der Salzgeschmack auf seiner Zunge anscheinend schal geworden.

Inzwischen ging es ihm gehörig auf den Keks, dass er der Mann im Hintergrund war, der Geliebte, der Unsichtbare, der sich nach dem Terminkalender der Frau zu richten hatte. Er versuchte es mit neuen Eroberungen am Rande dieses Dauerintermezzos. Ein Ablenkungsmanöver, das in der nächsten seelischen Sackgasse endete. Insgesamt schmeckte ihm seine momentane Situation wie lauwarmer Kaffee ohne Milch und Zucker.

Von mir wusste Frank lediglich, dass ich zurzeit keinen Mann in meinem Leben hatte außer meinen Vater. Er kannte ein paar meiner Vorlieben und einige wenige Abneigungen, ansonsten musste ich ein undefinierbares Etwas mit ausufernden Psychologiekenntnissen für ihn sein. Trotzdem hatten wir uns immer ganz gut verstanden.

»Seit die Kacke in der Sonne am Dampfen ist«, antwortete Frank auf meine Frage, weshalb er vor meiner Wohnungstür stand. Er grinste irgendwie verloren, vielleicht war er einfach nur von diesem Tag genervt oder hatte Stress mit Carmen. Er sah sich hastig in meinem Flur um und sprach dabei weiter. »Hübsch hast du's. Alles nah beisammen, keine unnötigen Wege, um sich was zu beschaffen.«

»Du meinst, hauteng passt nur bei Jeans, und nicht bei den eigenen vier Wänden? Muss ich dir die Mietpreise erklären?!«, verteidigte ich mich, lachte jedoch dabei. Seit mein Vater bei mir wohnte, fühlte sich diese Wohnung wie eine Pappkulisse an. Kein Zement zwischen den Ziegeln, kein Kleber, nur dünnes Papier, das viel zu viel durchließ. Doch lachen half ja bekanntlich in jeder Situation. »Die Mietpreise sind nicht unser Thema, Lea. Ich bin hier, weil

Platzker fast durchdreht. ›Geht nichts weiter im Fall Lohmann?‹, nervt er dauernd. Der ist wie'n Hamster im Rad. Wenn's noch länger so mies läuft, wirst du ihn abknutschen müssen, um die Sache wieder hinzukriegen.« Frank wirkte ernsthaft besorgt. »Ich weiß«, stammelte ich und knetete meine Finger. »Es könnte besser laufen.«

»Du meldest dich nicht, während Almut Lohmann in ihrer spektakulären Villa den Halbschlaf der Erinnerungslosen vor sich hin döst und annimmt, wir kaufen ihr das auch noch ab.« Frank holte tief Luft und polterte weiter. »Herrgott, wir müssen diesen Fall lösen. Damit verdienen wir unser Geld. Dass das nicht immer 'ne Shoppingtour oder 'n Saufgelage ist, haben du ...« Frank tippte energisch mit seinem Zeigefinger auf mein Schlüsselbein, danach auf seines, »... und ich vorher gewusst.«

Das Ganze klang nach Standpauke und ich konnte noch nicht mal was dagegenhalten. Zwar störte Frank meinen frühen Morgen wie ein ständig quasselnder Radiomoderator, aber natürlich musste ich eingestehen, dass er Recht hatte. Nicht nur Almut döste vor sich hin, ich tat es auch, und zwar gründlich. Ich hatte noch nicht den berühmten Zugang zu diesem Fall gefunden. Außerdem überlegte ich noch immer, ob es vernünftig wäre, Platzker anzuvertrauen, dass ich Almut kannte. Doch dann hätte er mir den Fall garantiert entzogen. Frank konnte ich natürlich auch nicht einweihen. Ich würde ihn in Bedrängnis bringen und er sollte meinetwegen nicht lügen müssen.

Zur Abrundung des Ganzen waren da noch Mark und mein Vater, die für genügend Abwechslung sorgten. Aber das ging Frank ebenfalls nichts an. Er würde mich einweisen lassen, wenn ich von einem Geist erzählte, der den

Fall Lohmann vorausgesagt hatte. Den Fall, vor dem ich zähneklappernd und zaudernd stand wie vor einem millionenteuren Kunstwerk, das ich gerade mit meinen Patschefingerchen ruiniert hatte.

»Frank, ich weiß, du sagst da nichts grundlegend Falsches. Aber in der Notfallpsychologie gibt es manchmal Notfälle.« Ich versuchte es mit einem joke, das zog immer bei Frank. Diesmal nicht.

»Was du nicht sagst«, warf er ein. Seine Stimme klang inzwischen wie eine Granate, die er auf lange anvisiertes Gebiet geworfen hatte. »Und was gedenkst du zu tun? Oder steuerst du die Kündigung an und gehst als Tingeltangelpsychotante nach Ibiza, um das Leben zerstrittener Urlauber bis zum nächsten Dreitagetrip zu kitten?«

»Ich fahre heute noch zu Frau Lohmann und setze ihr die Daumenschrauben an«, kündigte ich an.

»Die harte Methode? Wie funktioniert die?« Frank schien mir kein Wort abzukaufen.

»Das kann ich Ihnen sagen!« Mein Vater kam daher wie ein römischer Feldherr, der seine Untergebenen gnädigerweise empfängt, und mischte sich ein. »Und Sie sind?«, wollte Frank wissen, obwohl ihm gleich klar war, dass es sich um meinen Vater handelte.

»Leas Vater.«

»Ah, ja, verstehe!« Frank wusste offenbar nicht, was er von meinem Vater halten sollte, wahrscheinlich weil er derart geschniegelt herumlief, was Frank, der es leger liebte, überhaupt nicht abkonnte. Graue Bundfaltenhose, strahlendweißes Button-down-Hemd, Designergürtel und Seidenhalstuch, weshalb auch immer, das musste für meinen Kollegen wie ein Affront am frühen Morgen wirken.

»Frank Kastein. Leas Kollege. Wir haben hier was zu klären«, stellte Frank sich vor.

»Wenn das Feuer des Berufslebens heruntergebrannt ist, bleibt nur noch ein Haufen Schutt, Asche und Restglut übrig. Könnte bei Lea so sein und bei Ihnen vermutlich auch?«, wollte sich mein Vater wichtig machen. Er taxierte Frank von den Fußspitzen bis zum Haaransatz, als wäre er ein ramponiertes Kunstwerk. Aber er hatte sich geschnitten.

Frank verschränkte die Arme vor seinem Oberkörper und blieb ungerührt vom intellektuellen Kurzvortrag meines Vaters vor ihm stehen. Sein ganzes Gehabe glich einem Frontalangriff. Absolutismus in Reinkultur. Mein Vater war zwar ausgebufft, aber gegenüber solch einer erfrischenden körperlichen Art der Abneigung zog er den Schwanz ein. »Wollen Sie mit diesen seltsam verschränkten Armen andeuten, auf meine Anwesenheit können Sie verzichten?«

»So in etwa! Da kann ich drauf scheißen.« Frank hatte manchmal eine Art, die einem die Plomben aus den Zähnen zog. Dafür hätte ich ihn heute umarmen können. Er sah mir die Begeisterung an und zwinkerte mir zu.

Doch mein Vater gab noch nicht auf. »Da fällt mir doch gleich die Aussage des Philosophen Ludwig Wittgenstein ein: ›Wenn ein Löwe sprechen könnte, wir könnten ihn nicht verstehen!‹ Verstehen Sie, was ich damit meine, Herr Kastein?«

»Klar und deutlich, wie ein frisch gezapftes Blondes, Herr Einsiedel. Trotzdem, Philosoph hin oder her, Ihre Tochter und ich müssen ranklotzen. Sie entschuldigen uns.« Er nickte meinem Vater übertrieben grinsend zu und ging mit mir ins Wohnzimmer, dessen Lage in meiner Wohnung nicht schwer auszumachen war.

Mein Vater hatte ein Gesicht aufgesetzt, das ich nie wieder vergessen würde: Wie ein Mann, der am frühen Morgen in Hundescheiße tritt, um kurz darauf vom nächsten Köter angepinkelt zu werden, weil er für einen Baum gehalten wird. Mit blecherner Stimme murmelte er uns ein: »… 'f Wiedersehen!« hinterher und schlurfte davon.

»Dein Charakter bietet Zündstoff, Frank. Manchmal aber auch Anlass zur Freude«, bedankte ich mich bei ihm. »Da kannst du so sicher sein, wie Carmen bald ihren Typen verlässt. Übrigens«, hob Frank an, ehe ich etwas zu seiner privaten Perspektive sagen konnte, und grinste derart lausbübisch, dass ich am liebsten schon im Voraus lauthals losgelacht hätte. Doch ich hielt mich zurück. »Dein Vater macht mir ganz den Eindruck, als hätte er den Großteil seines Lebens im Hühnerkot stehend verbracht. Barfuss, versteht sich. Ist ihm wohl nicht gut bekommen, dem Penner in Designerverkleidung.« Ich grinste breit, sodass mein Mund wie ein fröhliches Boot aussehen musste mit der Nase als Segel. Ich war froh, dass der Elefantendung und sonstiges übellauniges Zeug aus dem Herzen meiner Wohnung entfernt worden war, denn so mussten wir keinen Zickzacklauf durch mein Wohnzimmer hinlegen, sondern konnten direkt meinen Lieblingssessel und die Couch ansteuern und uns darin versinken lassen. Franks Analyse meines Vaters war noch nicht zu Ende, darauf hätte ich wetten können. Ich freute mich auf die Fortsetzung wie ein Kind, das seinen Geburtstag am 24. Dezember feiert und auf doppelte Geschenke hofft.

Zwanzig

Frank erwähnte meinen Vater mit keinem weiteren Wort, sondern machte stattdessen Druck, was die Aufklärung unseres Falls anbelangte. »Weißt du, was mir neuerdings einfällt, wenn ich an Almut denke?«, warf ich rasch ein. Frank schüttelte den Kopf. »Zecken.« Er hob irritiert die Brauen. Offenbar verstand er nicht, worauf ich hinauswollte »Deren Welt besteht aus zwei Variablen. Temperatur und Buttersäure. Das ist alles, was die kleinen Blutsauger interessiert. Es ist die kleinste aller Welten, wenn man's so sehen will. Nicht sehr sozial, oder?«

»Ja und? Was willst du damit andeuten? Dass Almut Lohmann uns aussaugt wie 'ne eklige Zecke? Damit könntest du recht haben, aber es hilft uns nicht weiter.«

Ich schüttelte den Kopf. »Kennst du den Mythos von den Sonnenblumen in Lappland?«

»Nie von gehört.« Ich sah Frank an, dass er sich überstrapaziert fühlte, sprach aber trotzdem weiter. »Wenn die Sonne im Sommer nicht untergeht, kreisen sie ständig und strangulieren sich so selbst. Alles fing so gut an. Niemals Dunkelheit, immer Licht, was natürlich Nahrung bedeutet. Doch was so gut begann, stellte sich schließlich als Untergangsszenario für die Sonnenblumen dar. Almut Lohmann.« Ich machte eine Pause. »Sie entspricht den Sonnenblumen in Lappland.«

»Ich steh noch immer auf der Leitung.« Frank schien mir endlich seine ganze Aufmerksamkeit zu schenken.

Solche Geschichten, wie ich sie gerade erzählte, hörte er bestimmt nicht alle Tage. Vor allem nicht in Zusammenhang mit der Aufklärung eines Mordes und schwerer Körperverletzung.

»Das ist so ein Gefühl, Frank. Ein intensives Gefühl, das mich langsam beherrscht. Almut ist eine Zecke, die nur zwei Dinge interessiert: etwas, das ich noch nicht kenne, aber herausfinden werde, und sie selbst. Sie ist die Sonnenblume, die zu viel des Guten hat. Dieses ursprünglich Gute oder Angenehme bricht ihr letztendlich das Genick. Ich muss nur noch herausfinden, was es ist, und den Genickbruch verhindern. Denn wenn ich es nicht schaffe, haben wir bald zwei Tote zu beklagen. Friedrich *und* Almut Lohmann.«

»Ich verstehe ja nichts von deinem Psychokram, das weißt du, Lea. Für mich hört sich das Meiste, was du mir bisher bei der Aufklärung unserer Fälle referiert hast, utopisch an. Bisher hab ich wenigstens noch 'n Fünkchen verstanden, aber jetzt ist in meinem Gehirn Sendepause. Einbahnstraße. Ich check absolut nichts.« Frank fuhr sich mit den Händen durchs Haar und klopfte sich schließlich in einem seltsamen Rhythmus mit den Fingern aufs Bein. »Ich sag's mal so: Du verstehst dein Handwerk und hilfst uns, bisher zumindest, immer enorm weiter. Aber könnte es nicht sein, dass du diesmal spinnst?«

»Vielleicht«, entgegnete ich. »Vielleicht aber auch nicht!«

Nicht nur der Prozess der Rechtsfindung ist ein schwieriger, auch der Weg dahin ist es. Irgendwann würde ein gerichtliches, schriftlich ausgestelltes Urteil ergehen. Nämlich wenn wir die oder den gefunden und dingfest gemacht hätten, der Friedrich Lohmann erschossen und seine Frau misshandelt hatte. Doch dem Ganzen ging etwas ungeheuerlich Anstrengendes und Feinfühliges voraus. Meine und Franks Arbeit.

Zwischen Almut und mir hatte sich eine stille Gegnerschaft ausgebreitet. Eine schlechte Voraussetzung für gute Arbeit. Ich hatte keine Lust, mir ernsthafte, berufliche Schwierigkeiten einzuhandeln. Schließlich hatte ich mein Leben bis dato nicht abgesessen wie eine Strafe, sondern aktiv gestaltet, und zumindest im Beruflichen war mir manches geglückt. Ich genoss Ansehen. Ich war gefragt. Auch wenn Frank diesmal nicht an meine Thesen glauben mochte, die ich noch nicht mal richtig ausformulieren, sondern nur als vages Gefühl transportieren konnte, so hatte ich ihn doch hinter mir. Wir kämpften an einer Front, wenn auch von unterschiedlichen Richtungen kommend und mit verschiedenen Waffen. Ich wusste, wenn's hart auf hart kam, warf Frank mir keine Steine in den Weg, sondern ebnete ihn mir.

Sein Auftauchen bei mir zu Hause hatte Wirkung gezeigt. Ab jetzt war Schluss mit lustig. Ich saß, kaum dass er wieder auf der Straße stand, in meinem Wagen auf dem Weg zur Villa Lohmann. Ich würde Almut in die Mangel nehmen. Schleudertouren waren angesagt. Mit der soften Methode war bei ihr nicht weiterzukommen. »Weiterkommen!«, sinnierte ich fieberhaft vor mich hin. Ich musste unbedingt weiterkommen. Ansonsten würde mir Walter Platzker die Hölle heiß machen. Und was das hieß, wollte ich mir lieber nicht vorstellen.

Ich wusste, dass das System der Körperfunktionen bei sozialen Säugetieren nicht autonom ist. Jeden Augenblick, jede Sekunde hängt dessen optimale Regulation von unseren Beziehungen ab. Am meisten natürlich von denen zu anderen Menschen. Besonders solchen, die uns emotional nahestehen.

Ich spürte seit meinem ersten Gespräch mit Almut, dass ihr Schmerz nicht daher rührte, was geschehen war und sie bereits hinter sich gelassen hatte. Er musste seinen Ursprung woanders haben. Vielleicht schmerzte sie der Gedanke daran, was noch geschehen *könnte* oder, noch diffiziler, was auf jeden Fall geschehen *würde*. Dieser gedankliche Ansatz war der Knackpunkt.

Ich erinnerte mich wieder an den Schatten, den ich bei unserem letzten Gespräch in Almuts prachtvollem, geräumigen Schlafzimmer wahrgenommen hatte. Es konnte sich um ein Lichtphänomen gehandelt haben. Auch eine Halluzination wäre möglich, aber ich vertraute auf mein Gespür, das mir etwas anderes, gefährlicheres suggerierte. Was wäre, wenn Almuts Peiniger sich nach der Tat nicht über alle Berge gemacht hatte, wie jeder halbwegs intelligente Mensch vermuten musste, sondern sich noch immer im Haus befand? Wäre dort nicht das beste Versteck von allen? Niemand würde auf die Idee kommen, das Haus nach einem Täter abzusuchen, denn in der Villa würde ihn nur ein Geisteskranker vermuten. Ich schlug den Gedanken auf wie ein lange gesuchtes Buch und verweilte einen Moment darin. Schließlich blätterte ich meine Empfindungen wie die einzelnen Buchseiten durch. Es änderte sich nichts. Ich konnte mit dieser Vorstellung durchaus etwas anfangen. Also machte ich weiter, blätterte die nächste Seite meines Gedankenbuchs um und überflog dessen Inhalt. Meine nächste Vermutung war, dass Almut von ihrem Peiniger erpresst wurde oder, was noch fataler wäre, von ihm abhängig war – in irgendeiner vorstellbaren oder noch unvorstellbaren Art und Weise. Almut fürchtete sich nicht vor den Schrecken der Vergangenheit, sie hatte panische Angst vor dem, was die Zukunft brachte. Eine Zukunft, die sie zum Großteil selbst zu verantworten hatte, die ihr eventuell aber auch entglitten war.

Ich spürte, wie mich ein Schweißfilm vom Haaransatz bis zum Steißbein überzog.

Die Gedanken ließen sich nicht mehr abschalten. Sie nahmen mich gefangen, spukten in meinem Kopf herum und legten alle anderen Vorgänge lahm. Ich spürte, wie mein Fuß aufs Gas drückte. Obwohl nur siebzig Stundenkilometer erlaubt waren, fuhr ich hundertzehn. Ich registrierte es, bekam meinen Fuß deshalb aber nicht unter Kontrolle. In meinem Kopf summte ein einziger Gedanke: Ich weiß endlich, wo ich ansetzen muss, um Almut, diese schwer zu knackende Nuss, einen Spalt weit zu öffnen.

Ich fuhr hoffnungsfroh die Bundesstraße entlang. Zufrieden mit meinen Überlegungen und einer neu ausgearbeiteten Strategie, die nichts mehr mit dem Näherbringen von Akupunkturbehandlungen zu tun hatte. Vom Grauen und der realen Gefahr nur wenige Gedankenzüge entfernt.

Einundzwanzig

Almut starrte in den Fernseher auf das stumme Bild, wo sich zwei schöne Menschen, eine Frau und ein Mann, küssten. Es war eine Szene in einer amerikanischen Serie. Doch schon bald drehte Almut den Ton ab. Sie schaffte es nicht, der Handlung zu folgen, denn ihre Gedanken führten einen erbitterten Kampf.

Seit sie sich erinnern konnte, hatte sie nach bestimmten Gesetzen gelebt. Eins davon lautete: Schönheit, Stärke und Geld setzen sich durch. Doch seit einigen Tagen schlichen sich Zweifel ein. Almut überlegte, ob Überfluss als Begleiter der Tage und Nächte, dieses Daseinsmodell, das ihr immer so gut gefallen hatte, noch taugte.

Durch ihre Heirat mit Friedrich besaß sie genügend Geld. Sie konnte sich alles kaufen, musste nicht dafür arbeiten, trug keinerlei Risiko, war gesund. Auf Kinder hatte sie verzichtet, weil sie sich nicht um sie kümmern mochte und Friedrich ohnehin keine Zeit dazu und auch kein sonderliches Interesse an dem Thema gezeigt hatte. Trotz all dieser Privilegien, hatte sie nach einigen Jahren Ehe das Gefühl gehabt, ihr fehle etwas im Leben. Einem Leben, das ihr auf fast hinterhältige Weise vertraut war, verstörend vertraut und das doch wie schales Bier schmeckte.

Immer öfter nahm sie fremde Männer wahr und flirtete mit ihnen. Das kurzfristige Prickeln, wenn man in fremden, zupackenden Armen lag, einen frisch gefangenen

Schwanz im Netz und die bittersüße Angst im Nacken, man könne für dieses schnelle Highlight irgendwann zur Kasse gebeten werden, machte es erst perfekt. Scheiß drauf!, hatte sie sich gedacht und ab und zu jemanden mitgenommen.

Das seichte Gewässer, in dem sie sich üblicherweise treiben ließ, ohne Tiefen, durchschaubar, verwandelte sich endlich wieder in einen reißenden Fluss.

Als ihr Bogdan begegnete, hatte sie wieder nach einer Aufstockung ihres Daseins gesucht und in ihm scheinbar etwas vorübergehend Passendes gefunden. Doch Bogdan sorgte dafür, dass die Luft wie karamellisiert schmeckte. Süßer als die Male zuvor. Sie genoss so leidenschaftliche Stunden wie noch nie in ihrem Leben.

Auf die Gunst des Lebens war wieder Verlass, das Glück hatte sich ihr zugewandt. Es war, als ließe das Leben die Hosen runter.

Doch mit der Leidenschaft und dem Glück war es vorbei, als sie die Zustimmung zu seinem Plan gegeben hatte und nun ängstigte sie sich sogar vor dem Mann, von dem sie lange angenommen hatte, dass sie ihn liebe. Ihre Gefühle für ihn waren erloschen und jetzt musste sie die Erinnerungen, die sie zu zerstören drohten, loswerden.

Almut merkte, dass sie sich die ganze Zeit über mit der einen Hand die andere getätschelt hatte. Verstört und erschrocken hielt sie inne und vergrub beide in der Fülle ihrer Seidenkissen.

Plötzlich gab es diese Leute von der Polizei in ihrem Leben. Frank Kastein und Lea Einsiedel. Eine Notfallpsychologin, die niemals Halt machen würde, weil sie die unendliche Wiederholung bis in alle Ewigkeit beherrschte.

Das hatte Almut sofort begriffen. Irgendwas an dieser Frau bereitete ihr Unbehagen. Sie stank ihr gewaltig. Ihr kompromissloser Blick und das ungelenke Umgehen mit ihrem Körper kam ihr bekannt vor. Als habe sie sie schon mal irgendwo gesehen. »Ich muss was tun, um sie mir vom Hals zu schaffen«, murmelte Almut vor sich hin. Sie wusste, dass Lea wiederkommen würde, um ihre Seele mit falschen Versprechungen aufzuweichen. Sie hoffte darauf, sie doch noch zum Reden zu bewegen. Und dann würde sie auf das kleinste Zeichen lauern, das sie verriet.

Vor der Tür horchte Norma Thata, die Pflegerin mit den unhörbaren Schritten. Das Teetablett, das sie in Händen hielt, schwankte nur einen kurzen Moment lang.

Zweiundzwanzig

Frank Kastein setzte seine Ermittlungen in der Firma des Verstorbenen fort. Er wollte die Spuren aller Gerüchte zurückverfolgen, bis er endlich auf Fakten stieß. Was Frank die ganze Zeit über stutzig machte, war die Tatsache, dass ein erfolgreicher Mann wie Friedrich Lohmann keine Geliebte hatte. Es deutete auch nichts auf regelmäßige oder zumindest mäßige Besuche in einem Bordell hin. Der Mann war entweder grundsolide gewesen oder langweilig, möglicherweise ein Workaholic oder, was selten in unserer Welt geworden war, er hatte immer noch Interesse an seiner eigenen Frau gezeigt auch nach über zehn Jahren Ehe.

Das Gespräch mit der Steuerabteilung hatte ebenfalls keine gravierenden Unregelmäßigkeiten ergeben. Bis auf die üblichen Zahlungen, die garantiert hinter vorgehaltener Hand vorgenommen wurden, gab es nichts zu entdecken. Keine Geldtransfers nach Liechtenstein oder auf das Konto einer Bank in der Karibik. Zumindest konnte man Lohmann nichts nachweisen. Ernstzunehmende Feindschaften in der Branche waren in diesem Fall Fehlanzeige. Ein Erfolgsmensch wie Friedrich Lohmann hatte erbitterte Mitkonkurrenten und Neider, aber er hatte offenbar keine wirklichen Feinde.

»Ihr Boss hätte glatt den Wettbewerb zum vernünftigsten Unternehmer gewinnen können. Keine steuerlichen Leichen im Keller, keine wirklich ernstzunehmenden Feinde und der kleine Lohmann in der Hose hat ihm das Leben wohl auch nicht ungehörig schwer gemacht. Von wegen andere Weiber und so. Kam der von 'nem bisher noch unentdeckten Planeten oder war der tatsächlich von hier?« Frank versuchte Irene Rudik, Lohmanns Assistentin, die weit in den Fünfzigern war, aber noch ganz passabel aussah, aus der Reserve zu locken. Mit mangelhaftem Erfolg. »Das sehen Sie richtig, Herr Kastein. Herr Lohmann war unser aller Vorbild.« Frank merkte, dass Lohmanns Angestellte sich zusammennahm, um nicht von Emotionen niedergerungen zu werden. Sie stand auf und wässerte seelenruhig die weiße Orchidee auf der Fensterbank, um nicht selbst eingewässert zu werden. Unnötige Handlungen, um Emotionen umzulenken, wusste Frank, sagte aber nichts dazu. Das hatte er von Lea gelernt. »In unserer Firma hat es nie irgendwelche Unregelmäßigkeiten gegeben. Noch nicht mal eine wirklich nervige Steuerprüfung. Selbst die sind glimpflich abgelaufen«, erzählte Irene Rudik, als sie ihre Gefühle wieder unter Kontrolle hatte und sich endlich nach Frank umsah.

»Tatsächlich!«, entgegnete der und kam näher. Er spürte, wie er langsam wütend wurde. Sogenannte Vorbilder, wie Lohmann anscheinend eins gewesen war, gingen ihm auf den Sack. Da kam er sich selbst wie ein Pisser vor, der nichts auf die Reihe brachte. »Nur damals, vor ungefähr zwei Jahren, als Bogdan als vermisst gemeldet wurde, da hab ich den Chef erstmals aus dem Ruder laufen sehen. Wir haben Bogdan alle beim Vornamen genannt. Er war sehr beliebt, müssen Sie wissen. Beliebt und gutaussehend.« Irene lächelte auf eine ganz bestimmte Weise, die klarmachte, dass auch sie diesen Bogdan am liebsten zwischen sich gehabt hätte. Und damit war nicht der Spalt zwischen ihrem Schreibtisch und dem Bürostuhl gemeint, ahnte Frank.

»Gefährliche Mischung, was? Welchen Job hatte dieser Bogdan denn in der Firma und hatte der auch einen Nachnamen?«

»Sie meinen, als was er eingestellt wurde?«

»Klar, was sonst?«

Irene stellte die Gießkanne zurück auf den Aktenschrank, wo sie über ihm zu thronen schien, und setzte sich wieder in ihren ergonomischen Bürostuhl mit schwarzer Lederbespannung. Sicher einer dieser sündhaft teuren Designerstücke, mutmaßte Frank Kastein und überschlug in aller Schnelle, was das Teil gekostet haben mochte.

»Bogdan Ivanovic, Serbe, wie Sie sicher schon vermutet haben, hat in der Buchhaltung gearbeitet. Nichts Entscheidendes. Er war für die Vorarbeiten zuständig. Ohne entsprechende Ausbildung läuft hier nun mal nichts Aufregendes. Er hatte nur mäßige Erfahrung auf dem Gebiet. War, glaub ich, mal Steuerprüfer gewesen, allerdings nicht bei uns. In Belgrad. Aber das lag lange zurück. Die letzten Jahre hatte er offenbar, lachen Sie nicht, als Clown gearbeitet und als Pantomime. Sie glauben ja nicht, wie gut der Bogdan Leute unterhalten konnte. Wenn wir hier was zu feiern hatten, haben alle nach Boogie gerufen. So haben wir ihn auch genannt.«

»Das klingt ja ganz nett, aber nicht gerade so, als wäre er hier richtig aufgehoben gewesen. Oder schätzte Herr Lohmann Angestellte mit schauspielerischen Zusatzausbildungen?« Frank verschränkte seine Hände ineinander und ließ seine Knöchel knacken. Irene verzog irritiert das Gesicht. »Tschuldigung. Ist so 'ne Angewohnheit von mir.« Irene lächelte sauer wie Buttermilch, sagte aber nichts darauf. »Und wo ist dieser bildhübsche, aber nicht top ausgebildete Bogdan Ivanovic hin?«, fragte Frank weiter.

Jetzt strahlte Irene. »Das war über Monate hinweg das Spiel in der Firma. Wer als Erster herausfindet, wo er hin ist, gewinnt den Jackpot.« Frank verstand nicht. Irene deutete erklärend auf ein riesiges Sparschwein auf dem Nachbarschreibtisch. Dem ihrer Kollegin, die gerade krank gemeldet war. »Da sind über viertausend Euro drin. Wir haben uns echt ins Zeug gelegt. Das war es uns wert.« Frank pfiff laut auf. »Meine Güte, das nenn ich Anteilnahme.«

»Wenn alle diesen Typen so rattenscharf fanden, ist er Almut Lohmann da nicht auch aufgefallen?«

Einen Moment lang schwieg Irene. Dann schüttelte sie den Kopf, wobei sie ihn einen ebenso langen Moment wie zuvor während des Schweigens im Nacken liegen ließ, geradeso als schwimme sie im Büro eine Runde auf dem Rücken. »Das hätte ihr Mann nie zugelassen. Der war eifersüchtig wie sonst was und Frau Lohmann wusste das auch. Sie wäre doch nie so verrückt gewesen, einen Traummann wie den Chef gegen so ein gesellschaftliches Würstchen wie den Bogdan einzutauschen. Gutaussehend hin oder her.« Irene holte ihren Kopf wieder nach vorne, zog sich ihren Bleistiftrock zurecht, seufzte und wechselte die Tonlage. »Der wäre was fürs Bett gewesen. Nicht mehr und nicht weniger.« Sie geht langsam auf meinen Tonfall ein, stellte Frank zufrieden fest, stand auf und klopfte Irene jovial auf die Schulter. Sie sah ihn von unten herauf an. »Verstehe. Aber weshalb hat es Ihren Chef dann derart aus der Ruhe gebracht, als Bogdan eines Tages nicht mehr auf der Matte stand? Einen nicht zu ersetzenden Verlust stellte er für die Firma, Ihren Schilderungen zufolge, ja nicht dar.«

»Schlechte Nachrichten über die Firma?« Irene lachte bitter auf. »Da kannte der Chef kein Pardon. Er war ein Kontrollfreak. Er mochte es nicht, wenn sein Name in Zusammenhang mit etwas Negativem fiel. Auch wenn er, wie im Fall Bogdan, gar nicht wirklich was damit zu tun hatte.«

»Und auf die Idee, dass Bogdan tot sein könnte … Ist da keiner drauf gekommen?«

Irene schüttelte vehement den Kopf. »So einer wie der

fällt immer wieder auf die Füße. Der lebt. Und wenn er tatsächlich irgendwo als Leiche geendet ist, hätte man ihn schließlich irgendwann finden müssen, oder etwa nicht, Herr Kommissar?«

»Weibliche Intuition, nehme ich an. Der Tipp, dass Bogdan noch lebt?« Irene Rudik unterdrückte ein Nicken und lächelte zustimmend. Er nahm ihr sogar ab, dass sie auf ihr Gefühl vertraute. Verdammte weibliche Intuition, die würde er manchmal zu gern auch für sich in Anspruch nehmen. Aber an dieser seltenen und irgendwie auch seltsamen Gabe mangelte es ihm seit jeher. »Dann werde ich mich mal an die Sache ranhängen. Vielleicht finde ich diesen Bogdan. Falls ich das hinkriege, konfisziere ich mit Vergnügen Ihr Sparschwein und lade Sie selbstverständlich als Erstes zum Inder, Italiener, Griechen, Japaner oder Chinesen zum Essen ein.«

»Sorry. Weder noch. Sie sind kein Einzahler, außerdem sind Sie Profi. Sie fallen durch den Rost.«

»Kommt mir bekannt vor, Frau Rudik. Viel zu bekannt. Trotzdem, nichts für ungut und danke für Ihre Informationen. Ich melde mich, wenn ich noch was brauche.«

Irene Rudik stand auf und verabschiedete Hauptkommissar Kastein wie einen seltenen Staatsgast. Mit einstudiert wirkendem Lächeln, das ihre makellosen Zähne bloßlegte, und einer plötzlich unangreifbaren Ausstrahlung, die sie für die Politik ausgezeichnet hätte, hielt sie ihm die weiche Haut ihrer Hand entgegen. Nachdem er davon gekostet hatte, holte Frank seine Zigaretten aus der Jacke, klemmte sich eine Weiße zwischen die schmalen Lippen, deutete die Geste eines freundschaftlichen Nickens an und verließ das Büro. Er hatte nichts Wichtiges herausgefunden außer, dass alle auf diesen verdammten Bogdan scharf gewesen waren. Er würde sich die Akte aus der Personalabteilung holen und sich an den Kerl ranhängen. Wer war schon so meschugge, viertausend Euro auf einen Verschwundenen zu wetten? Sicher hockte der Typ gerade irgendwo rum und wusste noch nicht mal, wieviel er wert war.

Frank schlenderte inzwischen mit der Akte unterm Arm den hell erleuchteten Gang entlang, stieg an der Stirnseite des Gebäudes in den gläsernen Aufzug und fuhr ins Erdgeschoss. Draußen presste ihm die heiße Luft die Stimme aus dem Kehlkopf. Er zog die Zigarette aus dem Mund und steckte sie zurück in die Packung. Dann schlug er die Akte auf und warf einen Blick hinein. Dieser Bogdan begann ihn zu interessieren.

Dreiundzwanzig

Ich hatte die Straßen des Nobelvorortes, wo Almut residierte, wie ein Bettler auf der Suche nach Almosen abgesucht, aber nichts zu fassen gekriegt. Alles, was ich gebraucht hätte, wäre ein Hinweis aus der Nachbarschaft gewesen. Es war zwar unwahrscheinlich, aber nicht gänzlich ausgeschlossen, dass jemand gesehen hatte, wie ein Mann aus dem Haus gekommen war. Die Schüsse, die abgefeuert worden waren, hätte ebenfalls jemand hören können oder sonst etwas Verdächtiges hätte bemerkt werden können. Vielleicht hatte sogar jemand zufällig beobachtet, wie Almut dem Mörder ihres Mannes bereitwillig die Tür öffnete. Doch außer einigen völlig unbrauchbaren Nichtigkeiten, die mir mit argwöhnischem Unterton entgegengebracht worden waren – (»Jetzt wo Sie fragen, klar hab ich was gehört, aber ob das ein Schuss war? Da war dieser Mann, ach entschuldigen Sie, das war nur der Postbote.«) –, hatten meine Befragungen nichts gebracht. Wenn es um zwischenmenschliche Wechselwirkungen, um dubiose Verhältnisse oder seltsame Konstellationen ging, schien hier jeder taub und blind zu sein. Hier schwieg man. Es war die Krankheit der feinen Gegenden. Trotzdem hatte ich es auf einen Versuch ankommen lassen.

Wie ich so durch die Straßen irrte, fiel mir wieder mein Sehnen nach Objektivität ein. Diesem seltsamen Begriff war ich seit Beginn meines Studiums auf der Spur wie ein ausgebildeter Jagdhund einem Fuchs. Aber was war das schon, Objektivität, Wahrheit, Gerechtigkeit? Alles Worte, die für die meisten von uns zu groß waren.

Wenn ich an Mark dachte, sah ich jemanden vor mir, der die Arme für mich öffnete, um mich in seinen Lichtkreis hineinzuziehen. Marks Sinnen schien allein darin zu bestehen, mich vor allem zu schützen, was wehtun könnte oder was ein tiefes Lächeln verhindern würde. War das nicht die Wahrheit, auf die es ankam? Die Gerechtigkeit der Liebe. Ich fühlte, wie mein Herz weit und offen wurde, spürte, wie der Gedanke an Mark mir Kraft gab, während ich durch die Straßen zog, denn er gab mir das Gefühl zurück, dass es möglich war, allein deshalb geliebt zu werden, weil man existierte. Exzellentes Aussehen oder eine besondere Fähigkeit, die einen aus der Masse der Menschen heraushob, waren nicht nötig. Es reichte, dass man da war, dass man lebte. Das Gefühl befreite mich von einem Moment auf den anderen. Es machte mich frei. Zumindest für den Augenblick, in dem mir das alles bewusst wurde.

Der Wind, der plötzlich aufgebrandet war, schien sich genauso schnell wieder zu legen. In Sekundenschnelle fühlte sich die Luft wieder warm und schneidend dicht an. Wenn ich an Mark dachte, musste ich auch an Würde denken. Meine Güte, wer schlug sich heutzutage mit solchen Begriffen herum? So schimpfte ich mit mir, während ich die letzte Biegung, die zur Villa Lohmann führte, hinter mich brachte. Mit jedem Schritt, den ich tat, war ich mir sicherer, dass Almut den Mörder ihres Mannes nicht ins Haus gelassen hatte, weil er bereits in selbigem gewesen war. Die Frage war nur, wie lange befand er sich bereits dort und vor allem, weshalb?

Würde! Meine ursprünglichen Überlegungen holten mich wieder ein, die schien seit langer Zeit ausgestorben zu sein. Sogar der Gedanke an sie schmeckte wie veraltetes Wasser: trübe, schwer und wenig bekömmlich.

Die Sehnsucht nach Mark, und zwar eine solche, die man fühlt, wenn man heillos verliebt war, unterdrückte ich gekonnt.

Der andere Gedanke, der mir weismachte, Almut kenne jenen Mann, der ihren Ehemann auf dem Gewissen hatte, nahm dagegen immer deutlichere Formen an. Was das Ganze perfide und verrückt aussehen ließ, waren die Misshandlungen, die sie durch die Hände dieses Mannes erfahren hatte. Für dieses Missverhältnis musste es einen triftigen Grund geben. Einen, den ich enttarnen musste.

Nachdem Norma mir geöffnet hatte – wie immer mit einem Lächeln im Gesicht, das sich nicht zwischen Bedauern und Beschuldigung entschließen konnte –, ging ich zuerst ins Wohnzimmer. Ich stellte mich vor die riesige Fläche aus Bücherrücken und ging die Reihen, eine nach der anderen, durch. Romane, von A bis Z geordnet, Biografien, Sachbücher, vor allem zum Thema Wirtschaft, Geschichte, Marketing und Werbung, des weiteren Comics eines berühmten französischen Autors sowie Kultbücher, die man bereits gewinnbringend verkaufen konnte. Dazu gesellten sich einige prächtige Bildbände zum Thema Interior Design, Luxury Living New York, Paris, Mailand, Rom, Karibik. Die Tagebücher der Anais Nin, vollzählig, das wusste ich, weil ich sie ebenfalls gelesen oder besser gesagt gefressen hatte, im passenden Alter selbstverständlich. Ich spürte, wie mein Kopf, den ich permanent schief hielt, ins Wanken geriet. Genickstarre wollte ich mir nicht einhandeln, deshalb entspannte ich mich einen Moment. Doch ich hielt das rastlose Stehen vorm Bücherbord nicht aus und machte weiter. Weshalb ich tat, was ich tat, war mir nicht bewusst. Ich folgte einer Eingebung. Ungefähr so, wie ich es früher beim Versteckenspielen gemacht hatte, als niemand außer mir wusste, wo sich meine beste Freundin Romina befand. Nämlich unter einer riesigen Papiertüte im Vorratsraum. Da saß sie stockstteif als personifizierter Abfall und lachte sich innerlich kringelig, weil wir nicht draufkamen. Damals hatte ich nicht darüber nachgedacht, wo ich suchen musste, sondern einfach gehandelt. Intuition war vielleicht nicht der richtige Ausdruck dafür, den verwenden wir bloß, weil wir keinen besseren kennen. Manchmal, in stillen Stunden, vermutete ich, dass alles Wissen im Universum zur Verfügung stand, als gesammeltes Werk sozusagen, und dass man sich nur auf die passende Frequenz einstimmen musste, um es abzurufen. Sender und Empfänger. So einfach, so genial.

Diese Dinge überfielen mich, seit ich Mark kannte. Manchmal war ich wütend auf ihn wegen seines Liebesgeständnisses, denn selbst wenn es an mich als Frau gerichtet war, wo sollte das hinführen? Ich fand, Mark hätte sich vorher Gedanken darüber machen können, was es für mich bedeutete, wenn auch ich ihn liebte. Wäre das nicht eine Katastrophe? Eine Liebe ohne Zukunft, ohne die kleinste Möglichkeit sie auszuleben, war nicht gerade das, worauf ich scharf war. Eine Frau und ein Geist ohne Körper. Wie sollte das gehen? Es war Irrsinn.

Ich riss mich aus meinen sinnlosen Gedanken über Mark, denn sie brachten mich nur in Aufruhr und suchte weiter die Bücher der Lohmanns ab. Bald hatte ich Erfolg. Hinter einer Biografie über Churchill fand ich einen ledergebundenen Band mit dem Titel: *Die spektakulärsten Kriminalfälle der Geschichte, Teil 1*. Ich nahm das Buch heraus, scannte in fieberhafter Eile die einzelnen Kapitel und schluckte schwer, als ich fand, was ich nicht gesucht, mir aber trotzdem erhofft hatte zu finden. Kapitel fünf. Zwanzig Seiten Aufwand für eine seltsame Geschichte: die, der deutschstämmigen Walburga »Dolly« Österreich, die aufgrund ihres Dachboden-Liebhabers in den USA zu zweifelhaftem Ruhm gekommen war. Dolly hatte ihren jüngeren Liebhaber, ehemals Angestellter ihres Mannes, über zehn Jahre auf den Dachböden ihrer wechselnden Häuser versteckt. Zu dritt hatte man, wissentlich von Dollys Seite und unwissentlich von ihres Mannes Seite aus, einträchtig miteinander gelebt, war jeweils zu dritt umgezogen, hatte sich wieder neu in den jeweiligen Salons, Bibliotheken und dem Dachboden eingerichtet und dem Leben seinen Lauf gelassen. Doch eines Tages stritt Dolly so heftig mit ihrem Mann, dass der Liebhaber ihr zur Hilfe eilte. Mit wenigen Schüssen streckte er den Ehemann nieder. Man täuschte geistesgegenwärtig einen Einbruch vor. Der Liebhaber, kein Beau, sondern ein schmächtiges, unauffälliges Kerlchen, das Dolly an ihren viel zu früh verstorbenen Sohn erinnerte, sperrte seine Geliebte in einen Schrank und warf den Schlüssel weg. Die Polizei ermittelte fieberhaft, kam aber nicht dahinter, was wirklich vorgefallen war. Und so konnte Dolly die Witwe spielen, die ihren wohlhabenden Mann beerbte. Der weitere Verlauf ihres Lebens hielt die Spannung, denn es sollte nicht bei einem Liebhaber bleiben, es folgten weitere. Außerdem hatte Dolly Glück und bewies Geschick. Sie wurde nie zur Rechenschaft gezogen, denn bis man die Wahrheit entdeckte, war die Tat längst verjährt. Aber dieser Punkt zählte ohnehin nicht, zumindest für mich nicht.

Almut kannte die Story des Dachboden-Liebhabers. Das war das Entscheidende. Vielleicht war sie sogar darauf verfallen, Teile von Dollys Schicksal zu verwenden? Was läge also näher, als das Haus, klugerweise ohne Almuts Zustimmung und ihr Wissen, gründlich zu durchsuchen?

Vierundzwanzig

Ich hätte das Buch, das Dolly Österreichs Leben in Kurzform beinhaltete, auf Almuts Bett schmeißen können. Eine verfrühte Trophäe oder ein kurz ausgekosteter Bonuspunkt. Doch was hätte es mir gebracht außer einem egolastigen Gefühl von Überlegenheit? Folglich entschied ich mich dagegen, stellte es zurück an seinen Platz, ging mit gespieltem Nichtahnen im Gesicht hinauf in den ersten Stock und betrat nach einem bestimmt klingenden Klopfen Almuts Zimmer. Ihr Kopf, seit unserem letzten Treffen von der Bandage befreit, bildete einen struppigen Fleck vor dem Kopfkissen. Sie lag da wie in einem Bilderrahmen. Die angeschlagene Frau. Ihr Gesicht sah schlackig grau aus, irgendwie wie abgestandene Seifenlauge, und war an einigen Stellen noch immer blaurot unterlaufen. Ich nahm erneut ihre dünnen, zarten Knochen unterm gespannten Fleisch hindurch wahr. Sie schienen regelrecht hindurch. Sie sah, obwohl es ihr besser ging, ungepflegter aus als zuletzt. Irgendwie ausgelaugt. Ihr Leben war in den letzten Tagen zu einem Nichts zerronnen und ihr Körper spiegelte dies wieder. Er schien an einigen Stellen sichtlich zu verblassen.

»Entschuldigen Sie, Frau Lohmann.« Ich vermied es, sie beim Vornamen anzusprechen. Diese Annäherung war vertan. »Mein Besuch lässt sich nicht nur nicht vermeiden, er ist dringend notwendig. Privat respektiere ich Ihren Wunsch, mich nicht sehen zu wollen, beruflich kann ihn nicht gelten lassen. Deshalb möchte ich Ihnen in aller Freundlichkeit und mit allem Respekt mitteilen, dass ich nicht länger Rücksicht nehme. Wir müssen anfangen, Licht in die Sache zu bringen, den Tod Ihres Mannes und natürlich Ihre Misshandlungen betreffend. Erste entscheidende Frage: Wie kam der Täter ins Haus?«

Almut schluckte vermutlich einen Gebirgssee an Speichel hinunter. Ihr Blick wechselte von gehetzt zu arrogant und schließlich zurück ins Unschuldig-Naive. Sie wusste nicht, wie ihr geschah. Ich sah, wie ihr einen Moment die Röte den Hals hinaufkroch. Es sah aus wie eine feindliche Übernahme. So bestimmt kannte sie mich bisher nicht. Sie lächelte vorsorglich und antwortete in normal klingender Stimmlage: »Er wurde reingelassen. Von mir.«

Ich nahm ihre Bereitschaft mitzumachen an und stellte die nächste Frage.

»Weshalb? Kannten Sie ihn etwa?«

»Nein, aber Friedrich hatte ihn angekündigt.«

»Sie lassen einen Wildfremden in Ihre Millionenvilla? Sind Sie immer so gutgläubig?«

Almut ließ die Arme in den Schoß fallen, dann wuchtete sie ihre Beine aus dem Bett und ließ sie einen Moment in der Luft baumeln. Sie sah mich wieder an, als wären wir Freundinnen, die sich zum Kaffee oder zum Kinobesuch verabredet hatten. Keine Spur von Rivalität. Es war ein imposantes, erneutes Kräftemessen zwischen uns, dem sie sich, das musste ich ihr zugute halten, ohne Wenn und Aber stellte.

»Mein Mann hatte einen Boten mit einer wichtigen Akte angekündigt. Wir wollten am nächsten Tag für einige Tage ans Meer fahren. Er hatte vor, die Unterlagen mitzunehmen.«

»Wenn Ihr Mann sowieso nach Hause kommen wollte, wie wir beide wissen, denn sonst wäre er nicht hier in seinem eigenen Haus kurz darauf erschossen worden, wieso hat er die Unterlagen dann nicht selbst mitgebracht?«

»Weil sie beim Steuerberater lagen, er aber in der Firma war. Für ihn wäre es ein Umweg gewesen, dort vorbeizufahren.«

»Welchen Inhalts waren die Papiere?«

»Vertraulichen Inhalts.« Almut sah mich geradeheraus an, kein Hinweis auf Unsicherheit in ihrem Gesicht. Nichts an ihr begann sich unruhig zu winden. Ihre Stimme klang weder aggressiv noch defensiv, irgendwas dazwischen. Sie nagelte mich mit einem Blick fest und hielt ihn im Gewöhnlichen. Zumindest machte ich ihr die Freude und tat so, als nehme ich es ihr ab.

»Außerdem«, sprach Almut weiter, »das kurze Intermezzo zu Hause konnte Friedrich nicht vorhersehen. Das stand nicht in seinem Terminplaner.«

Ich stieg darauf ein, gespannt, was sie mir bieten würde. »Was hatte ein viel beschäftigter Mann wie Friedrich Lohmann plötzlich in seinen eigenen vier Wänden zu suchen? Am helllichten Tag?«

»Ich hatte ihn angerufen und ihn gebeten, mich zu bumsen.«

Ich sah einen Moment pikiert zu Boden, verärgert über mich selbst. »Tja, verstehe«, meinte ich nur und schwieg dann. Sex zwischen Almut und Friedrich Lohmann schien zwar ausgemacht – wie auch immer man so etwas minutiös planen und danach erfolgreich umsetzen möchte –, dazu kommen sollte es dann aber nicht mehr. Eine absurde Situation, wenn man stattdessen einem Pistolenlauf entgegensehen musste, dachte ich mir.

»Wie sah er aus? Der Mann, dem Sie die Tür öffneten?« Ich ließ ihr keine Zeit zum Nachdenken, sondern schoss meine Frage kurz und präzise ab. Almut war eine kluge Taktikerin. Ich würde mich anstrengen müssen, ihr beizukommen. Aber das machte mir nichts aus. Ich war mit einem robusten Ego ausgestattet, wenn's ums Berufliche ging.

Ein letzter Lichtschimmer stahl sich von draußen zu uns hinein und ließ Almuts Gesicht wie in Bronze gegossen erscheinen. Unten im Parterre hörte ich Norma hantieren. »Warum lassen Sie eigentlich nicht die Alarmanlage reparieren oder gleich austauschen?« Die Frage lag mir schon lange auf der Zunge. Ich spürte regelrecht ihren Geschmack im Mund.

»Friedrich und ich wollten immer ganz gewöhnlich leben. Wir hassten dieses ganze Tamtam, von wegen Wohl und Sorge um Leib und Leben.« Ihre Antwort kam mir derart makaber vor, dass ich schon glaubte, sie wolle sich über mich oder sogar über sich selbst lustig machen. Aber das tat sie offenbar nicht. Sie hatte sich in eine fragwürdige Normalität hineingeredet, die ihr keiner abgekauft hätte, außer mir, die ich als Psychologin an die seltsamsten Argumentationen gewöhnt war. »Friedrich meinte, es bedeute Schutz, wenn man nicht an Überfälle denkt. Wer sich nicht mit Schutzmaßnahmen und all dem Zeug beschäftigt, kriegt auch nichts ab.« Almut sah mich mit einem Blick von fragwürdiger Euphorie an. »Das Ganze war wohl Blödsinn. Aber auf einen Versuch kam's uns an.«

Normas ansonsten federnd-unhörbare Schritte schleppten sich heute mühevoll die Treppe hinauf. Ich hörte, wie sie an der Balustrade stehen blieb, um was zu tun?

»Die Spurentechniker haben keine brauchbaren Fingerabdrücke im Haus gefunden. Nur die Ihres Mannes, Ihre, Frau Lohmann, die der Haushälterin und des Gärtners. Und auch sonst war nichts zu entdecken. Keine Fluse, kein Hauch von irgendwas. Ich frage mich, wie ist das möglich?«

»Er trug Handschuhe. Solche, wie Ärzte sie tragen.«

»Wie sah er denn aus? Größe, Haarfarbe, besondere Merkmale?«

Norma konnte sich anscheinend nicht dazu durchringen, weiterzugehen und wuchs an der Balustrade fest wie ein Kaugummi an eleganten Stilettos nach einem kräftigen Schritt.

»Keine Ahnung. Mittelgroß, unauffällig. Er trug eine Maske.«

»Wie sah die aus, die Maske?«

»Wie diese altmodischen Skimützen, die lediglich Löcher für Augen, Nase und Mund frei lassen.«

»Farbe?«

»Weiß ich nicht mehr. Schwarz, grau, dunkelblau.«

»Geruch!«

»Unauffällig.«

»Wie unauffällig? Jeder riecht doch nach irgendwas. Parfüm, Seife, Aftershave, Schweiß, Essensgerüche? Versuchen Sie sich zu erinnern.« Ich gab nicht nach. Irgendwann musste sie einen Fehler machen und dann wäre ich zur Stelle.

»Vielleicht hatte er, bevor er mein Leben in Unordnung

bringen wollte, geduscht? Was weiß ich! Er roch nicht parfümiert, nicht nach Schweiß, auch nicht nach Essen oder so. Unauffällig, wie ich schon sagte.«

»Was hatte er an?«

»Jeans, weißes Hemd, kein Gürtel.«

»Das ist Ihnen aufgefallen?«

Sie nickte. »Die Hose rutschte manchmal nach unten. Nicht viel, nur ein kleines bisschen. Ein Gürtel hätte geholfen.«

Sie hatte Nerven.

»Jetzt mal vom Gürtel abgesehen«, fing ich an und grinste ungewollt, weil Almuts Gürtelhinweis einfach irre war. »Wie erklären Sie es sich, dass nichts gestohlen wurde? Für uns ergibt das keinen Sinn. Niemand wird grundlos überfallen und schon gar nicht grundlos ermordet.«

»Ich weiß es nicht.« Almuts Stimme hatte einen Ton angenommen, als müsse sie damit etwas wegätzen. Einfach schauerlich. Sie reckte ihren Kopf aus den Laken, als wäre ich vor ihren Augen geschrumpft. Einen Moment saßen wir in Stille vereint da. Selbst von Norma war kein Laut zu hören. »Vielleicht ist er einfach nur in Panik geraten, als Friedrich ins Haus kam.«

»Sie meinen, er könnte es nur auf Sie abgesehen haben?«

»Ich hab etliche Männer zurückgelassen, als ich Friedrich heiratete. Nicht immer auf die feine Art. Könnte doch sein, dass einer von denen es auf mich abgesehen hatte.«

»Sie sprechen von einem Psychopathen, der sich an Ihnen rächen wollte, um einen Teil Ihrer gemeinsamen Geschichte zu verarbeiten? Hat einer Ihrer Verflossenen etwas Derartiges angedeutet? Hat jemand je eine Drohung ausgesprochen? Selbst die kleinste Kleinigkeit könnte uns helfen.«

»Nein, niemand hat etwas Derartiges anklingen lassen.« Almut seufzte und ich schüttelte den Kopf. »Sie sind seit über zehn Jahren verheiratet, Frau Lohmann«, presste ich hervor. »Weshalb hätte ein ehemaliger Liebhaber, einer, der sich zutiefst getroffen fühlte und in eine Psychose schlitterte, so lange mit seiner Rache warten sollen? Nein, an diese Geschichte glaube ich nicht.« Ich fuhr mir mit der Hand über die Augen und unterdrückte ein Gähnen, das mir im Magen lag. An der Tür klebten Normas kleine Finger fest und versuchten schließlich ein leises Klopfen. Almut antwortete unvermittelt: »Jetzt nicht, Norma. Später!« Mit Almut und mir, das war ein seltsam zu erzählendes Kammerspiel. Nach einer Zeit der Verweigerung antwortete sie mir nun endlich. Sogar prompt und aussagekräftig. Doch ihre Worte hinterließen keine Spuren. Zwar wirkte nichts einstudiert, das nicht, trotzdem konnte ich das, was sie sagte, nicht mit Bildern zusammenfügen und so ein Ganzes werden lassen. Alles blieb Fragment. Sogar wenn ich ihre Antworten in meinem Kopf rasch sezierte und überprüfte, kam nichts dabei heraus als heiße Luft, die gleich verpuffte.

Almut hatte sich wieder ins Bett gelegt, die Beine feinsäuberlich nebeneinander, die Decke halb darüber gebreitet. Ihre von seltsamen Schatten bewachten Augenlider blickten mir entgegen. So saßen wir da, schweigsam und angespannt, während ich darüber nachsann, was ich noch einsetzen könnte, um sie zu knacken. Nach einer Weile fiel mir etwas ein. Es wäre gewagt und auch nicht mit Frank abgesprochen. Ich würde im Alleingang und ohne Rückendeckung arbeiten. Aber es wäre eine Möglichkeit. Meine Muskeln spannten sich an, als ich mir vorstellte, wie es wäre, die Nacht in der Villa zu verbringen. Ich lächelte zu Almut hinüber, um sie in Sicherheit zu wiegen. Ich hatte mich dazu durchgerungen, hierzubleiben. Mit nichts außer meiner Angst als Begleiter.

Fünfundzwanzig

Ich hatte gerade das Haus verlassen und schritt durch den Park, als mein Handy läutete. Es war Valerie. Seit wir die Höhen und Tiefen des Studiums miteinander durchlitten hatten, – so was schweißt bekanntlich zusammen –, waren wir befreundet. Bisher war bei Valerie, zumindest beruflich, immer alles gut gelaufen. Doch vor einigen Monaten musste sie plötzlich eine Kündigung einstecken und bis dato hatte sie noch keinen adäquaten Job an Land gezogen. Sie schlug sich als Aushilfe in einem Schnellimbiss durch, wo sie eigenen Aussagen zufolge Unmengen an Trinkgeld bekam, was wiederum mir nicht in den Kopf ging. Nebenbei besuchte sie Kurse, deren Inhalt und Sinn sie nicht näher ausschmücken wollte, was bei ihrem Mitteilungsdrang das nächste Kuriosum war. »Weiß du, dass ich an den Äquator reisen müsste, wenn ich etwas an Gewicht verlieren wollte?«, flötete Valerie ins Telefon. Wir hatten bei unserem letzten Treffen von einem gemeinsamen Urlaub geschwärmt, obwohl das bei Valerie momentan finanziell nicht drin war. Traumurlaube ausmalen, war eine unserer Lieblingsbeschäftigungen und dementsprechend häufig reisten wir in unserer Vorstellung irgendwohin. Relaxen in Bermuda, Island entdecken, in Tahiti bunte Cocktails trinken, die Wildnis Kanadas erobern, Shoppen in New York. »Wieso nimmt man Äquator schneller ab?«, brachte ich nur hervor, weil ich in Gedanken noch immer bei Almut und dem fehlenden Motiv fest hing. »Dort schlägt die Waage weniger stark aus als bei uns, denn aufgrund der leicht ovalen Form der Erde ist man um einige Kilometer weiter vom Erdmittelpunkt entfernt, wodurch die Schwerkraft um eine Spur geringer wirkt. Eine Spur, hörst du?« Die Worte kullerten aus Valerie heraus wie Bonbons aus einer aufgerissenen Tüte oder Kleingeld aus dem Portemonnaie an der Supermarktkasse. Sie schien kaum Luft zu holen und sprach weiter. »Und durch die größere Entfernung vom Erdmittelpunkt wirkt auch die Zentrifugalkraft stärker auf den Körper. Alles in allem reduzieren diese zwei Tatsachen das Gewicht eines circa achtzig Kilo schweren Menschen um bis zu vierhundert Gramm.« Valerie haderte ununterbrochen mit ihrem Gewicht, obwohl sie, das fanden ich und ein ganzer Schwung Männer, keineswegs zu viel davon auf die Waage brachte. Und wenn, dann kleidete es sie vorzüglich. Aber mach das mal einer Verrückten klar, die in einem Imbiss arbeitet, in dem Kalorien die Luft verunreinigen. Wiederum eigenen Angaben zufolge hatte Valerie mit Kalorien in Form von Sehen, Hören, Schmecken und Fühlen zu tun. Allein das Wort Kalorie brachte ihr Blut in Wallung, als wäre sie mitten im Wechsel. Dabei war es nur der Wechsel der Arbeitsstelle. »Valerie, die Reise lohnt sich nicht. Lass uns lieber Portugal ins Auge fassen, Ibiza oder am besten gleich die Karibik, beispielsweise die Bahamas. Nur, jetzt kann ich das leider nicht mir dir besprechen. Ich bin nämlich im Dienst.«

»In letzter Zeit bist du nur noch im Dienst, egal zu welcher Zeit. Man kriegt dich gar nicht mehr zu fassen«, Valerie schien ziemlich enttäuscht zu sein. Was ich verstand. Die letzten Wochen hatten wir uns selten gesehen und seit mein Vater bei mir wohnte und Mark aufgetaucht war, ging rein gar nichts mehr. Wahrscheinlich lag sie gerade mit einer Tüte Chips oder einer bereits halb aufgegessenen Tafel Lindt-Schokolade auf der Couch und hatte kein Date und absolut keine Lust, was Sinnvolles anzufangen. In solchen Situationen musste immer ich dran glauben. Und ich tat es gerne. »Ich dachte einfach nur, wir könnten wie zwei außerirdisch schöne Weibsbilder vor der Kinokasse punkten und uns die neueste Komödie mit Uma Thurman und Sandra Bullock anschauen. Wenn das kein viel versprechendes Frauengespann ist? Drinks hinterher natürlich inbegriffen.«

»Nächste Woche gern, Valerie. Versprochen. Komödien sind schließlich unser zweites Zuhause. Nur, heute und morgen bin ich ausgebucht.«

»Sorry, Darling. Konnte ich ja nicht riechen. Ich ruf dich wieder an. Ich geb einfach nicht die Hoffnung auf. Küsschen aufs Näschen.«

»Du auch!« Küsschen aufs Näschen war unsere Hau-auf-die-Pauke-aber-anständig-Verabschiedung. Süß wie eine Praline mit dick Puderzucker überm Siebzig-Prozent-

Kakaoanteil. Als Valerie aufgelegt hatte, rief ich Frank an. Mit einem Bein noch im weitläufigen Park, mit dem anderen schon auf dem Bürgersteig, hörte ich seine Stimme am Ohr. Glockenhell und sehr dynamisch.

»Gut, dich an der Strippe zu haben, Lea. Bogdan Ivanovic, den Namen solltest du dir merken. Ich weiß zwar noch nicht weshalb, aber ich hab da so ein Gefühl.«

»Fängst du an, deine Intuition zu trainieren wie deine Muskeln im Fitnesscenter, die du für Carmen und sonstige weibliche Nachtische brauchst?«, scherzte ich.

»Frauen sind bei mir immer als Hauptgang gemeint, Lea. Was anderes hab ich nie behauptet. Aber jetzt mal ernst. Dieser Bogdan, Serbe aus Belgrad, hat bei Lohmann in der Buchhaltung gearbeitet und ist eines Tages verschwunden. Einfach so, ohne erkennbaren Grund und ohne Hinweis auf ein Verbrechen. Ich hab mal alle auf ihn angesetzt, um möglichst schnell fündig zu werden. Der Kerl hat sich ausgepustet wie `ne Kerze. Kam wie 'n Geist aus der Flasche daher, praktisch aus dem Nichts. Gut, das Nichts war für ihn sein Vorleben in Serbien. Heuert dann mal eben, nach Pantomime und so 'nem Zirkus, bei Friedrich Lohmann an. Ist bei allen beliebt, bei den Ladies sogar heiß begehrt. Der Typ Schokosahnebecher bei dreißig Grad Außentemperatur. Da greift doch jede zu.« Frank hatte seinen Bericht ohne Punkt und Komma beendet.

»Hast du Hinweise? Irgendeine Spur von ihm?«, fragte ich brennend interessiert.

»Pulverkaffee, Lea. Nichts, was uns schmecken oder bekommen würde. Er ist wie ausradiert. Ich sag doch, der Geist aus der Flasche, der wieder in selbige zurückgekehrt ist. Nur, wo steht die Flasche, in der wir ihn finden können ...?«

»Das wissen wir vielleicht bald, Frank!«, deutete ich an.

»Ach, und wieso?« Er horchte auf, als ginge es um ein Date mit einer seiner Traumfrauen: einer Frau, blond, mit prallem Vorbau und aufgeschlagener Bettdecke, auf dem Nachttisch eine Auswahl Kondome.

»Dolly Österreich. Der Dachboden-Liebhaber. Erinnerst du dich daran?«

»Den Fall kennt doch jeder in der Branche.« Frank schien nicht zu begreifen, worauf ich hinauswollte.

»Bogdan könnte der neue Attic-Lover sein. Der von Almut Lohmann.«

»Lea, mach keinen Scheiß. Hebel mir nicht den Rest Verstand aus dem Hirn.«

»Würde mir nie einfallen«, entgegnete ich und grinste die Bäume in der Straße an. Bevor ich genauer werden konnte, gab mein Akku den Geist auf und Franks Stimme verschwand aus meiner Realität wie jener Bogdan Ivanovic von der Bildfläche des Lohmann-Imperiums. Ich schickte einen kurzen Fluch durch die Allee, drehte um und verbarg mich für einige Augenblicke im Park der Lohmanns. Hinter üppig wuchernden Hortensien, die in trauter Nachbarschaft mit einem roten Ahorn und einer Trauerweide lebten, überlegte ich, wie ich zurück ins Haus kommen sollte, ohne dass es Almut auffiel.

Sechsundzwanzig

Ich hielt mich in einem kaum einsehbaren Teil des Lohmann-Parks auf. Während ich es mir auf dem Ast eines Baums bequem machte, ging mir alles Mögliche durch den Kopf. Zuerst der befremdende Blick, mit dem Almut mich keine anderthalb Stunden zuvor gestreift hatte. Ihre Augen hatten mein Gesicht regelrecht unter Beschuss genommen. Als sie es bemerkte, eine Spur zu spät, ging sie an eine rasche Korrektur und schickte dem Beschussblick einen normalen hinterher, den ich ihr sowieso nicht abkaufte. Was war nur los mit ihr, grübelte ich zum wiederholten Mal.

War sie tatsächlich darangegangen, das Leben jener Deutsch-Amerikanerin nachzustellen, die 1961 in Los Angeles gestorben war und die ohne Schranken und ohne Limit gelebt hatte? Hatte sie sich Bogdan Ivanovic ins Haus geholt, als Liebhaber, als Mann neben dem eigenen, und hatte Friedrich Lohmann tatsächlich nichts davon mitbekommen? Schon früher war Almut ein Mädchen ohne Grenzen gewesen. Sie hatte Vollgas gegeben und im freien Fall gelebt und genau das hatte sie so verführerisch für uns gemacht. Die Vorstellung, dass sie einen viel beschäftigten Erfolgstypen, der kaum Zeit für Privates abzweigte, heiraten würde, wäre mir nie gekommen. Das entsprach ihr nicht. Zumindest nicht in meiner Vorstellung von ihrer Zukunft. Aber natürlich wurde man im Lauf der Jahre ruhiger, man wurde erwachsen. Wenn

Friedrich Almut irgendwann zu langweilig geworden war, hätte es eine Scheidung auch getan. Almut hätte sicher eine ansprechende Abfindung bekommen, um sorglos weiterzuleben. Doch als ich versuchte, mich in Bogdan hineinzuversetzen, kam mir ein Gedanke. Ein Mensch, der nie Erfolg zu schmecken bekommen hatte, könnte es unter Umständen auf Friedrichs Firma abgesehen haben. Zwei Fliegen mit einer Klappe. Die Frau, die man liebte, an sich binden, auch öffentlich, und eine Erfolgsfirma führen, in der man ohnehin schon gearbeitet hatte und in der man sich ein Stück weit auskannte, und, was nicht zu verachten war, deren Belegschaft man zu einem Großteil hinter sich hatte, weil man als beliebt galt. Bogdan war vor dem überquellenden Futtertrog gesessen und hatte nur noch zugreifen müssen. In die Fußstapfen seines Nebenbuhlers treten und dessen Leben stellvertretend weiterleben. Für einen Menschen mit ausgeprägtem Ego reichte die Frau nicht, da musste es schon etwas mehr sein. Diesen Hang zum Unersättlichen hatte ich in meinem Beruf oft zu sehen bekommen. Aus nächster Nähe und mit erschütternden Folgen.

Während ich in diesen Gedanken wühlte, fiel mir, völlig aus dem Zusammenhang gerissen und ohne dass ich es gewollt hätte, ein Auszug aus der Bergpredigt ein, den Mark bei einem unserer Gespräche zitiert hatte. Während er sprach, hatte sich seine Stimme, – die ich wie immer nicht hörte, sondern in mir drin als Gefühl wahrnahm –, wie die samtweichen Pfoten einer Perserkatze auf mich gelegt, die sich auf meinem Bauch zusammenkringelt und mir Wärme und Zuneigung gibt. Freiwillig und gänzlich unerwartet, schließlich konnte man Perserkatzen zu nichts zwingen; ein Umstand, der ihre Nähe umso kostbarer machte.

Selig, die keine Gewalt anwenden, denn sie werden das Land besitzen.

Ich hatte den Satz gehört, hatte ihn schön und richtig empfunden, was Moral und Anstand anbelangte. Doch dann hatte Mark mir erklärt, was es mit diesem Satz auf sich hatte. Er hatte erläutert, dass mit »Land« nicht Grund und Boden gemeint waren, sondern dass das Synonym Land für das Kostbare stand, für das Leben selbst. Selig, die keine Gewalt anwenden, denn sie werden ewig leben. Sie werden den Tod überwinden. Sie sind nicht ihr Körper, sondern ihre Seelen. Und wenn sie wollen, können sie ihren Körper sogar behalten oder sich von Zeit zu Zeit materialisieren. Ich hatte staunend Marks seltsamen Erläuterungen gelauscht, wie ein Kind dem Weihnachtsengel zuhört. Ich war selbst in die genannte sprichwörtliche Seligkeit gefallen, von einem Moment zum anderen. Ich fühlte mich getragen, sogar mehr als das, wie auf Wolken schwebend, völlig sorglos und randvoll mit dem, was wir Zufriedenheit und Glück nennen.

Marks Reden waren nie wie das dichte Gestrüpp, in dem ich mich im Beisein meines Vaters verheddernde. Seine Worte waren klar wie Trinkwasser. Rein wie der Popo eines gerade zur Welt gekommenen und gewaschenen Babys, bevor es in einen Strampler kommt. Unberührt wie eine seltene Wildblume im Gebirge.

Mark war inzwischen längst kein Fossil mehr aus einer anderen Zeit. Er war für mich so wirklich wie der Mond, der nachts auf mein Bett schien. Er war so aktuell wie Valerie, mit der ich alles Wichtige besprach. Er war da. Ich spürte ihn und schien ihn zu hören. Und ich merkte, wie ein Teil meines Herzens für ihn reserviert blieb.

Ich schwang mich vom Ast des Baumes. Meine Schuhe beschrieben einen Kreis im Garten der Lohmanns und ich schlug die Hände gegeneinander, um eine leise beginnende Kälte fernzuhalten.

Die letzten Monate hatte mein Leben einen schmucklosen Zustand angenommen, ohne dass ich es gewollt hätte. Doch seit es Mark gab, fühlte ich mich wieder reich beschenkt. Ich schwelgte in Diamanten, denn jedes seiner Wörter war ein weiterer funkelnder Stein. Doch weshalb hielt ich mich zurück, mit Valerie über meine seltsamen Erlebnisse zu sprechen oder mit irgendjemandem sonst? Anfangs hatte ich mir weisgemacht, die Geschichte würde mir kein Mensch abkaufen und das war natürlich der Hauptgrund. Inzwischen ahnte ich aber, dass ich Mark auch für mich behalten wollte. Das zarte Pflänzchen unserer Freundschaft sollte nicht verwässert, nicht beschmutzt werden durch zweifelnde Worte und Unmengen von Fragen. Mark war wie die neue Liebe in meinem Leben, mit der keiner mehr rechnete, oder zumindest so schnell nicht. Wenn der Traummann dann da ist, will man ihn zuerst in aller Heimlichkeit küssen und herzen, lieben und ihm zuhören dürfen, bevor die anderen, der Rest der Welt, dran ist, laut »Hurra, sie hat den Richtigen doch noch gefunden!«, zu schreien. Und obwohl Mark ein Geist war, fühlte ich mich längst so, als hätte ich in ihm den Richtigen gefunden. Den, der mir am nächsten stand.

Als ich ihn gefragt hatte, wie er aussah, als er noch wie ich und alle anderen auf der Erde und in einem Körper gelebt hatte, hatte er zuerst lange geschwiegen. Ich hatte die Zeit genutzt, indem ich ihn zu zeichnen begann, früher mein Hobby. Ich stellte ihn mir mit hoher Stirn, prachtvoll türkisfarbenen Augen, die sich ins Unendliche weiten konnten und die mich an die Brandung auf Bora Bora erinnerten, vor. Seine Lippen hatte ich als zwei feine, zarte Linien verfolgt, die sich sachte aufeinander legten.

Als er mir endlich Rede und Antwort stand, kam die enttäuschende Wahrheit ans Licht. Er beschrieb sich als knapp zwei Meter groß und durchschnittlich aussehend. Außerdem wäre er mit einem Schwall Sommersprossen vom Schicksal übergossen worden.

»Falls du mehr hören willst, Lea. Ich hatte einmal eine interessante Hutsammlung. Ich hab die Hüte ständig gezählt und mir so die Zeit vertrieben.«

»Hattest du etwa rote Haare unter deinen Hüten?«, fragte ich nach. Ich wusste nicht, weshalb, aber Männer mit roten Haaren turnten mich nun mal nicht an.

»Fast«, gab Mark an. »Braunrot, mit ein bisschen Gold drin. Das aber nur, wenn krass die Sonne schien«, fügte er hastig an und lachte.

Ich atmete tief durch und schalt mich schließlich selbst. Mark merkte mir sicher an, wie es in mir aussah. Ich war einfach zu sehr aufs Äußere bedacht. Ein oberflächliches Frauenzimmer.

Doch er lachte augelassen weiter und schien sich gar nicht mehr einzukriegen.

»Das hier ist wie kontaminierter Boden für dich, nicht wahr? Auf der Skala der schlimmen Dinge steht mein Äußeres ganz weit oben.«

Ich wusste nicht, worauf er hinauswollte. »So wie ich

mich beschreibe, erfülle ich im besten Fall den Restbestand deiner Illusionen. Ich bin wie die Männer im Urlaub, die Bermuda-Shorts tragen, Sandalen und weiße Tennissocken dazu. Ich bin der Quasimodo deiner ohnehin schon einsamen Nächte.«

»Ach, hör auf. Du nimmst mich auf den Arm«, verlangte ich spitz.

»Nein, Lea. Das tust du schon selbst. Ich bin nichts von dem, was du denkst oder hoffst, und nichts von dem, was ich dir gesagt habe. Ich bin reine Energie. Den Körper, den ich mal bewohnt habe, um es so zu umschreiben, den gibt's nicht mehr. Ist auch unwichtig. Was zählt, ist das, was wir miteinander spüren und sind.«

»Klar. Kai Pflaume. Nur die Liebe zählt. Ist 'ne Schmalzsendung im Fernsehen. Willst du auf so was hinaus?«

»Ja, nur die Liebe zählt. Und wenn es dir hilft, denkst du dir einfach einen Körper für mich aus, x-beliebig, wie's dir gefällt. Das ist wahr oder unwahr, ganz wie du's haben willst. Denn letztendlich ist jeder Körper Illusion, selbst deiner. Er existiert nur, weil du deine Energie im Äußeren belässt. Wenn du dich aufs Innere verlegen würdest, löste sich die Existenz des Äußeren irgendwann auf, die Wichtigkeit des Körpers nähme ab und du würdest mehr und mehr das Innere eines Menschen wahrnehmen. Das, was wirklich zählt.« Ich nickte kleinlaut und schwieg. Was hätte ich auch sagen sollen? Dass ich offenbar mal wieder nichts von dem, was wirklich war, ahnte? »Liebe ist das Einzige, was nicht weniger wird, wenn wir es verschwenden. Liebe potenziert sich. Liebe und du wirst leben, Lea.« Der letzte Satz hatte wie eine Mischung aus Mahnung und Verheißung geklungen und sich wie die Zeichen, die

Cowboys dem Vieh ins Fleisch tätowieren, in mein Gemüt gebrannt. Er war noch lange in mir nachgehallt und würde vielleicht für immer bleiben.

Siebenundzwanzig

Almut hievte sich aus dem Bett, ging zum Schrank, öffnete ihn und zog wahllos ein Kleid heraus. Während sie sich anzog, sprach sie leise zu sich selbst. »Ich muss was tun. Ich hab schon viel zu lange gezögert. Erinnerungen sind trügerisch.« Sie hatte die ganzen letzten Monate, seit sie mit ihrem Liebhaber in diesem Haus wohnte, und sogar noch, als er sich an ihr vergangen hatte, dieses Bild gesehen.

Die Flasche Bourbon auf dem Tisch. Leise Jazzklänge aus der Anlage – Martin Grubinger, diesen Virtuosen am Xylophon und am Schlagzeug, sie mochten ihn beide. Der Duft seines Parfüms in den Luftschichten zwischen ihm und ihr. Er spielte Katz und Maus mit ihr und vermittelte dabei das Gefühl die Maus zu sein, obwohl er die Rollen immer wieder neu ausbalancierte und meist längst die Katze mit schlagbereiter Tatze war. »Gleichberechtigung, Baby. Denk dran!«, hatte er oft zu ihr gesagt und es hatte ihr gefallen.

Er zog unten erst blank, wenn sie derart geil war, dass sie darum bettelte. Dann fickte er sie nicht etwa, sondern befriedigte sie mit den Fingern und seinem nassen, bourbongetränkten Mund. Seine Fleischlippen, die wie Berg und Tal auf und ab fuhren, waren eine Himmelfahrt, die programmgemäß im Rausch endete. Er lutschte ihr den Saft heraus. Sie spreizte dabei die Beine so weit, dass sie manchmal glaubte, sie nie wieder ordentlich zusammenzubekommen. Sich selbst stellte er immer zurück. »Erst kommst du dran, dann wieder du, noch mal du, und dann sehen wir weiter.« Das war sein Motto. Almut hielt sich an der Schranktür fest und betrachtete sich im Spiegel. Eine Frau mit Vergangenheit, mit einem großen Geheimnis, das seit Kurzem zur Last geworden war. Ja, das war sie. Doch wie wurde sie dieses Geheimnis wieder los?

Nach all den Jahren mit Friedrichs Fünf-Minuten-Sex, bei dem sie so gut wie nichts von ihm spürte, außer etwas Waberndes in sich drin, war das, was sie mit ihrem Liebhaber erlebte, wie eine Welle der Empörung. Vor allem, weil ihr klar wurde, worauf sie all die Jahre verzichtet hatte. Als das erledigt war, ließ sie zu, in einer Brandung zu enden, einer, die trug, erfrischte und einen neuen Weg wies, alles zugleich.

An Friedrich hatte sie geliebt, dass er Antworten auf die seltsamsten Fragen wusste, dass er verlässlich war und sie ohne Abgründe liebte. Schneller Sex reichte ihm, ab und zu mal einen längeren Kuss, einen Klaps auf seinen Po – die Rolle übernahm sie – und ihr zufriedenes Lächeln. Zehn Jahre waren so vergangen, in denen er ihr jeden Wunsch von den Augen abgelesen hatte. Immer in dieser Pose verharren wie auf einem Schwarzweißfoto, das nur ein Schnappschuss war und keine Kunst, so hatte Almut es empfunden. Rundum Glück, hatte ihr Mann dazu gesagt. Keine Klagen aus seinem Mund, stattdessen wachsende Umsätze, Einladungen überallhin und ansonsten das Nichts in einem Universum, von dem sie etwas anderes wollte, aber nicht genau wusste, was es war, wie es hieß und wie dranzukommen war. Rausch wäre vermutlich das nächstliegende Wort gewesen. Aber wie buchstabierte man das in der Realität und zwar so, dass niemand beim Buchstabieren zuhörte oder zusah?

»Vollrausch, Baby. Das oder gar nichts!«, hatte Bogdan versprochen, und ihr sein unersetzliches Teil nach einem langen Vorspiel endlich hineingeschoben.

Dazu wild gewordene Finger in jeder Ritze und jedem Spalt ihres gut erhaltenen Körpers. Sie hatte seine Stöße zu ihren gemacht und es genossen wie lange nichts mehr. Er war nie rigide, immer supersoft und erst nach ihrem ersten Aufseufzen wurde sein Tun härter. Sie liebte diese Mischung, dieses Nichtgenauwissenwann, weil es die Spannung dermaßen hielt, dass sie hätte juchzen können. Sein Schwanz richtete sich auch dann noch eifrig auf, nachdem er sich aus ihr zurückgezogen hatte. Eifrig wie eine Kobra, die auf die Töne eines Flötenspielers horchte. Er liebte es, sie zu vögeln, aufzuhören, sich irgendwann erschlaffen zu lassen, dazwischen eine zu rauchen, als sei er beim Poker mit Freunden, sich erneut an sie zu wenden und an ihr zu reiben, wie man sich die Hände warm rieb, bevor man loslegte und dann, endlich, weiterzumachen. »Gib Gas auf zweihundertsechzig«, gurgelte er dann, als hätte er ihren Porsche unterm Hintern und fünf Bourbonschlucke im Hals, wovon ihm selbstverständlich einer am Kinn hinunterlief, nur, um kurz darauf auf ihren Melonen zu landen. Eine Leckpartie der Extraklasse. Danach konnte sie sich nie an etwas erinnern, denn sie hatte nicht gewusst, dass es so etwas gab. Sie wusste nur eins. Sie lebte ein Leben voll schriller Leidenschaft. Sagenhaft faszinierend. Sie streckte ihm ihren Körper entgegen wie eine Offenbarung des Willens. Ich will. Ich will. Ich will.

Natürlich schwor sie sich, niemals wie eines dieser dummen Weiber zu werden, die einem jüngeren, mittellosen Typen das Ruder in die Hand drückten, ohne nach dem Kurs zu fragen und klarzumachen, dass man der Eigner des Schiffes war und die Tankfüllungen zahlte. Daran hatte sie sich gehalten und ignoriert, dass er seinen eigenen Plan hatte. Einen, für den man keine Worte fand.

Almut löste sich von ihrem Spiegelbild und ging zur Tür. Seit dem Tag der Tat, als Friedrich erschossen worden war, erschien alles in anderem Licht, oder besser ausgedrückt, alles war in tiefer, fahler Dunkelheit versunken, die an undurchdringliches Moor erinnerte. Eine Masse, in die man besser nur ansatzweise hineinstieg, wollte man heil aus ihr herauskommen.

Wenn sie jetzt auf seine Schritte horchte, war sie froh, keine zu hören. Er war der Ableger ihres Lebens, der plötzlich bei genügend Dünger und Licht wuchs und sich mehr und mehr Raum verschaffte. Er war dabei, selbst der Ursprung zu werden, der Haupttrieb. Er wollte Friedrich ersetzen und ihr Mann werden. Doch sie wollte nicht mehr seine Frau sein.

Mit einer durchtriebenen Selbstverständlichkeit hatte er immer mehr für sich gefordert, nachdem er ihr dieses Barbie-Gefühl gegeben hatte, wie sie es für sich nannte. Das Gefühl für große Teile der Welt perfekt zu sein, das Halleluja des Lebens. Danach schlief es sich wie in den Armen

Gottes, ohne Fehl und Tadel, was den eigenen Charakter betraf. Man stand nicht länger steif wie eine Betonwand vorm Leben, sondern bog und wogte, schien wie ein Grashalm im Wind, der mit sich und der Existenz spielte, ganz einfach, weil er so biegsam war und ihn nichts von seinem Sein trennen konnte, außer vielleicht ein Rasenmäher oder der Traktor eines Landwirts. Doch auch in diesem Fall lag eine Ahnung über allem. Was soll's? Deine Wurzel ist tief in der Erde, verborgen vor den Blicken aller verankert. Dein Ursprung lebt unangreifbar. Dieses Gefühl hatte er ihr gegeben. Wieder und wieder, bis sie nicht mehr ohne es sein wollte. Auch wenn sie durchschaute, dass alles nur ein Spiel war. Eins, das sie begonnen hatte und dessen Ende niemand kannte. Das Spiel war zu gefährlich geworden. Sie war nicht länger der Kapitän, der Matchmaker. Und er nicht mehr der teuer eingekaufte Star. Nun war alles bedrohlich anders gekommen.

Almut trat in den Flur hinaus und huschte auf dünnen Socken die Treppe hinunter. Norma sollte denken, sie harre weiterhin im Bett aus. Doch sie war endlich über die bemitleidenswerte Gestalt im Schlafzimmer hinausgewachsen und nahm ihr Schicksal wieder fest wie einen Schlagstock in die Hand. Einem inneren Drang folgend, stieg sie tiefer in die Existenz des Hauses hinab. In den inneren Kern, heiß wie der Lavastrom eines ausspuckenden Vulkans. »Hast du Angst, geh ihr entgegen!«, hatte ihr Vater ihr eingetrichtert. Das war, als sie nach einem spannenden Film, den sie heimlich angeschaut hatte, mit einem Kissen vorm Kopf dem Leben abgeschworen hatte, ganz der Scheinexistenz ergeben, die über den Bildschirm geflimmert war. Ein Häufchen zitterndes Leben. Ihr Vater hatte ihr Kissen und Hände vom Gesicht genommen, sie dabei streng angesehen und mit gut formulierten Worten vorgebetet: »Erst wenn die Angst dich auffrisst, bist du erledigt. Alles, was vorher ist, ist eine Chance.« Sie hatte es sich lange gemerkt, weil der Satz so klug klang und ihr Vater ihn ihr so ernst vorgebetet hatte. Ein Riese in ihrer damals noch kleinen, zaghaft erprobten Welt. Dann hatte sich der Satz wie viele andere auch in einer Mischung des Lebens aufgelöst. Heute war er zurückgekommen. Gemeinsam mit dem Profil ihres Vaters. Seinem strengen Lächeln, den bissigen, stark ausgeprägten und dunkel umwitterten Augen hinter der exzentrischen Hornbrille, die er immer mit der rechten Hand heftig gegen die Schläfe gedrückt hatte. »Erst wenn die Angst dich auffrisst, bist du erledigt. Alles, was vorher ist, ist eine Chance«, echote sie und brachte den Satz wie einen oftmals gehörten Psalm zur Wiederaufführung. Der nächste Schritt, der entscheidende, musste getan werden.

Achtundzwanzig

Ins Haus zu kommen, war einfacher als gedacht. Norma hatte den glorreichen Einfall oder die Anweisung, den Müll hinauszubringen, und ließ die Haustür einen Spaltbreit offen, denn sie wusste ja, dass das Grundstück durch das Tor neben den Garagen von der Außenwelt abgeschlossen und damit gesichert war. Durch diese Lücke schlüpfte ich hinein und verschwand Richtung Keller. Das Stockwerk, in dem ich Bogdan Ivanovic vermutete, schon allein deshalb, weil die Spurensicherung dort am wenigsten präsent gewesen war.

Ich hörte von den ersten Treppenstufen aus, dass Norma im Flur in ihrer Handtasche kramte. Ich duckte mich und presste meinen Körper an den Rand des Edelstahlgeländers. Wahrscheinlich suchte sie nach ihrem Autoschlüssel. Sie fand ihn und schickte einen kurzen Gruß in den ersten Stock hinauf. Doch sie bekam keine Antwort und murmelte etwas Unverständliches. Vermutlich irgendetwas wenig Schmeichelhaftes, weil ihre Arbeitgeberin es wohl nicht für nötig hielt, sich zu verabschieden. Norma schob ihren erschöpften Körper Richtung Haustür, öffnete sie und ließ die Tür ins Schloss fallen. Damit blieben Almut, ich und vielleicht eine dritte Person allein in der Villa zurück. Von oben leuchtete ein Lichtschein bis zu mir hinunter. Das musste die wuchtige Stehlampe vor Almuts Schlafzimmer sein.

Ich hatte mich bis zur letzten Treppenstufe vorgekämpft und nahm neben einem imposanten Rundschrank mein Handy zur Hand. Erleichtert registrierte ich einen letzten Balken auf dem Display. Vielleicht würde ich noch einen kurzen Anruf tätigen können. Ich zögerte keinen Moment und rief Franks Nummer auf. Doch anstatt seine Stimme zu hören und ihm mitzuteilen, wo ich war und was ich dort vorhatte, hörte ich nur seine nüchterne Mailbox-Stimme. »Frank Kastein, sprechen Sie nach dem Piep.«

»Hi, Frank«, flüsterte ich. »Ich hab all meinen Mut zusammengenommen und bin jetzt ...« Ich hörte den aggressiven Alarm meines Handys, der klarmachte, dass nichts mehr mit Telefonieren war. Sendepause, bis ich mein Gerät aufgeladen hätte. Entsetzt drückte ich das Handy gegen meinen Körper, als könnte ich einen Ton, der längst ausgesandt war, rückwirkend aufhalten. Ich horchte in die Stille des Hauses hinein, darauf gefasst, dass Almut vielleicht alarmiert worden war. Doch nichts geschah. Vermutlich genoss sie, wie so oft, über Kopfhörer Musik. Das würde auch ihren unterlassenen Abschiedsgruß für Norma Thata erklären. Ich hörte nur die leisen Hintergrundgeräusche des Hauses, die jeder kennt. Ein leises Summen des Kühlschranks sowie ein Knarren des sich ausdehnenden oder zusammenziehenden Holzes.

Ich weiß nicht weshalb, aber ich schlich wieder nach oben und suchte mit leise tapsenden Schritten die Küche, ein riesiges Gäste-WC und ein großes dunkles Büro ab, als ahnte ich, dass sich dort irgendwo ein Aufladegerät befinden könnte. Almut und ich hatten dasselbe Handy. Das war mir aufgefallen. Ich hatte Glück. Im Büro steckte ihr Aufladegerät in der Steckdose. Ich steckte mein Handy an und sofort schossen die Balken auf dem Display in die Höhe. Vielleicht sollte ich hier ein paar Minuten warten und die Nachricht auf Franks Mailbox beenden. Nur für alle Fälle.

Ich hatte mich schon entschlossen es zu tun, als mich ein seltsames Geräusch ablenkte. Ich schoss herum und spürte, wie mein Atem stockte. Schwerer, angstdurchtränkter Atem, der flach anstatt lang gezogen war, hastig anstatt ausfüllend.

Ich wusste, dass die Fähigkeit meines kognitiven Gehirns, vernünftig nachzudenken, in dieser Situation gar nicht funktionieren konnte, da mein emotionales Gehirn in äußerste Alarmbereitschaft versetzt war. In solchen Fällen wird der präfrontale Kortex abgeschaltet wie ein Lichtschalter. Wenn die vor allem körperlich fühlbaren Abläufe erst mal in Gang sind, werden wir von Emotionen regelrecht überschwemmt. Ab dem Zeitpunkt denken wir nur noch in Kategorien wie Angreifen, Verteidigen, Flucht. Egal, was es kostet. Jede vernünftige Reaktion, jeder Lösungsansatz geht im Gewirr des Denkens und Fühlens verloren. Diesem Desaster sah ich mich ausgeliefert.

Ich setzte die Atemübungen ein, die jeder Notfallpsychologe aus dem Effeff beherrscht, atmete bis tief in den Bauch hinunter und aus dem Mund wieder aus. Das wiederholte ich einige Male, während ich hinter dem Schreibtisch von Friedrich Lohmann hockte und das Dunkel des Zimmers mit meinen Blicken und Empfindungen abtastete und zu meiner Verwunderung nichts vorfand, außer einem letzten Rest meiner Angst.

Einen Moment lang glaubte ich, einer Illusion aufgesessen zu sein, ähnlich wie man eine Verliebtheit fälschlicherweise als Liebe interpretiert und sich am Ende im emotionalen Fiasko wiederfindet. Dann hörte ich es erneut, diesmal eindringlicher, lauter, entzifferbarer: Jazzklänge. Martin Grubinger am Xylophon, als verbindendes Element eine Violine, die klang, als gäbe es kein Morgen. Wahrscheinlich war Benny Schmitz derjenige, der sie sich in die Halsbeuge geschoben hatte. Des Weiteren hörte ich Trommeln, einen Kontrabass und ein Klavier. Ich stockte und spürte, wie die Unterseite meiner Oberarme an meinem Körper festwuchsen. Auf meiner Oberlippe standen Schweißperlen.

Die schönen, berauschenden Klänge kamen nicht von oben, wo ich Almut vermutete, sondern von unten. Sie kamen wie lieb gewordene Gäste, die sich in Schale geworfen hatten, nur, sie kamen im falschen Moment und aus der falschen Richtung. Die Musik, die mich sonst in Verzückung versetzt hätte, brachte mich jetzt vollends durcheinander. Ich lauschte alarmiert der anspruchsvollen Musik und stand nach geschätzten zwei, drei Minuten endlich auf, um zum Türrahmen zu wanken, wo ich wie ein Scherenschnitt wirkte. Der Gang zum Keller lag im Dunkeln, aber der Mond schickte fahles Streiflicht bis zum Eingang des Büros. Alle Türen, die vom Zentrum des Kellers abgingen, waren ordentlich verschlossen. Doch hinter einer dieser Türen spielte sich etwas ab, das ich mir nicht erklären konnte. Etwas Verrücktes, angesichts Almuts momentaner körperlicher und seelischer Verfassung. Etwas, das mich ihrer Geschichte und dem Tod ihres Mannes einen gewaltigen Schritt näher bringen würde. Ich musste mich nur noch trauen, nachzusehen.

Neunundzwanzig

Mitten in diese prekäre Situation platzte Mark. Ein Retter, nach dem man nicht rufen konnte, der aber kam, wenn er es für richtig hielt. Ich hatte irgendwann wieder mit ihm gerechnet. Am ehesten in einer ruhigen Stunde, während einer Autofahrt, einer Grübelei oder nach einem Streit mit meinem Vater. Doch mitten in den Ermittlungen eines Mordfalls bestimmt nicht.

»Lea! Ich bin's«, flüsterte er. Mark!« Ich fasste mir ans Herz. »Du hast mich zu Tode erschreckt.« Meine Hand suchte sich in einem Reflex einen Weg über die Stirn. Ich spürte, dass meine Finger auf der verschwitzten Fläche unterhalb des Haaransatzes festklebten.

»Tut mir leid. Das wollte ich nicht. Wir müssen miteinander reden.«

»Das ist der völlig falsche Zeitpunkt. Ich muss dringend nachsehen, was sich im Keller abspielt, Mark.«

»Lass es bleiben. Es könnte gefährlich werden«, hob Mark warnend an. »Du könntest sogar deinen Körper verlieren, Lea.« Ich musste plötzlich daran denken, dass das Leben viel zu oft eine verplante Angelegenheit war, ohne Möglichkeit auszuscheren. Doch diesmal lag es an mir. Ich konnte mich entscheiden. Ich hatte die Wahl.

»Na und?«, sagte ich trotz besseren Wissens. »Ich hab von dir gelernt, dass es nicht unbedingt auf einen Körper ankommt. Lebt sich doch ganz gut ohne.« Es klang sarkastisch und im Grunde meinte ich es gar nicht ernst. Ich wollte mir selbst nur nicht eingestehen, wie viel Angst ich vor dem hatte, was vor mir lag.

»Deine Zeit ist noch nicht gekommen, Lea. Nimm meinen Rat an und verlass das Haus. Geh nicht mit dem Verstand vor, sondern benütze deine Intuition.«

»Was spielt sich da unten ab? Wenn du etwas weißt, sag es mir«, verlangte ich energisch.

Doch anstatt mich mit näheren Informationen zu versorgen, schwieg Mark. »Meine Güte, du bist so hilfreich wie'n Traumschuh in der falschen Größe.« Kaum hatte ich den Satz ausgesprochen, da fiel mir auf, wie verrückt er sich für einen Toten anhören musste. »Hör zu, Lea«, begann Mark. »Ich hab mit Friedrich Lohmann gesprochen.« Ich spürte, dass er felsenfest hinter seinen Aussagen stand, denn da war kein Zögern oder eine letzte, hastige Überlegung, wie ich es von anderen kannte. Ich hockte auf Friedrich Lohmanns akkurat aufgeräumtem Schreibtisch und spürte, wie sich meine Muskeln anspannten.

»Du hast mit einem Toten gesprochen?«, brachte ich irritiert heraus. Ich schüttelte den Kopf.

»Du hättest ebenso gut mit ihm reden können«, meinte Mark leichthin.

»Und wie sollte das gehen? Ich *lebe* und Friedrich Lohmann ist *tot*«, fasste ich es zusammen.

»Über die Gefühlsebene kannst du mit jedem Menschen Kontakt aufnehmen. Auch mit solchen, die ihren Körper bereits abgelegt haben«, erwiderte Mark, als hätte ich zuvor eine unstatthafte Frage gestellt.

Ich spürte meinen Hintern, aber vor allem das dünne Fleisch unter den beiden Sitzhöckern, die sich auf der harten Fläche von Friedrich Lohmanns Schreibtisch nicht besonders wohl fühlten. Was Mark erzählte, klang ganz danach, als habe er mit dem toten Friedrich ein Bündnis gegen die Welt geschlossen. Zumindest gegen die materielle, die ich kannte.

»Bitte sag mir, was du herausgefunden hast, Mark«, flehte ich geradezu. »Almut ist da unten und vermutlich ist jemand bei ihr. Ich vermute, es ist der Mann, der sie so übel zugerichtet hat. Er heißt Bogdan. Könnte sein, dass bei ihm jeden Moment die Sicherungen durchbrennen. Und ich habe vor, genau das zu verhindern.«

»Friedrich Lohmann möchte, dass du dein Leben schützt, Lea. Das soll ich dir von ihm ausrichten.«

»Und was ist mit dem Leben seiner Frau. Soll ich das nicht schützen?«, fragte ich aufgewühlt nach.

»Natürlich sollst du das«, antwortete Mark. Er klang ein kleines bisschen verärgert. »Aber nicht um den Preis, dass du dabei draufzahlst.«

»Ich werd schon nicht draufzahlen, aber ohne Risiko geht es nun mal nicht.« Es ging mir nicht darum, unbeugsam zu sein, aber meine innere Unruhe, was Almuts Schicksal anbelangte, ließ sich einfach nicht wegdiskutieren. Und je länger ich hier mit Mark festsaß, umso heftiger wurden meine Zweifel, ob ich tatsächlich das Richtige vorhatte. Der einzige Weg, dagegen vorzugehen, war, endlich zur Tat zu schreiten.

Ich spürte, dass mein Dialog mit Mark ewig weitergehen würde, ohne dass es sich für mich lohnen würde. Kurz entschlossen, entschied ich mich zu einer ungewöhnlichen Vorgehensweise. Ich schaltete jedes Gefühl an ihn ab, das ich in mir spürte. Ich brauchte nur an meinen Vater zu denken. Daran, dass er vermutlich jede volle Stunde auf seine Uhr blickte, um sich zu fragen, wo ich nur bliebe und warum ich ihm nicht Bescheid gegeben hatte, damit er sich keine Sorgen zu machen brauchte. Daran, welches Ausmaß die Strafpredigt hätte, die ich mir würde anhören müssen, sobald ich die Haustür hinter mir im Rücken spürte. Ich sah sein von Angst verunstaltetes Gesicht, das mir entgegen sprang wie ein bissiger Hund und hörte seine Worte, dumpf und schwer und bisweilen stachelig wie ein Kaktus in der Wüste. Die Tatsache, dass ich in meinem Alter noch immer oder schon wieder Rechenschaft ablegen musste, war so was von krank, dass es schon wieder schräg und irgendwie sogar witzig war. Diese Gedanken, diese Bündelung von Emotionen, die ich so real spürte, als fänden sie in diesen Minuten statt, halfen mir Mark auszuschalten. Er verblasste wie ein lange Zeit von der Sonne angestrahltes Aquarell.

Ich wunderte mich einen kurzen Moment darüber, wie leicht es ging und dass ich nicht schon früher auf diese Möglichkeit gestoßen war. Sie war so naheliegend. Wenn ich meine Gefühle für Mark ignorierte, konnte er nicht mit mir sprechen. Er war wie ein abgestelltes Radio, denn ich war nicht mehr auf Empfang. So einfach war das. Und so effektiv.

Ich rutschte mit einem leisen Seufzer des Schmerzes von Friedrichs Schreibtisch und ging, noch nicht ganz trittfest, aber mit umso mehr Elan, Richtung Keller davon.

Ich hatte keine Lust, mir länger Angst machen zu lassen. Schließlich war es verrückt genug, mit einem Toten zu sprechen. Mit zweien zu kommunizieren – mit Mark und Friedrich Lohmann zugleich –, war eindeutig zu viel. »Was ist der größte anzunehmende Ernstfall, Lea?«, murmelte ich, während ich die Klinke der Tür, hinter der ich die Jazzklänge ausmachte, hinunterdrückte. Ich kam nicht mehr dazu, mir gedanklich zu antworten, denn was ich im nächsten Augenblick zu sehen bekam, ließ mir den Atem stocken.

Dreißig

Almut stand in seinem Zimmer und das Licht der Lampe strahlte auf sie herab. Vermutlich sah sie wie eine Marienerscheinung aus. Ähnlich den Bildchen, die früher in der Bibel in der Kirche lagen und die sie manchmal fasziniert, meistens aber entsetzt betrachtet hatte. Einfach, weil sie nicht glauben konnte, dass es eine märchenähnliche Welt mit Engeln und Heiligen geben sollte, während in ihrem Leben das Schrecknis der Ungerechtigkeit, des Streits aber auch des Schweigens tobte und sie so keinen Zutritt zur Welt der Heiligkeit, der Süße und des Friedens fand. Mit den Eltern gab es ständig Streit. Meistens wegen Nichtigkeiten, weil sie aufmuckte, abends länger ausblieb und tat, was sie wollte. Vorschriften waren nun mal nichts für sie. Sie war frei und wollte es auch spüren.

Bewegungslos stand sie da und registrierte, dass sie Bogdan ansah, als würde sie ihm am liebsten einen Fußball mit voller Wucht ins Gesicht donnern. Fun, happiness, party damit war sie bisher bestens zurecht gekommen. Etwas anderes als Vergnügen war für Almut nie infrage gekommen. Es gab kein Sündenregister, keine Pluspunkte oben im Himmel, wenn man unten auf Erden immer schön brav gewesen war. Schwachsinn, über so etwas überhaupt nachzudenken.

Bogdan lag auf der Couch und sah Almut fragend an. Der Jogginganzug, den er trug, hing schlabberig an seinem Körper. Sein Grinsen war genauso haltlos und salopp wie sein Aufzug. Er hatte die Brauen zueinander gezogen, als kommunizierten sie miteinander. Die Augen wie gefrorenes, blau-grünes Wasser. Almut wusste inzwischen, dass er in Grenzsituationen der Typ Mann war, dem die Worte wie ein Gewitter aus dem Mund kamen. Dunkel, schwer, blitzartig. Nichts Gutes hinterlassend.

Er wirkte fasziniert ungehobelt. Ungehobelt bedeutete bei ihm ursprünglich, nicht verstellt, sondern echt und natürlich. Er wirkte wie unbearbeitetes Holz, stark und unbeugsam. Und sah dabei blendend aus. Er war deshalb faszinierend, weil er anders war als das, was Almut an ihrem Mann kannte. Doch all das war Vergangenheit. Damit wollte sie abschließen.

Bogdan gaffte sie an und grinste. »Du siehst wie 'ne verdammte Heilige unter der Lampe aus, Baby.« Er pellte sich aus der Garnitur, stellte die Musik einen Tick leiser und kam mit wenigen, bedächtigen Schritten auf sie zu. Dabei deuteten seine Schultern eine Rundung an, zogen eine kaum wahrnehmbare Spur zueinander, ein Zeichen, dass er angespannt war, es sich aber nicht anmerken lassen wollte.

Almut sah die leeren Tablettenschachteln auf dem Beistelltisch. Darin hatte sich das Mittel befunden, das er ihr gegeben hatte, bevor Friedrich erschossen worden war. Und sie misshandelt. »Hast du Lust auf meine Gesellschaft, oder auf was anderes?«, fragte er leise gegen das Schlagzeug ansäuselnd. Er blieb vor Almut stehen, ohne sie anzufassen. Seine Hände staken wie Mikadostäbe von ihm ab, Werkzeuge, die er nur ausfahren musste. Der weich fließende Jogginganzug, der seine Muskeln verbarg, und die Mikadostäbe, die wirkten wie aus Blei gegossene Arme einer Kampfmaschine.

Hier unten gab es keine Fenster. Nur teure Einrichtungsgegenstände, die sie besorgt hatte. Eine L-förmige Couch, davor ein Tisch aus Edelstahl. An der Wand Regale und ein Schrank. Dazu, als Wandschmuck, Poster von Boxern. Lebende und Verstorbene. Ein Bild von Max Schmeling, nachkoloriert. Eine B & O–Anlage, CDs, einen Flachbildfernseher, überdimensioniert, einen Heimtrainer, eine Kletterwand, daneben eine riesige Dusche. Des Weiteren eine kleine Küche, weiß. Sie schien in den riesigen Raum eingepasst wie ein zusätzlicher Kleinwagen für die Tochter in die Doppelgarage der Eltern, die dafür das Gartenzeug und die Regale mit allerhand Krimskrams hatten opfern müssen.

Almut stand noch immer vor ihm. Die Arme an den Körper gepresst, als sei dort ihre Steckdose, an der sie Kraft tankten, um später wer weiß was tun zu können. »Warum?«, fragte sie nur und sah ihm dabei unnachgiebig in die Augen. Solche, die ein Loch zu haben schienen, aus denen aller Saft, alles Lebenswerte rann.

»Baby, what happened? Red Klartext, sonst müssen wir diskutieren, und das haben wir nur einmal getan. Aber selbst das war kurz und bündig, wenn man's ins Scheinwerferlicht hält. Schnell geregelt und schnell ausgeführt. So, wie wir's beide mögen.« Seine Worte, die normal, ganz gewöhnlich wirken sollten, einten sich zu einer Parade der Missgunst, klangen unterschwellig sperrig und brüchig. Seine Schultern, breit wie ein Schrank, taten sich vor Almut auf, als er die Ärmel des Jogginganzugs nach oben schob.

Vielleicht hatte sie geglaubt, Bogdan könne für sie die Kleinlichkeit des Lebens wegwischen wie einen lästigen Fleck vom Tischtuch. Der Mann für die oberen Stockwerke, der, der sich nach den Sternen reckte und das Geld für sie nach Hause brachte, Geld und Sicherheit, den hatte sie ja schon. Ihren Mann. Friedrich. Bogdan war der Kerl für die untere Etage, der ihr die Tage versüßte, bis sie genug vom Nachschlag des Lebens hatte und die Trägheit der Nächte mit Friedrich gefahrlos überstand. Ohne ihm Vorwürfe zu machen, ohne an Scheidung zu denken und sein Geld und ihr Ansehen zu verlieren.

Doch plötzlich hatte sich das Blatt gewendet. Als Bogdan auf sie eingedroschen hatte, war ihr etwas in seinen Augen aufgefallen, das zuvor nicht da gewesen war. Wut und Hass. Das Gefühl, vom Leben vernachlässigt worden zu sein, und jetzt auf einmal all das Versäumte nachzuholen. Sich zu nehmen, was man brauchte.

Die Tabletten, die er ihr in den Rachen gezwungen hatte, fast so, als öffne sie freiwillig den Mund, hatten ihr den Rest gegeben. Friedrich um die Ecke zu bringen und dann, endlich, zu zweit oben hausen, das war völliger Blödsinn. Wie hatte sie auch nur einen Moment darüber nachdenken können?

Friedrich Lohmanns Frau, sein Geld und seine Firma

wären seins. Mit einem Streich. So hatte Bogdan sich das vorgestellt und eine Zeit lang Almut auch. Doch wie so oft hatte sie einen Gedanken nicht gründlich zu Ende gesponnen. Und nun musste sie das Ruder herumreißen, die Richtung ändern.

Bogdan musste weg, denn neuerdings war er der falsche Mann am falschen Platz.

Einunddreißig

Ich hatte die Tür zu einem Kellerzimmer geöffnet, als sich plötzlich jemand hinter mir befand. Ich drehte mich um und da stand er. Ein Mann wie einer dieser übermächtigen Riesen, die im Märchen nichts Gutes im Schilde führen. Einer derjenigen, die einen mit einer einzigen Handbewegung, mit einem Blick töten konnten.

Innerhalb von Sekunden explodierte ein Feuerwerk in meinem Gehirn und ich nahm alles auf einmal wahr. Sein kantiges Gesicht mit einer einzigen Prägung. Einer Narbe über der gesamten rechten Wangenhälfte. Die Narbe sah wie eine Tätowierung aus, die eine Schlange darstellte. Eine, die sich zum Ausruhen eingeringelt hatte, aber jeden Moment erwachen konnte, um mit einem Biss wie nebenbei ihr tödliches Gift zum Einsatz zu bringen. Sie zog sich bis zum Kinn hinunter und sogar darüber hinaus. Ihr Ende befand sich vermutlich erst am Hals. Als Nächstes blieb mein Blick an seinen schmalen Lippen hängen, die dunkelviolett durchzogen, seltsam marmoriert wirkten. Das Befremdendste jedoch waren seine Augen. Sie blickten mit einem stumpfen Blick in die Welt. Eisiges Schweigen in dem schwarz-weißen Gemisch seiner Augen, die weit auseinander standen und, weshalb wusste ich nicht, an Widerhaken erinnerten. Augen, die von kurzen, zurechtgestutzten Brauen ergänzt wurden. Ein Kanal des Bösen. Die kurzen braunen Haare maisgelb gesprenkelt, wie ich es von alten Bananen kannte, machten aus dem markanten Gesicht etwas Verwaschenes, Abgelaufenes. Zu wenig Haar für zu viel Gesicht und zu viel Eindruck für einen einzigen Moment.

Als er den Mund öffnete, diese violette Absperrung in seinem Gesicht, kamen zu meiner Überraschung eine Reihe makelloser Zähne zum Vorschein. Jeder ein Kunstwerk. Reinweiß, gerade gestellt, ohne Lücken. Sie waren der Schmuck in seinem Gesicht. Ich spürte, wie meine verspannten Muskeln sich lösten und die größte Angst aus mir wich, wie die Luft aus einer Luftmatratze.

Noch bevor er ein Wort gesprochen hatte, kam er auf mich zu und packte mich an den Schultern. Seine Augen wurden noch schwärzer, Kugeln des Grauens, die sich auf meinem Körper niederließen, um ihm die Luft abzuschnüren.

Ich wusste weder was sagen, noch was tun. Ich stand stocksteif da. Mittendrin in einer Situation, von der ich nicht wusste, wohin sie führte.

Ich machte wohl ein trostloses Gesicht, denn mir war schlagartig klar geworden, dass ich meine Offensive nicht hinreichend geplant hatte. Ich hatte mich in eine völlig absurde Situation hineinmanövriert. Eine Notfallpsychologin, die einen Notfall provozierte. Und zwar ihren eigenen. Herrgott, in was hatte ich mich da nur hineingeritten. Da stand ich nun in einem Zimmer in Almuts Keller und wusste nicht weiter.

»Bleib ruhig«, zischte der Mann mit der Narbe. Sein Ton ließ keinen Zweifel daran, dass er es ernst meinte. Er presste mir seine riesige Hand auf den Mund, so dass mir wirklich für einen Moment die Luft wegblieb. Ich schnappte nach seiner anderen Hand und presste sie mit aller Kraft zwischen meine Schenkel. Doch ich erschrak über meine eigene Kraft und ließ sie wieder los. Ein fataler Fehler. Er packte mich erneut und diesmal presste er mir die Unterarme gegeneinander. Ich stieß mit aller Wucht meine Nägel in sein Fleisch. Sofort schoss Blut aus seiner Hand, lief ihm den Arm hinunter und mir auf die Oberschenkel und die Kleidung. Doch mehr als ein kurzes Wimmern war ihm nicht zu entlocken. Seine Arme verrichteten weiterhin ihren Dienst und hielten mich fest. Spürte er etwa keinen Schmerz? Was war mit seinen Reflexen? Blieb mir kein Mittel, gegen ihn vorzugehen? Ich begann mich wie ein Wurm zu winden, ihn mit den Hacken meiner Schuhe gegen die Unterschenkel zu treten, immer auf die Knochen zielend und mit der Absicht, seinem Körper, der mich umgab wie ein Schraubstock, zu entkommen.

»Beruhig dich. Du bist ja eine wild gewordene Furie.« Seine Stimme klang wie ein Motor, der lange nicht geschmiert worden war. Ich spürte erneut, wie der Puls des Hasses und der Bedrängnis in mein Herz gelangten, öffnete einen Spalt weit meine Lippen, sog sie, so gut ich konnte, nach innen, hielt kurz die Luft an und rammte meine Zähne in seine Hand. Er ließ sofort von mir ab und jaulte den gepressten Schrei eines verletzten Tieres, das in eine Falle geraten war. Sein Schrei, obwohl unterdrückt, war das schönste Geräusch, das ich mir in diesem Moment vorstellen konnte. Ich wand mich unter ihm hindurch, endlich frei, und rannte davon.

Er reagierte ohne Zögern, stürzte hinter mir drein und schlug mit seinem Oberkörper in meinen Rücken, warf mich und zugleich sich zu Boden wie ein unfreiwilliges Liebespaar, das es ungestüm auf die erste körperliche Begegnung am Boden abgesehen hatte. Wir schlugen direkt vor der Türklinke auf, ein kurzer Schlag zweier Körper. Die Türklinke, die ich als rettenden Anker im Visier gehabt hatte, verschwand unerreichbar vor meinen Augen. Ich hatte mir die Nase aufgeschlagen, schmeckte Blut auf meiner Zunge und spürte den Schmerz. Ich fuhr automatisch mit der Hand nach oben und tapste in die rote, klebrig-warme Flüssigkeit. Dann stöhnte ich auf.

»Bleib liegen und sei ruhig!«, presste er hervor und warf seinen blutigen Arm um meinen Oberkörper. Ich drehte den Kopf und spürte, dass meine Wange an seiner ehemals verletzten liegen blieb. Wir klebten aneinander wie zwei Kaugummis. Nicht mehr zu trennen, fest aufeinander gepresst. »Still!«, verlangte er.

Ich lag da, von seinem Arm umschlungen, seinem Bein bewacht. Ein widerwärtiges Paar, das am Boden rollte. Wenn das die feindliche Übernahme meines Körpers sein sollte, war sie gelungen. Ich lag eingeklemmt und kaum bewegungsfähig da. Die Fliesen schickten eine unangenehme kalte Strömung in mein Innerstes. Ich spürte, wie mich fror, wie ich zittern und zetern wollte, aber nichts davon umsetzen konnte. Irgendwie schafften wir es wieder auf die Füße. Torkelnd kamen wir zum Stehen.

Almut, die hinter der Tür auf ihren Liebhaber wartete, der derweil mich umschlang wie eine giftige, aber nicht abzuschüttelnde Schlingpflanze, mit Armen wie die eines Roboters und einer Stimme, die mir schiere Angst einjagte, so wortkarg, aber gewaltig war sie. Ich steckte mitten in dieser Geschichte fest, war ein Teil von ihr. Zwischen Bogdans Händen, seinen Beinen und Füßen und seinem Atem eingeklemmt. Wartend. Ein zäher Geruch breitete sich aus, keine Ahnung, woher er kam. Ich wagte kaum zu atmen, so sehr widerte mich die Luft an, die ich in meine Lungen ließ. Als ich ihm einen Blick zuwarf, sah ich, dass er mich anglotzte. Mit viel zu großen Pupillen, in deren Mitte sich das Weiß in Schwarz verwandelte. Der Farbe des Verderbens.

Meine Angst pulsierte erneut und setzte sich in meinem Magen fest. Die Kälte des Zimmers kroch mir, nachdem sie meine Füße, Unterschenkel, Oberschenkel, Gesäß und Hüfte eingenommen hatte, die Brust, den Hals und den Nacken hinauf, um sich jetzt in meinem Inneren einzunisten, mir in die Adern zu drängen und den Blutkreislauf zu infizieren.

»Wir müssen sehen, dass wir hier wegkommen«, meinte er entschieden.

»Was?«, quetschte ich heraus, während weiterer Speichel aus meinem Mund rann und sich mit dem Blut aus meiner Nase vermischte.

»Verflixt, ich bin's! Oder was glaubst du, wer dich vor der größten Dummheit deines Lebens bewahrt?«

Ich spürte, wie meine Gedanken, die viel zu langsam wieder ansprangen, sich verhedderten. Ein unsichtbares Knäuel, das nichts zuließ, außer Widerstand.

»Ich verstehe kein Wort«, brachte ich hervor und spürte, wie sich sein Oberarm eine Spur lockerte. Ich wollte warten, bis er sich sicherer fühlte. Mich sofort auf diese winzige Chance zu stürzen, hätte vermutlich nichts gebracht außer neuen Schereien. Diesmal musste ich klüger vorgehen. Schließlich wollte ich freikommen. »Ich bin's, Mark!«, sagte er schließlich.

»Waassss!«, diesmal war es ein bewusst gewähltes Wort, keines, das mir einfach so aus der Kehle sprang. Es war ein leiser Schrei, in dem alle Verwirrtheit lag, zu der ich fähig war. Ich starrte ihn mit riesigen Augen an. Ein Blick, der nicht daran gewöhnt war, etwas zu fassen zu kriegen.

»*Du* bist das? Aber du hast doch keinen Körper.«

»Hast du meine Stimme nicht erkannt? In deinem Inneren, meine ich?«

Ich fand keine Antwort auf Marks Worte. Ich war viel zu mitgenommen und verwirrt, um irgendetwas zu sagen. Vermutlich hätte es auch keinen Sinn ergeben.

Er lockerte sein rechtes Bein, das mein linkes an die Wand gepresst hatte. Dann nahm er den Arm von meinem Oberkörper. Ich schob mich von ihm weg. Von dem seltsamen Gesicht mit der Narbe. Die ersten Schritte brachte ich nur mühsam zustande.

»Wieso hast du einen Körper?«, zwang ich aus mir heraus, nachdem mein Gehirn wieder einigermaßen funktionierte.

Das Blut, das ich eben noch an seiner Hand gesehen hatte, war urplötzlich verschwunden.

»Jeder, der den Tod und den Gedanken daran überwunden hat, kann auf seinen Körper zugreifen, wenn es nötig ist.«

»Du kannst deinen Körper *annehmen* ...?«, stotterte ich. Himmelherrgott, was bedeutete annehmen?

»Ich kann auf ihn zugreifen. Ja«, versuchte Mark es mir zu erklären.

»Wie geht das und warum ist es erlaubt und wieso hast du das nicht schon längst gesagt ...« Mir gingen Fragen über Fragen im Kopf herum.

Doch Mark ging nicht näher auf das wie ein und sprach stattdessen vom warum. »Ohne Körper hätte ich dich nie davon abhalten können, diesen Raum zu betreten.« Er deutete auf die Türklinke, unter der wir wenige Sekunden zuvor noch gelegen hatten und die zu dem Raum führte, aus dem die Musik Martin Grubingers nach draußen drang. Der Raum, in dem ich Almut und Bogdan vermutete.

Mark zögerte keinen Moment, schlang seinen Arm erneut um mich – diesmal sträubte ich mich nicht dagegen, dazu fehlte mir die Energie –, und brachte mich hinauf ins Parterre. Noch immer kamen sich in meinem Gehirn die unterschiedlichsten Gedanken, Fragen, Anmerkungen und Zweifel ins Gehege. Ein schlecht organisiertes Gefecht. Doch da es zu viele waren, um ihrer Herr werden zu können, schwieg ich genauso wie Mark. Da standen wir nun, im Flur dieser Villa. Ich sah ihn mir zum ersten Mal in Ruhe an und da bemerkte ich, dass seine Narbe kleiner war als eben noch wahrgenommen, seine Augen dunkel, aber keineswegs verbrecherisch und kalt, sein Mund zart und schmal, aber bei Weitem kein Schlitz, der an ein

Messer erinnerte. Und da wusste ich, dass dieser Moment zu etwas taugte. Ich war dabei, mir zu beweisen, dass das, was wir mit dem Auge wahrnehmen, eine Illusion ist. Und zwar deshalb, weil das Auge von der Wahrnehmung des Gefühls und der Gedanken gespeist wird.

Ich hatte mit Bogdan und seiner Aura der Dunkelheit gerechnet, hatte seinen unheilvollen Charakter auf die Gestalt projiziert, die ich zu sehen bekam. Und so war Mark mir wie ein Monster vorgekommen, gegen das ich alles aufbringen musste, was ich zur Verfügung hatte.

»Der Körper ist eine Illusion«, murmelte ich. Meine Stimme vibrierte und Mark nickte und lächelte. Er kam einen Schritt auf mich zu, machte seine Arme weit, kilometerweit, und schloss mich darin ein. Eine wunderbare Umarmung, sanft und kraftvoll zugleich wie zwischen zwei Flügeln. Ich lag in seinen Armen, als schlummerte ich in der Obhut eines Engels. Meine Organe reagierten auf das plötzliche Signal der Sicherheit. Mein Atem beruhigte sich. Der Puls normalisierte sich. Das Zittern, das die Kälte ausgelöst hatte, ebbte endgültig ab. Die Wärme kroch zurück in meine Glieder bis in die Fingerspitzen. Ein Gefühl angenehmer Lebendigkeit. Ich schmiegte mich noch fester an Mark und zerfloss wie Butter, die man über eine kleine Flamme hielt, gerade so viel, dass sie einen goldgelben, schön anzuschauenden See bildete, den man über etwas träufeln konnte.

Noch während der Umarmung fühlte ich, wie sich alles auflöste. Ich spürte, dass Marks Körper sich verflüchtigte wie Gas. Er löste sich nicht in seine Bestandteile auf, nein, er verdampfte geradezu. Und so stand ich da, meine Arme um einen Luftkörper geschlungen, den ich am liebsten bis in alle Zeiten festgehalten hätte, meine Wange an einen nicht mehr existierenden Oberkörper gelegt. Der Spiegel im Flur warf mir dieses seltsam anmutende Bild zurück. Doch ich lächelte weiter, bis ich unten eine Tür gehen hörte. Almuts Stimme und die eines Mannes katapultierten mich in die harte Realität zurück. Ich löste mich von den letzten unscharfen Bildern, die ich noch im Kopf hatte und holte rasch mein Handy. Dann hastete ich durch den Flur, öffnete mit festem Griff die Haustür und entglitt in die Dunkelheit der Nacht.

Zweiunddreißig

Meine Hände lagen steif auf dem Lenkrad, als ich durch die Stadt fuhr. Während mein Körper mechanisch und routiniert funktionierte, wütete in meinem Kopf ein Tornado. Von Almut und ihrem vermeintlichen Liebhaber einmal abgesehen, hatte etwas Ungeheuerliches stattgefunden. Ich hatte Mark *gesehen*. Mein Vater kam mir nicht länger wie der Sargnagel vor, dem es auszuweichen galt, denn es gab Wichtigeres als ihn. Es gab einen Geist in meinem Leben, den ich zumindest unter bestimmten Umständen sogar sehen konnte. Das änderte alles für mich.

Die Tatsache, dass ich Mark die Tage zuvor nur hatte hören können, war der Hauptgrund gewesen, das Ganze zwischendurch als Fantasie abzutun. Eine männliche

Stimme zu hören, war eine Entgleisung meinerseits. Jemand, mit dem ich ungeschönt sprechen konnte, weil sonst niemand da war, der mir Paroli bot und der mir die Wichtigkeit jeden Lebens, auch meines eigenen, als Geschenk darbot – daran hatte ich lange festgehalten. Marks Stimme hatte mich nachsichtig gestimmt. War das Stressabbau à la Lea, ein kluger Schachzug, um nicht komplett abzudriften?

Doch jetzt, da Mark als reale Person, als Mensch mit Haut, Knochen und einem Gesicht vor mir auferstanden war, konnte ich mir die kleine Notlüge nicht länger gestatten. Jetzt *musste* ich es glauben. Mark, den Mann ohne Nachnamen gab es tatsächlich. Er lebte, wenn auch auf seltsam verstörende Art. Er lebte, obwohl er tot war. Wie war ich nur auf die Idee verfallen, ich hätte ihn mir eingebildet und die ganze Zeit mit mir selbst gesprochen? Ich fuhr die Straßen entlang, ohne zu bemerken, wo ich mich befand.

Es gab Tote, die mit einem kommunizierten, weil sie die Aufgabe übernommen hatten, einen besser zu machen, als man bis dahin gewesen war. Ja, so musste es sein, so hing alles zusammen. Und es war ein Wunder, dass ich in eine solche Situation verwickelt war, grübelte ich weiter.

Zum wiederholten Mal fantasierte ich mir zusammen, wie es wäre, wenn ich mit Valerie über Mark sprach? Nach einer Kinovorstellung oder einem Plausch bei mir oder ihr zuhause. Ein oder zwei Drinks vorher waren vermutlich Grundvoraussetzung, um ein Thema wie dieses – hey, ich hab mich in einen attraktiven männlichen Geist verliebt – überhaupt in Erwägung zu ziehen. Von detaillierten Ausführungen ganz abgesehen.

Vielleicht hätte Valerie mir die Geschichte mit Mark sogar abgenommen, denn sie war eine romantische Träumerin und konnte sich immer eine ganze Menge mehr vorstellen als ich. Außerdem wusste sie, dass ich nicht zu komplizierten Lebensmodellen neigte. Ich hätte mich nie freiwillig in einen Geist verliebt, mit dem Sex niemals möglich war. Das spräche aus ihrer Sichtweise für die Wahrheit der Story. Doch ich verwarf den Gedanken so schnell, wie er gekommen war. Nein, niemals würde mir irgendjemand meine Geschichte abnehmen. Und doch passierte sie mir. Tag für Tag mehr.

Ich war gerade dabei, den Schlüssel umzudrehen, als mein Vater die Eingangstür aufriss und ich den Halt verlor. Ich stolperte in meine Wohnung und in meines Vaters Arme. Von der Wucht meiner plötzlichen körperlichen Anwesenheit überrascht, trat er einen Schritt zurück. Geistesgegenwärtig stützte ich mich gerade noch an der Wand neben dem Schlüsselbord ab, bevor ich fast den Teppich geküsst hätte. Mein Vater, der selbst vollkommen überrumpelt war, blickte mich erstaunt und entsetzt zugleich an. Als er sich gefangen hatte, begann er zu sprechen. »Die Wissenschaft, richtig verstanden, heilt den Menschen von seinem Stolz; denn sie zeigt ihm seine Grenzen. Hast du diesen Satz von Albert Einstein jemals zu Ohren bekommen, Lea?«

»Was ist das denn für eine Begrüßung?«, murmelte ich, nachdem ich wieder anständig auf die Beine gekommen war, den Schlüssel vom Schloss gezogen und meine Tasche auf die Anrichte neben der Küchentür geworfen hatte. Ich war zu müde und auch nicht ganz bei der Sache, um etwas Handfestes entgegenzuhalten.

»Dann will ich es mit den Worten Galileo Galileis ausdrücken: ›Man kann niemanden etwas lehren, man kann ihm nur helfen, es in sich selbst zu finden.‹ Verstehst du mich jetzt?«

»Papa!«, ich funkelte ihn an. »Sag's mit eigenen Worten. Vielleicht versteh ich dich dann.«

Mein Vater hob abwehrend die Hände, ließ sie dann aber wieder sinken und sprach weiter, inzwischen in säuerlichem Tonfall. »Ganz wie du meinst, Lea. Du bist Wissenschaftlerin. Und du hast von uns, von deiner Mutter und mir, Manieren gelernt. Ganz gute Voraussetzungen für ein nicht nur passables, sondern sogar vernünftiges Leben, nehme ich mal an. Ein Leben, das man im Austausch mit anderen Menschen führt.«

»Klartext, Papa!«, warf ich ein.

»Klartext!«, wiederholte er, schaltete einen Gang höher und gab Gas. »Ich bin vor Angst fast umgekommen. Du hättest anrufen können, dann hätte ich gewusst, dass du zumindest noch atmest. Was ja schon mal etwas ist, wenn man deinen Beruf berücksichtigt.« Seine Worte überschlugen sich wie kleine, konfuse Wellen. »Ganz abgesehen davon hätte ich mich mit der strukturellen Stabilität eines Kunstwerks beschäftigen müssen, was ich natürlich nicht konnte, weil ich ständig darüber nachgrübeln musste, was mit dir geschehen sein könnte. Einer Notfallpsychologin, die sich vielleicht selbst in einen Notfall hineinmanövriert hatte. Ich saß also *nicht* über der Acrylharzlösung, die ich für meinen künstlerischen Notfall auserkoren hatte, sondern über meinem Handy, in das ich ständig die Nummer der Polizei eingetippt habe, nur um sie wieder zu löschen. Es kam mir aberwitzig vor, nach

Lea Einsiedel suchen zu lassen, die selbst einem Mord auf der Spur ist.«

»Papa«, hob ich erneut an und fasste mir an den Kopf. »Ich konnte nicht anrufen. Mein Akku war leer. Außerdem hatte ich anderes zu tun, als mit dir zu plaudern.«

»Durch deine ungehörige Vorgehensweise war es mir unmöglich, mich um ein Kunstwerk zu kümmern, das von einer anstreifenden Handtasche ruiniert worden ist. Weißt du, was das für meinen Ruf bedeutet?« Ehe ich darauf antworten konnte, sprach er bereits weiter. Ein schier unerschöpfliches Reservoir an Worten. »Clemens Einsiedel steht dafür, *nie* einen Termin zu verpassen. Darüber hinaus hätte ich mich auch noch mit einer Abhandlung beschäftigen müssen, die sich dem Thema Latex in der Kunst widmet. Wusstest du, dass man Latex nicht restaurieren kann, nur konservieren?« Ich schüttelte müde den Kopf. »Ich sagte mal jemandem, der mich danach fragte, wie lange sein Kunstwerk hält: ›Wenn Sie es in einem Vakuum kühl lagern und kein Sauerstoff dazukommt, hat es gute Chancen ein biblisches Alter zu erreichen. Wenn Sie es allerdings nicht tun, wird Ihr Kunstwerk zerbröseln.‹ Es handelte sich übrigens um ein Werk auf Latexbasis, auf das Farbe aufgetragen wurde wie auf eine Leinwand.«

»Papa, hör endlich auf.« Ich war lauter geworden, obwohl ich genau das nicht hatte tun wollen. Schreien war immer ein Zeichen von Schwäche. Ich hatte mir vielmehr vorgenommen, Ruhe zu bewahren. Mark und mir zuliebe. Doch mein Vater schaffte es immer wieder, mich aus der Reserve zu locken. »Ich bin völlig fertig und mich interessiert im Augenblick nicht, was *du* verpasst hast. Nicht weil du mir egal bist, sondern weil ich keine Kraft dazu habe.« Ich sah meinen Vater flehend an. Darauf hoffend, er würde bemerken, dass ich völlig durch den Wind war. Doch in seinen Augen stand die für ihn typische kühle Distanz und kein bisschen Verständnis geschrieben. Inzwischen kam er mir regelrecht militant vor. Ausschließlich seine Vorzüge im Sinn tapste er durch mein Leben. Ein strenger Herrscher über sein Volk, das aus einer Person bestand. Aus mir.

»Und überhaupt«, fügte ich an, weil sein Blick hart wie Stein blieb. Inzwischen reichte es mir, dass ich mich ständig schuldig fühlen musste. »Ständig liegst du mir mit deiner Arbeit in den Ohren. Bist du jetzt in Pension oder nicht?«

»So was geht nicht abrupt. Ich schätze fließende Übergänge«, murrte er.

»Erst unlängst hab ich über ein Werk mit dem herrlichen Titel ›Shithead‹ gelesen. Hinter dem Werknamen verbirgt sich, du wirst es nicht glauben, der Kopf des Künstlers. Gegossen aus Exkrementen.« Mein Vater ließ sich keine Regung anmerken. »Weißt du, welcher Gedanke mir als Erstes gekommen ist?« Endlich tat sich etwas. Mein Vater presste seine Lippen fest aufeinander, als ahne er, was kommt. »Was mach ich, wenn du das mal zum Restaurieren kriegst? Suchst du dann in unseren Abflussrohren nach dem passenden Füllmaterial, um das Werk wieder herzustellen? Hör mir auf mit deiner Kunst und deinen Lebensweisheiten. Beides stinkt manchmal zum Himmel.«

Nach dieser Retourkutsche an Wörtern, die mir wie ein Wasserfall von der Zunge geschossen waren, starrte mein Vater mich an, als habe ich ihm mitgeteilt, dass ich ihn vor die Tür setze. Er zögerte einen für ihn ungewöhnlich langen Augenblick, dann faltete er seine Lippen übereinander. Diesen Strich gab er mir als Monument seiner momentanen Verfassung mit auf den Weg durch die Wohnung, drehte sich beleidigt um und rauschte ab. Ich sah ihm anhand seiner starren Rückenhaltung den Gram und das pure Entsetzen an, aber auch die trotzige Beharrlichkeit eines alten Mannes.

»Schönen Tag übrigens noch«, rief ich ihm hinterher und tat dann etwas, was ich mir schon lange gewünscht hatte. Ich schlug die Küchentür hinter mir zu, dass die Wände zitterten. Die einzig richtige Reaktion nach dem, was ich erlebt hatte.

Ich war noch keine Minute in der Küche, da hörte ich ihn mit seiner knochigen Hand gegen die Tür poltern. Ich ignorierte seine Geräusche und riss stattdessen die Kühlschranktür auf. Beherzt griff ich nach der Tafel Schokolade, die ich als Notreserve unter der Butter verstaut hatte, riss die Silberfolie auf und biss mit der ganzen Größe, zu der mein Mund fähig war, hinein. Als ich die zarte Süße, das cremige Weichwerden des Kakaos und der Bourbonvanille auf der Zunge spürte, fühlte ich, wie mir wohler wurde. Mein Vater verkam plötzlich zu einem kleinen Gnom, der nicht mehr an mich heranreichte. Seine Worte flogen durch das geöffnete Küchenfenster hinaus, weit weg von mir.

Ich hörte das leise Surren der Autos auf der Straße und ließ mich in den Stuhl fallen, der vor dem kleinen Tisch am Fenster stand. Da saß ich und zerschmolz Schokolade auf der Zunge und kaute und schluckte. Als die Schokolade bis auf den letzten Krümel aufgegessen war, ging ich ins Bad. Ich duschte ausgiebig, obwohl ich ursprünglich eine hastige Version ins Auge gefasst hatte. Aber dann war das Gefühl des Wassers, das meinen Körper traf, an ihm entlang- und hinunterglitt und ihn wieder verließ, unbeschreiblich erleichternd, und ich genoss es einfach. Ich fühlte mich, als würde alles, was in der vergangenen Nacht geschehen war, weggespült. Jede Sequenz der Angst, der Verstörtheit und der Aussichtslosigkeit. Schließlich trat ich aus der Dusche, schlang mir ein großes flauschiges Handtuch um den Körper und ging ins Wohnzimmer. Auf dem Weg dorthin drang plötzlich Marks Gesicht in mein Bewusstsein. Schließlich schoben sich die Antlitze von Almut und Bogdan vor sein Bild. Bogdan, wie ich ihn mir vorstellte. Ich sah davon ab, mich in einen Sessel fallen zu lassen und suchte mein Handy. Was tat ich nur? Ich aß seelenruhig Schokolade und duschte, obwohl ich dringend Frank anrufen musste.

Dreiunddreißig

Als ich ihn am Apparat hatte, hörte ich die nächste greinende Stimme. »Halt dich fest, Lea. Carmen will heiraten«, vertraute er mir an.

»Heiraten?« Ich war selbst überrascht. »Ich denke, sie ist bereits unter der Haube.«

»Standesamtlich schon, kirchlich nicht. Sie und ihr Mann wollen sich in einer Bergkapelle im Salzkammergut das Ja-Wort geben«, schmollte Frank. »In aller Stille und Feierlichkeit. Danach Limousinentransfer nach Salzburg. Mittagessen im ›Goldenen Hirschen‹, Kaffee und Kuchen im ›Sacher‹. Das Ganze soll sich mit weißem Fetzen am Leib und Schleier vorm Gesicht abspielen. Ist das meschugge? Und viel zu spät dran sowieso.«

»Das ist Carmens Sache, und natürlich die ihres Mannes, Frank.«

»Aber wo bleib ich dabei? Darüber denkt kein Mensch nach«, jammerte mein Kollege weiter.

»Da, wo du die ganze Zeit über warst. Zwischen ihren saftigen Schenkeln.«

Ich hatte es geschafft, Frank kurzfristig zum Lachen zu bringen. Doch nach dieser kurzen Verschnaufpause hob er zu einer wichtigen Frage an. »Sei ehrlich, Lea. Glaubst du, dieser plötzliche Heirats-Schwachsinn hat was zu bedeuten?« Ich wusste, dass er es ernst meinte.

»Klar, Carmen ist romantisch, und eine Kämpfernatur ist sie auch. Entweder sie will die Beziehung zu ihrem Mann festigen oder dich eifersüchtig machen und so endlich mal zu etwas bewegen.«

»Himmelherrgott, wozu denn bewegen?« Ich ahnte, dass Frank mit seinen Augen rollte, als wolle er einen Rekord brechen. Zwei wild rotierende Kugeln im oberen Drittel seines kantigen Kopfes.

»Verflixt noch mal. Sind wirklich alle Männer schwer von Begriff? Vielleicht will sie, dass du sie bittest, sich zu trennen und endlich zu dir zu stehen. So mit zusammen wohnen, nach außen miteinander auftreten und allem.« Ich konnte kaum fassen, wie naiv Frank war. Dabei versuchte er doch immer den starken Kerl zu mimen, der alles im

Griff hatte. »Aber darüber wollte ich eigentlich nicht mit dir sprechen. Ich rufe an, weil es Neuigkeiten bezüglich Almut Lohmann und ›Dolly‹ Österreich gibt.«

»Lass hören.« Frank schien zumindest halbherzig bei der Sache zu sein.

»Almut hat Bogdan bei sich im Haus. In der Villa. Hundertprozentig«, schwor ich.

Frank schnaufte laut ins Telefon. »Hat sie dir das bei einem Tässchen Tee verklickert? Wenn ja, rücken wir sofort an.« Es klang eine Spur genervt.

»Natürlich nicht«, musste ich zugeben. Ich versuchte meine Stimme förmlich klingen zu lassen und sagte dann: »Ich weiß es eben.«

»Du weißt es eben. Und wieso?«, entgegnete Frank selbstzufrieden.

»Ich war die halbe Nacht in Almuts Haus. Sie hat sich im Keller verbarrikadiert. Weshalb sollte sie das tun, außer dort unten lebt jemand, den sie sehen möchte. Diesmal ist es eben nicht der Dachboden-Liebhaber wie bei Dolly, sondern der Keller-Toy-Boy.«

»Leeeaaa!« Wenn Frank meinen Namen auf diese Weise in die Länge zog, war das immer ein schlechtes Zeichen. »Denk an ihre Wunden, vor allem die im Gesicht. Sie lässt sich doch nicht von ihrem eigenen Lustknaben derart zurichten.«

»Wenn Bogdan und sie es darauf abgesehen haben, das Ganze täuschend echt wirken zu lassen, dann schon. Sie beerbt ihren Mann und das nicht zu knapp. Sie könnte sich, nach einer angemessenen Frist natürlich, irgendwohin absetzen. Mit Bogdan.« Almut war clever und gewieft, und sie hatte schon früher nie auf etwas verzichten wollen. Vielleicht wollte sie Bogdan. Um jeden Preis. »Niemand würde sich was dabei denken, wenn sie das Haus mit den schrecklichen Erinnerungen verlässt. Und Bogdan könnte einen anderen Namen annehmen. Müsste er aber nicht. Sie könnten behaupten, sie hätten sich in Argentinien, Venezuela oder sonst wo, wo hübsch die Sonne vom Himmel scheint, getroffen und ineinander verliebt.«

»Blödsinn«, warf Frank ein. Doch ich redete weiter. »Denk doch mal nach«, bat ich. »Es gibt keine Spuren. Und ohne Spuren keine Beweise. Und ohne Beweise keine Anklage und keine Verurteilung.«

»Lea, Lea, du bist richtig starker Tobak. Deine Fantasie ist schier grenzenlos.«

»Dolly Österreichs Geschichte ist wesentlich verworrener. Mehrere Liebhaber, Schüsse, Anklage, Verfahren, die eingestellt wurden. Und als man ihrem Liebhaber endlich was nachweisen konnte, war's verjährt.«

»Aber das heißt noch lange nicht, dass jemand das nachlebt ...« Frank schwieg einen Augenblick. Überlegte er etwa, ob an meiner These doch etwas dran war? »... heutzutage haben wir andere Methoden zur Verfügung, um ein Verbrechen aufzuklären. Kein vernünftiger Mensch ginge dasselbe Risiko ein wie damals Dolly.«

»Frank, ich bitte dich lediglich, mir noch etwas Zeit zu lassen und das Haus der Lohmanns noch mal auf den Kopf zu stellen. Besonders den Keller.«

»Ich krieg doch nie 'nen Durchsuchungsbefehl. Aufgrund welcher Handhabe? Hast du denn was aus der Lohmann rausgequetscht? Irgendwas Brauchbares? Ich wär auch schon mit was Minimalem zufrieden.«

Ich schluckte und lockerte die Hand, die ich die ganze Zeit über an meinem Hals liegen hatte. »Nein. Aber ich bin dran.«

»Scheißdreck«, fluchte Frank. »Ich sag's ja. Der Fall geht mir langsam auf die Eier.«

»Und die brauchst du gerade ganz dringend für Carmen«, meinte ich spöttisch.

»Genau, gib's mir. Wer den Schaden hat, braucht für den Spott nicht zu sorgen.«

»Frank«, begann ich erneut. Ich spekulierte, ob ich meinem Kollegen etwas über Mark sagen sollte. Schließlich hatte der mir vorab über den Fall Lohmann Auskunft gegeben. Doch ich verwarf den Gedanken so schnell, wie er gekommen war. Was hätte mir meine Offenheit genützt? Frank hätte die Arbeit mit mir eingestellt. Wegen geistiger Umnachtung. Und ich hätte es ihm nicht mal übel genommen. Nein, besser ich schwieg. So schwer es mir auch fiel.

»Was gibt's denn noch?«, meinte Frank unwirsch.

»Ach nichts«, brach ich ab. »Ich komme morgen bei dir vorbei.«

»Tu das bevor Platzker *bei dir* antanzt. Das könnte nämlich wirklich unangenehm werden. Sein Gesicht sieht nach Tango aus, nicht nach harmlosem Walzer.«

Ich drückte die Aus-Taste, warf das Handy auf den Tisch und ließ den Kopf in meine Hände sinken. »Mark? Was soll ich bloß tun?«, flüsterte ich gegen die Wände, die mir nichts zurückgaben außer einem trostlosen weißen Hintergrund.

Vierunddreißig

Dass ich am helllichten Tag zu Bett ging, war mir das letzte Mal passiert, als ich eine Darm-Grippe eingefangen hatte. Die hatte mich vor allem ans Bad gefesselt. Genauer gesagt an das Fleckchen Fliesenboden, das sich direkt vor der Kloschüssel befand.

Diesmal war ich einfach nur müde. So müde, dass ich nackt, denn das Handtuch hatte ich achtlos auf einen Sessel geworfen, auf mein Federbett sank und augenblicklich einnickte. Ich schlief Stunden selig durch und wachte erst auf, als ich das Brummen des Staubsaugers hörte. Einen Moment lang glaubte ich zu träumen, denn mein Vater hatte, zumindest meines Wissens, noch nie einen Staubsauger in Händen gehalten, höchstens beim Kauf desselben an der Kasse. Aber doch niemals zum Zweck des Dreckentfernens. Ich öffnete blinzelnd die Augen und verbuchte den Umstand, dass er sich um die Krümel und Staubflusen am Boden kümmerte, als eine Art Friedensangebot.

Es war früher Abend. Ich fühlte mich, obwohl ich geschlafen hatte, immer noch unendlich träge und faul. Trotzdem stand ich auf, tappte nackt zum Fenster, kippte es, um frische Luft hineinzulassen und schob den Vorhang zur Seite. Draußen war das bisschen Blau des Himmels an einer geballten Ladung Wolken festgewachsen. Von der Straße her vernahm ich leises Regenrauschen.

Ich zog mir ein T-Shirt und einen Slip an, ging zu meinem PC, fuhr ihn hoch, hockte mich auf den Rand meines ins Zimmer gepferchten Bürostuhls und rief meine Mails ab.

Als Erstes entdeckte ich den Artikel eines Naturwissenschaftlers, dessen Name mir zwar etwas sagte, was genau, konnte ich so schnell aber nicht abrufen. Die Mail erregte meine Aufmerksamkeit, denn sie trug die Überschrift: *Tot, Leben und Bewusstsein*. Ich klickte auf Öffnen und begann zu lesen.

»*Wir können davon ausgehen, dass mit der Welt etwas Einzigartiges passiert.*« Meine Neugier, schon durch die Überschrift geweckt, verstärkte sich und ich begann den Großteil des umfangreichen Artikels zu überfliegen, um mir die interessanten Ansätze rauszupicken. Doch das war leichter gesagt als getan. Ich blieb immer wieder an Fußnoten hängen und hangelte mich durch den Text wie ein Bergsteiger, der bei jedem Schritt neu überlegte, wo es hinging und welche die sicherste Route war, um am schnellsten zum Gipfel zu kommen.

»*Es liegen Indizien vor, die unsere bisherige mechanisch geprägte kosmische Weltsicht erweitern ...*« Das konnte ich dank Mark und seinem Auftauchen in meinem Leben inzwischen bestätigen. »*Chaos ist ein Indikator für das Umschlagen in einen neuen Ordnungszustand ... Datenerhebungen aus der Historie menschlicher Hochkultur ergeben erstaunliche Zusammenhänge zwischen Auf- und Niedergang der Hochkulturen und der Sonnenaktivität ... Korrelation zwischen menschlicher Psyche und elektromagnetischen Feldern.*« Was ich las, klang faszinierend. Vor allem in Anbetracht der Tatsache, dass Mark mir erst vor wenigen Tagen vorgeschlagen hatte, neu zu denken. Und voilà, hier bot sich die Gelegenheit dazu. Ich musste schon eine ganze Weile, seit den ersten Sätzen der Mail, an seine Andeutungen denken. Worte über Liebe und eine neue Ordnung, die das Chaos, das um uns herum herrschte, beenden würde. Worte, von denen ich inzwischen annahm, dass sie der Anfang einer längeren Unterweisung waren. Jetzt wurde mir plötzlich erneut etwas klar. Es war kein Zufall, dass Mark in meinem Leben aufgetaucht war und über Liebe und Vertrauen redete, als ginge es um Alles oder Nichts. Inzwischen hielt ich es sogar für möglich, dass er ein Schatten meiner Zukunft war.

Damit nicht genug, empfing ich jetzt den Artikel eines Wissenschaftlers, den ich persönlich gar nicht kannte, der aber genau in die gleiche Kerbe schlug wie Marks Worte. Ich ließ die Gedanken in mir kreisen und spürte, wie sie sich verdichteten, wieder und wieder in mir hochstiegen. Ich schob für den Moment alles beiseite und las den Bericht weiter, der an Spannung kaum zu überbieten war.

»*Die Sonnenaktivität hat auf die Stimmungslage der Menschen einen enorm großen Einfluss … Bewusstsein setzt mit einer Anzahl gemachter Erfahrungen ein.*« Ich las detaillierte Ausführungen über Nahtoderfahrungen und Beschreibungen über Satori bei Zen-Buddhisten, die sogenannte Erleuchtung. Sie gehe einher mit der Ausschüttung bestimmter Neurotransmitter. »Erleuchtung!«, wiederholte ich und ließ das Wort auf der Zunge zergehen, wie meine Lieblings-Trüffel. Als Notfallpsychologin hatte ich nicht unbedingt mit diesen Phänomenen zu tun, eher mit dem Gegenteil, mit Unbewusstheit. Trotzdem hatte ich schon von der Tatsache gehört, dass Zen-Buddhisten oder indische Heilige im Zustand der Erleuchtung ihr Ich verlören. Der Verlust des Ichs, das uns so heilig ist, bedeutete die völlige Freiheit von Gedanken und Wünschen. Auch das klang für uns westlich orientierte Menschen nicht gerade erstrebenswert. Was sollte man gewinnen, wenn man keine Wünsche und vor allem keine Gedanken mehr hatte? Schließlich bestand man fast vollständig daraus: aus Wünschen, Wunscherfüllung oder Verweigerung und einem Schädel voller Gedanken.

Gib dein Ich auf! Das beinhaltete, dass man nicht mehr urteilte, sich allem hingab, denn ohne Ich gab es kein Urteil, kein Wollen und kein Verzagen mehr.

Ich erinnerte mich, dass eine Kollegin von mir sich im Laufe unserer Ausbildung auch mit psychoaktiven Substanzen beschäftigt hatte, etwa mit bestimmten Pilzen, die Schamanen aßen und nach deren Genuss sie in eine erweiterte Bewusstseinsebene vorgedrungen waren.

Ich las weiter, wie ein Kind, das auf die Spur eines großen Geheimnisses gestoßen war. *»Seit einigen Jahren messen Astro- und Geophysiker eine nicht erklärbare dramatische Zunahme an bestimmten elektromagnetischen Feldern, die von unserer Sonne und aus den tiefen Räumen des Alls kommen... Die Nasa berichtet von einer Energiewelle von nicht für möglich gehaltener Intensität..., die direkt auf die Erde gerichtet war... Diese Felder wirken auf unsere Biostruktur ein... vereinfacht ausgedrückt... es kommt zu einer Erweiterung des Bewusstseins.«* Die ganze Zeit, während ich las, saß ich wie im hellen Schein einer Taschenlampe – im Zentrum des Wesentlichen gefangen. Wie vom Donner gerührt, mit Gänsehaut am ganzen Körper. Doch jetzt konnte ich nicht mehr, ich hörte auf zu lesen. Es war mir zu viel. Ich begann, ein Gefühl zu entwickeln, dass die Mauern der Normalität, die unser aller

Leben, auch meines, umgaben, einbrachen. Was wäre ich ohne diesen Schutz? Wie stünde ich da? Könnte ich es allein, ohne jede Struktur, wie man zu leben hatte, schaffen? Es brauchte eine ganze Weile, bis ich mich überwand, ein letztes Mal den Mittelteil des Berichts anzugehen.

»*Es existiert etwas nach dem Tod ... etwas, das sich all seiner Erlebnisse bedienen beziehungsweise erinnern kann ....aus hochkomplexen Berechnungen geht hervor, dass ein postmortaler Zustand, ein Leben nach dem Tod wahrscheinlich ist, denn der Mensch trägt einen immateriellen Kern, der den leiblichen Tod überdauert .... Unsterblichkeit ist eine Option, die von den meisten Menschen ungenutzt bleibt, aufgrund fehlender Information und fehlgeleitetem Denken.*«

Ich hielt inne, denn ich war regelrecht erschlagen von der Wucht des Textes.

»Unsterblichkeit! Ewiges Leben ...« Ich wiederholte die Worte für mich selbst, denn im Moment war ich meine eigene Zuhörerin. Worte, die im Verlauf meines Lebens lediglich verlustig gegangen waren, deren Existenz aber grundsätzlich unbestreitbar war, auch wenn vermutlich nur ein marginaler Teil der Menschheit etwas davon gehört hatte. Erneut wurde vom ständigen Denken gesprochen. Demselben, mit dem auch ich die meiste Zeit meiner Tage verbrachte. Wahllos herumdenken. Sollte alles, was ich bisher für richtig gehalten hatte, ein einziger, großer Irrtum sein? War Mark, der keinen Körper mehr besaß, zumindest die meiste Zeit über, und der als Geist oder Energiewesen existierte, am Ende realer als ich und alle anderen um mich herum? Wenn tatsächlich stimmte, dass Gedanken Humbug waren, eine Sackgasse, die einem nichts brachte außer einem Stopp vor einer Wand, dann waren die Querelen mit meinem Vater, die aus nichts als Gedanken, Empfindungen und Meinungen bestanden, ein Kartenhaus, das jeden Moment zusammenfallen konnte. Und zwar in dem Moment, in dem ich oder er die Realität der Einheit erkannte und sich entschloss, nach ihr zu leben.

Ich klickte die Mail weg und fuhr den Computer hinunter. Dann ließ ich meine verschränkten Arme auf den Tisch sinken, legte meine Stirn darauf und schloss die Augen. »Mark!«, fiel mir als Letztes ein. »Warum bist du nicht hier, um mit mir über die Mail zu sprechen?« Ich wünschte ihn mir sehnlichst in seinem Körper herbei. Ein Gefühl von großer Intensität nahm mich gefangen.

Fünfunddreißig

Gegen neunzehn Uhr trat ich in den Flur meiner Wohnung, entschlossen mir die Nachrichten im Fernsehen zu gönnen und hinterher zu sehen, was kommt. Ich traf auf meinen Vater, der einen dunkelblauen Anzug mit getupftem Einstecktuch, ein weißes Hemd und frisch geputzte schwarze Schuhe trug und auf mich wartete. Er nahm mit zufriedener Miene zur Kenntnis, dass ich angemessen gekleidet war, reichte mir meinen Trenchcoat und deutete auf die seiner Meinung nach passenden Schuhe zu meinem bordeauxroten, bequemen Kleid – einem Paar teurer, aber Gott sei Dank im Schlussverkauf ergatterter Stilettos. Er half mir Fuß um Fuß hinein, was mich als Nächstes verwirrte und ließ mir dabei keine Zeit, irgendetwas zu fragen.

Draußen vorm Haus wartete ein Taxi am Straßenrand auf uns. Wir stiegen über große Pfützen hinweg schweigend in den Wagen.

»Was hast du vor? Zuerst staubsaugst du und jetzt entpuppst du dich als Entführer im Anzug«, fragte ich endlich, als ich im Sitz auf der Rückbank eingesunken war. Mein Vater hatte sich neben den Fahrer gesetzt, als brauche der dringend seine Unterstützung. Vielleicht wollten sie bei Gelegenheit synchron schalten oder mein Vater wollte den laufenden Taxameter beobachten. Er blickte sich nach mir um und lächelte. Seltsam, aber mir kam es so vor, als hätten sich ihm die Chiffren seines Lebens ins Gesicht gemeißelt. »Der verdorbene Fisch!« Er suchte in meinen Augen nach einer Bestätigung. »Ich wollte dich zum Essen eingeladen, weil wir den Fisch nicht gegessen haben. Schon vergessen? Vergesslichkeit ist eigentlich nicht üblich in deinem Alter.« Die Worte sollten freundlich klingen, kamen aber wie meistens als verkappte Bosheiten rüber. Davon einmal abgesehen, hatte die Sache mit dem Fisch offenbar eine Höhle ins Zentrum seines Gewissens gegraben. Ich wollte nachsichtig sein, denn ich fand es eher an der Zeit, ein Signal zur Versöhnung auszusenden, als munter weiter zu streiten. Deshalb sagte ich freundlich: »Wenn du mit mir essen gehen willst, fein, lass uns den Abend genießen.« Mark wäre stolz auf mich gewesen, denn ich zeigte Bereitschaft zur Kooperation. An diesem Abend würde ich es mit Milde versuchen. Vielleicht war die Liebe ja eine Insel, auf der viele Menschen Platz hatten. Sogar mein Vater.

Wir fuhren durch die sich füllende Stadt. Durch die Scheibe des Taxis beobachtete ich Menschen, die der Feierabend aus ihren Wohnungen vor die Tür trieb. Sie liefen die Straßen entlang. Die meisten schützten sich unter Schirmen gegen den unaufhörlichen Regen oder schlängelten sich an den wenigen Bäumen entlang, deren oberste Äste dem Himmel entgegenstrebten wie um einen Hauch Sonne zu erhaschen. Am nächsten Morgen. Das Taxi fuhr zügig durch die Schluchten der Stadt. Nach einer Weile hielt der Wagen vor einem der teuersten Lokale der City. Ich stieß die Luft aus der Lunge, öffnete die Tür und stellte meine teuren Schuhe auf den nassen Asphalt. Mein Vater ignorierte die Notwendigkeit eines Schirms, nahm mich am Arm und führte mich unter die helle Balustrade, die sich an die Eingangstür des Restaurants schmiegte. Wir betraten das Lokal. Eine mit wunderbaren Gerüchen angereicherte, warme Luftströmung schlug mir entgegen und hüllte mich ein wie ein sanfter, weicher Schal. Der Empfangschef kam auf uns zu mit einem erprobten, immer wieder einstudierten Lächeln. Er schälte mich aus dem Trenchcoat, tuschelte mit meinem Vater und führte uns nicht etwa an einen der intimen Nischentische, für die das Restaurant rein optisch gesehen bekannt war, sondern an den mittigsten aller möglichen, der Auslage des Restaurants.

Wir nahmen Platz. Ich stellte meine Schuhe auf den hellen Marmoruntergrund. Ein Griff nach der Karte. Kurze Empfehlungen, was die Getränke anbelangte, wenig später, was das Essen anging. Wir bestellten lauter Dinge, die ich sonst nie aß. Französische Gerichte. Zuerst Austern, dann Zwiebelsuppe, danach Lamm in Kräuterkruste, dazu Pommes savoyade und frischer Spinat. Eine Flasche Wein und eine Karaffe Wasser, als Dessert eine Variation aus Mousse au Chocolat, Eis aus Tahiti-Vanille mit flambierten frischen Feigen, Mille feuille mit Himbeeren und einem Karamellpudding nach Art des Hauses. Ich konnte es kaum glauben. Ich saß tatsächlich mit meinem Vater in diesem Nobelrestaurant. Ich wusste zwar, dass er gern gut aß, aber etwas derart Exquisites leistete er sich äußerst selten und wenn, dann nur mit einer Herzdame.

In die Kategorie hatten weder ich noch er mich je eingereiht. Sollte sich das in Anbetracht der Lage, dass er bei mir wohnte, geändert haben?

»Lea, ich möchte, dass wir beide ...«, mein Vater nahm meine Hand zärtlich in seine und führte sie sich bis an den Anschlag seiner Lippen, »... heute einen entspannten Abend verbringen. Gut essen, ein bisschen plaudern. Selbstverständlich nicht über zu renovierende Kunst und auch nicht über Leichen, sondern über das sich leicht Verflüchtigende des Lebens: Gefühle, Ahnungen, Situationen, Wünsche, Begehrlichkeiten. Vielleicht noch die Aussicht auf die Zukunft. Du kannst es dir aussuchen. Ich bin bereit.« Meine Güte, das waren Aussichten. Was war nur mit ihm geschehen?

Ich zog meine Finger aus seiner Hand. Die seltsame Berührung, die ich nicht gewohnt war, oder besser gesagt, noch nie durch ihn erlebt hatte, irritierte mich gehörig. »Das sind ja ganz neue Sitten«, meinte ich überrascht. Ich lächelte warm, um meine Irritation zu überspielen.

Ich konnte mich nicht dagegen wehren, dass ich einen

Moment an Mark dachte. Wenn es seine Hand wäre, die meine hielte, was geschähe dann? Wenn er wieder seinen Körper bekäme, nur für einen einzigen Abend, einen wie diesen, wie würde meiner darauf reagieren? Wäre so etwas möglich, wenn ich ihn darum bäte? Rein theoretisch war all das vorweggenommene Realität. Zumindest in meinem Gehirn.

Ich schaltete auf Durchzug, hörte nur noch das Rauschen der Stimme meines Vaters, aber nicht mehr einzelne Wörter, und schon gar keinen Sinn. Ich schwelgte in meiner eigenen Welt. Ich sah ununterbrochen Mark vor mir. Sah ihn Wein in mein Glas gießen, mir zuprosten. Sah, wie er mich von seinem Fleisch kosten ließ, mir die Gabel über den Tisch hinhielt, nachdem er vorsichtig die Hitze weggepustet hatte, besorgt um den Zustand meiner Zunge, auf der das Fleisch zergehen würde wie später einer seiner Küsse. Ich aß mich mit ihm durch die Vorspeise, hörte uns dabei amüsiert lachen und uns unterhalten. Wir nippten immer wieder an unseren Getränken. Champagner, Wasser, Wein. Wir stießen unsere Gabeln in verschiedenfarbige, gut gegarte und überbackene Gemüse und Kartoffeln. Nudeln schlangen sich um unsere zweite Garnitur Besteck. Die Gabel bohrte sich in Champignons, Steinpilze, Pfifferlinge. Ihm lief die Rotweinsauce ein Stück weit das Kinn hinunter. Ich strich ihm mit dem Finger über die gut rasierte Haut, spürte den Ansatz seines Bartes darunter, das Männliche, sog mit meiner Fingerkuppe die Sauce auf, führte den Finger an meinen Mund und leckte sanft die Mischung aus Sauce und Hautfett auf. Seine Nase sog an allen Gerüchen, schnupperte daran wie ein Hund an einem saftigen Knochen. Er sah mich über den Rand seines Glases hinweg tief an und lächelte innig. Ein Lächeln, das sicher in seinem Gesicht schwamm, um in meinem anzukommen. Ich war in die Unterwelt dieser Nacht abgetaucht und hatte ihn fest in meiner Hand mitgenommen. Den Schatz dieses Augenblicks.

Das Leben hatte die längste Zeit die Zügel festgehalten und ließ sie jetzt endlich los. Wir galoppierten in die wohlverdiente und so lange erhoffte Freiheit. Galoppierten über sämtliche Gläser und Getränke, Vorspeise, Hauptgericht, Sorbets als Zwischengang und Neutralisation des Gaumens, hinweg auf unsere Münder als Ziel zu. Das Leben war plötzlich ein Taubenschlag. Wir waren in Sicherheit. Draußen lugten die Wolken am Himmel weiterhin dunkel wie Blei hervor. Doch wir hatten die Regenrinne im Blick und das Fenster davor und saßen im Trockenen.

Ich dachte bei mir, dass das Leben die Summe aller Tage und Nächte ist. Eine einzige Addition, deren Rechnung endlich aufging. Unterm Strich war alles gut. Mit seinem Atem stob er zu mir hinüber. Ich begann seinen Rhythmus aufzunehmen und in ihn hineinzuatmen. Mit jedem Atemzug schossen Informationen zwischen uns hin und her. Die falsche Realität der vergangenen Jahre fiel mir wie Schuppen von den Augen. All die Visionen, die mich hatten erzittern lassen. Die falschen von Einsamkeit und die vermeintlich richtigen von einer Zukunft mit Männern, die Berthold und Marius hießen, erlösten sich in einem Mahl, einem mehrgängigen Menü. Sein Gesicht kam näher an meines und er sah aus, als wäre er aus Metall gehämmert. Alles überdauernd. Stabil. Wirklich.

Ich schob jede quälende Vorahnung an Endlichkeit beiseite und nahm seinen Daumen in meinen. Dieses kurze

Stück Fleisch reichte mir nicht. In Gedanken war ich dabei, seinen gesamten Körper einzunehmen: seine fünf Finger, die Handballen, die Knöchel, die in den Unterarmen mündeten, seine Ellbogen, seine Schultern, seinen schmalen Hals, an dem einige eilig hingeworfene Parfümtropfen hingen, seine undefinierbarfarbenen Haare, durch die ich mit all meinen Fingern fahren würde, wie über die freie Strecke Autobahn, die es nie gab, auch morgens um vier nicht. Ich musste den Rest seines Gesichts aussparen. Seine markanten Augen, die Nase, die Wangen, die Narbe vor allem, den Mund an erster Stelle, natürlich, ihn besonders. Es wäre gefährlich von mir, es nicht zu tun. Ich hätte keinen meiner Finger auf eine dieser Stellen setzen können, denn dann hätte ich mich endgültig aufgegeben.

In unsere Stimmung stahl sich plötzlich etwas rebellisch Übermütiges. Abhauen, durchbrennen. Nur, wohin? Er begann ruckartig zu sprechen, als wären ihm seine Sinne abhanden gekommen. Ich hörte gar nicht richtig hin. Ich nahm ihn nur wahr. Das genügte mir. Er hatte eine derartige Ausstrahlung, dass es mich umwarf. Mein Weinglas folgte. Es flog über den Tisch wie ein Taifun. Der Ober eilte herbei, mit Tuch, Wasser und beschwichtigenden Worten.

Mir kam es vor, als hielte er ein Versprechen sexuellen Reichtums in sich verborgen. Einen Reichtum, der sich in immerwährender Liebe auflöste, denn Sexualität verkam irgendwann, spätestens im Alter, wenn die Körper nicht mehr mitmachten, aber Liebe hielt Wort. In einem Körper auf Zeit tanzten unsere Hände auf dem jeweils anderen jeden erdenklichen Tanz. Sanft, leise, anschwellend, wild, auf dem Weg zur Ekstase. In einem Leben, in dem er sich gar nicht richtig befand, in dem er nur auf Besuch war, auf Urlaub, auf Durchreise, war uns doch alles möglich. Sein Leben war zwar eine unklare Angelegenheit, eine trübe Brühe, richtungslos, fiel mir wieder ein, aber zählte nicht allein der Moment? Dieses Jetzt, diese Möglichkeit war real, sie war die unsere.

Der Ober ging ab. Ich hatte eine neue Serviette auf meinem Schoß liegen. Mein Sprungtuch für alle Fälle. Wenn ich sie auf den Tisch legte, den Stuhl hinter mich schöbe, aufstünde und davoneilte, wäre alles dahin. Das Restaurant, das Essen, die Menge der Menschen. Käme er mit? Mit zu mir, in die Geborgenheit meines Bettes, dessen weiche Kissen uns einen Himmel an Gefühl und Intimität bereiten würden?

Er hatte noch immer seinen Daumen in meiner Hand und die stabilen Gesten des Beständigen auf seiner Seite. Ich ahnte, dass er Dinge sagen würde, wie: »Ich fühle mich berechtigt, das Schwache in dir aufzustöbern und das Starke an Land zu ziehen. Iss noch etwas. Ich möchte, dass es dir gut geht und wir weiterreden.«

Ich spürte, wie seine Hand auf meinem Unterarm Platz nahm und schwer wurde. Warum spürte ich plötzlich das ganze Gewicht seiner Knochen auf mir wie einen Briefbeschwerer auf einem Hauch von Papier?

»Lea! Hallo? Bist du überhaupt noch da oder in Gedanken längst wer weiß wo? Hörst du mir noch zu?« Ich nahm unwirsch die Hand von meinem Arm und blickte in die fragenden Augen meines Vaters. Seine Wimpern zuckten nach oben und sein Blick flimmerte. »Entschuldige. Ich war für einen Moment geistesabwesend«, antwortete ich.

»Hab ich bemerkt. Stoßen wir an?« Er hielt mir sein Glas entgegen. Ich nahm meines, in dem sich jetzt Rotwein befand. Keine Ahnung, wann der Kellner bewerkstelligt hatte, mein Glas zu füllen. Ich hörte den leise klirrenden Klang, als sich die dünnwandigen Gläser trafen, und kostete einen Schluck. Der Wein war schwer und gut. Mein Vater begann weiterzuplaudern mit einem Lächeln auf den Lippen, das ich nicht kannte. Er dauerlächelte und strapazierte seine Mundwinkel in eine Position, die ihnen nicht unbedingt bekommen würde. Er fand keine Ruhe. Gestenreich brachte er einen Witz dar wie eine Aufführung auf großer Bühne.

Plötzlich löste sich eine Frau von ihrem Stuhl. Der Umriss eines Menschen, der bisher in meinem rechten Blickwinkel verharrt hatte. Groß, blond, undefinierbares Alter, teuer gekleidet. Sie kam direkt auf uns zu. Vielleicht eine seiner kunstversessenen Kontakte. Eine millionenschwere Mäzenin, der er einmal etwas gerettet hatte. Doch das war sie nicht.

»Guten Abend, Clemens!« Sie war an unseren Tisch getreten wie eine Inquisitorin. »Renate? So ein Zufall. Was machst du hier?« Mein Vater blickte zu ihr auf, mit treuem Blick.

»Essen, Clemens. Was sonst?«

Er sprang auf, als erinnere er sich erst jetzt wieder an den guten Ton. Das Ganze wirkte, als befände sich Dynamit unter seinem Stuhl und er sich bald aufgelöst in seine Einzelteile in der Luft. »Darf ich vorstellen. Lea, das ist Renate. Renate, Lea«, fügte er an.

Ich merkte, wie er rot wurde und gleichzeitig blass, und da wusste ich, was ich hier zu suchen hatte. Meine Aufgabe an diesem Abend und in diesem Restaurant war es, die Frau zu spielen, mit der mein Vater seiner Ex-Freundin Renate imponieren konnte. Die Frau, durch deren Anwesenheit er signalisierte: Schau her, ich krieg noch was ab, etwas Besseres, sogar Jüngeres und zwar blitzschnell.

Renate und ich hatten uns nie kennengelernt. Nur voneinander gehört und ein- oder zweimal kurz ›Hallo‹ ins Telefon gesagt. Zu mehr hatte es nicht gereicht. Für sie war ich in diesem Moment das jüngere Ding an seiner Seite. Die Nachfolgerin. Für ihn eine Chance auf Rache. Deshalb hatte er sich so auf meine Hand gestürzt. Eben noch. Voll falscher Zärtlichkeit. Er wollte Renate zeigen, was er noch draufhatte.

»Dann wünsche ich euch einen harmonischen Abend. Am Essen kann's ja nicht liegen. Das ist exquisit!« Renate hob die Schultern, zwang sich zu voller Größe und stolzierte auf schwindelerregend hohen Killer-Schuhen davon. Während sie auf ihren Lover zuschritt, wackelte sie mit ihrem Hintern, dezent, aber wahrnehmbar, als könne sie meinen Vater damit irre machen. Was ihr offenbar auch gelang. Er hatte das ganze Ausmaß des verlorenen Liebes-Krieges in seinem Gesicht stehen. Er stöhnte leise, griff nach seinem Weinglas und schoss sich die Flüssigkeit in den Körper, wie ein Drogensüchtiger sich einen Schuss setzte oder eine Linie Kokain aufsog. Das war sie also, seine falsch verstandene Form der Liebe.

Ich hatte plötzlich Mitleid mit ihm. Das hier war wohl eher verbissene Leidenschaft und zerschlagene Sicherheit, die man dem jeweils anderen lange genug abgerungen oder vorgegaukelt hatte. Ich seufzte in das Ächzen meines Vaters hinein und legte meine Hand auf seine. Ich meinte es ehrlich, als ich flüsterte: »Denk nicht so viel darüber nach. Es lohnt nicht. Es war nur ein Zeitvertreib. Ein Spiel, das jeder von euch mit anderen Regeln gespielt hat. Das Leben bietet neue Gelegenheiten.«

Mein Vater schüttelte den Kopf, deutlich sichtbar und ziemlich verstört: »Die Bedeutung unserer Trennung überwältigt mich einfach. Ich kann nichts dagegen tun.«

So ehrlich war er noch nie zu mir gewesen. Ich spürte, wie sich etwas, das bisher verknotet und verklebt war, in mir löste und mein Gesicht ausputzte. Ich empfand tiefes Mitgefühl, es schlich sich in mein Herz und verband uns für einen kurzen Moment.

Sechsunddreißig

Es war Mitternacht, als wir nach Hause kamen. Vier Füße, die mit harten Schritten den Parkettboden des Flurs einnahmen. Mein Kopf wandte sich ihm zu und ich lächelte und entließ meinen Vater, der schon einige Male hinter vorgehaltener Hand gegähnt hatte, aber noch immer bedrückt dreinschaute, mit einem kurzen Gutenachtwunsch in sein Zimmer. Danach trat ich erneut vor die Tür, und auf die Straße und stieg in meinen Wagen. Ich hatte keine Ahnung, was mich um diese Zeit ins Revier trieb. Aber ich verspürte weder das Bedürfnis mich ins Bett zu legen und zu schlafen, noch irgendetwas anderes anzugehen, was man um die Zeit üblicherweise tat. Ich wollte im Büro Franks Unterlagen durchsehen.

Als ich mein Ziel erreicht hatte und das geisterhaft wirkende Treppenhaus hinaufstieg, fühlte sich das richtig an. Im Büro suchte ich Franks Tisch ab. Ich fühlte mich plötzlich schmetterlingsleicht. Frank hatte wie üblich einen Wust an Papieren, Post-its, leeren Coladosen, aufgerissenen Chipstüten und mehrere Fotos von Carmen auf seinem Arbeitstisch verstreut. Ein buntes Sammelsurium seines Universums. Ich schob das Unwichtige und alles Private beiseite, nicht ohne einen Moment über die seltsame Entwicklung zwischen Carmen und Frank zu lächeln, und kramte dann im Rest herum.

Als Erstes fiel mir etwas bezüglich der Schmauchspurenuntersuchungen in die Hände. Natürlich waren die Schussentfernungsbestimmungen durchgeführt worden. Die Schusshanduntersuchungen dagegen nicht, denn wir hatten weder Täter noch Verdächtigen und schon gar keine Tatwaffe. Zur Aufklärung von Schussdelikten ist neben der Untersuchung der Tatwaffe und der Tatmunition die kriminaltechnische Auswertung von Schussspuren notwendig. Die Munition hatten wir. Das war aber auch schon alles. Frank hatte sich einige nichtssagende Notizen gemacht und sie an den Computer, ans Telefon und den Rand seines Schreibtischs geklebt. Das machte er immer so und beschwerte sich hinterher, dass ständig irgendeiner dieser Zettel auf dem Boden, in Ecken, unter Staubflusen, Schokoladenpapier oder sonstigem landete.

Ich wusste, dass die Untersuchungen auf dem chemischen Nachweis von Schussresiduen beruhten. Anfangs hatte ich lernen müssen, was man darunter verstand.

Immer wieder hatte Frank mir eingebläut, dass bei einem Schussvorgang zuerst eine Pulverschmauchwolke, die aus Stoffen des Anzündsatzes und des Treibladungspulvers sowie aus verdampftem Material von Projektil und Hülse besteht, die Laufmündung verlässt. Wenn das Projektil den Waffenlauf tatsächlich verlassen hat, erfolgt ein weiterer Ausstoß von Schmauch. Im weiteren Verlauf überholt das Projektil die erste Pulverschmauchwolke, wodurch Schmauchspuren auf der Projektiloberfläche abgelagert werden. Durchdringt das Projektil endlich das Objekt, in unserem Fall den Körper von Friedrich Lohmann, dann werden die Schmauchanhaftungen an der Randzone der Primär-Einschussöffnung abgestreift. Der sogenannte Abstreifring entsteht, der eine eindeutige Unterscheidung zwischen Ein- und Ausschuss zulässt. Die gesamte Pulverschmauchwolke schlägt sich innerhalb eines jeweiligen Abstands in charakteristischer Verteilung auf dem beschossenen Objekt nieder. Meist hängen die abgelagerte Schmauchmenge und ihr Verteilungsbild um das Einschussloch lediglich von der Schussdistanz ab. »Schmauchspuren sind oft für das menschliche Auge unsichtbar. Deshalb muss das latente Schmauchverteilungsbild mit chemischen Methoden sichtbar gemacht werden«, murmelte ich vor mich hin, als stünde Frank vor mir, um mich abzufragen.

»Alles Dinge, die eine Notfallpsychologin nicht unbedingt während des Studiums lernt und die du dir, Detail für Detail, aneignen musst. Mit meiner Hilfe selbstverständlich«, hatte Frank damals zuerst ironisch und dann regelrecht beschwörend gemeint. Denn auch wenn die Forensik, die Spurentechnik und der Erkennungsdienst mit diesen Dingen zu tun hätten, müsste ich zumindest das Nötigste verstehen, um meine Arbeit machen zu können.

»Der Schuss ist als relativer Nahschuss einzustufen und bewegt sich innerhalb des Nachweisbereichs für Schmauchspuren«, las ich auf einem von Franks Formularen. »Na wenigstens«, murmelte ich.

Doch dann fiel mir wieder ein, dass beim FBI in den USA die Schmauchspur-Analyse seit 2006 als veraltet galt, denn man hatte nachgewiesen, dass eine bedenklich hohe Anzahl von Personen, die nachweislich keine Waffe abgefeuert hatten, mit Schmauchspuren an Kleidung und Körperteilen kontaminiert waren. Etwa durch Kontakt mit Polizeibeamten bei der Abnahme von Fingerabdrücken. Im Zuge von Untersuchungen hatte man festgestellt, dass die Materialanalyse eines Projektils keinen Aufschluss mehr über seinen Herstellungszeitraum gibt. Seitdem hatte sich vieles verändert, auch wenn bei uns andere Gesetze als in den Staaten und beim FBI galten und Schmauchspuruntersuchungen immer noch hoch im Kurs standen und das tägliche Brot der Ermittlungen waren.

Man weitete das Gebiet zur Aufklärung jedes Verbrechens aus, vor allem bei Gewaltverbrechen mit tödlichem Ausgang. Deshalb war mein Beruf gefragter denn je.

Ich hatte keine Ahnung, weshalb ich plötzlich auf das Thema Forensik kam, besonders auf die Schmauchspuruntersuchungen. Doch dann wusste ich es plötzlich. Ich war am falschen Ort zur falschen Zeit mit dem falschen Thema beschäftigt. Ich erhob Daten, überprüfte Ergebnisse und Untersuchungen, kurz gesagt, ich befand mich mitten in der Vergangenheit. Doch was eigentlich Not tat, war, sich mit der Gegenwart zu beschäftigen. Besser gesagt, sich auf die Gegenwart, die dabei war in die Zukunft zu schlittern, zu konzentrieren. Ein schmales Zeitfenster, das alles offenbarte.

Die Vergangenheit, die die Tat und deren direkte Auswirkung barg, war wie Löschpapier, das Tinte aufgesogen hatte. Ich saß vor dem schwarzen Papier, das die Tinte längst zu einem Bestandteil seiner selbst gemacht hatte, und musste herausfinden, woher und weshalb es zu dem Vorfall gekommen war. Ich durfte nicht länger auf den Fleck stieren, sondern musste den Füller und die aufgeschraubte Hülse finden.

Es war meine dringendste Aufgabe, mich in Bogdan und Almut hineinzuversetzen, in die Schlünde ihrer Seelen, um herauszufinden, warum sie getan hatten, was getan worden war, und, was wesentlich wichtiger war, was als Nächstes auf ihrer Liste stand. In Franks Formularen herumzusuchen, nutzte mir gar nichts.

Als mir das klar war, ging alles sehr schnell. Mein Gehirn scannte etwas, das ich vor Kurzem registriert, aber nicht als wichtig empfunden hatte. Einen Buchrücken in Almuts Bibliothek. Das Buch, an dem mein Blick kurz hängengeblieben war, wie die Masche eines Pullovers an der rauen Oberfläche eines Möbels, hatte einen schwarzen Einband und eine gelbe krakelige Schrift. Thema: Selbstmord. Das war es, was ich intuitiv aufgenommen und irgendwohin abgelegt hatte, ohne zu ahnen, wozu es nützlich war. Hinter diesem Einband und zwischen diesen Blättern, lag der nächste Schritt einer vielleicht noch nicht zu Ende gebrachten Tat verborgen.

Ich schob Franks Zettel und Papiere mit rigiden Handgriffen zurück an ihren Platz, drehte das Licht ab und verließ das Büro. Dann hetzte ich auf die Straße, stürzte in meinen Wagen, startete und fuhr mit viel zu hoher Geschwindigkeit davon.

Siebenunddreißig

Almuts Körper war steif vor Argwohn, als sie das Foto ihres verstorbenen Mannes an sich nahm. Es stand vor einer Reihe ledergebundener Bücher und zeigte ihn vor seinem Schreibtisch, die Hände lässig vor dem Oberkörper verschränkt. Der Macher, der in die Kamera lächelt. Sie wog das Foto in ihrer Hand, als müsse sie den Wert abschätzen. Die Auktion ihres Lebens fand in wenigen Sekunden statt und brachte viel zu wenig ein.

»Friedrich!«, flüsterte Almut und dabei schluckte sie notdürftig die Trockenheit in ihrer Kehle hinunter.

»Es klingt verrückt, ich weiß, aber ich hab dich geliebt. Jetzt weiß ich es endlich.« Almuts Stimme brach. Sie drückte das Foto fest an ihre Brust, als müsse sie es schützen. »Unsere gemeinsame Zeit ist vorbei. Ich muss alleine weitermachen …« Sie zögerte, nahm das Foto von ihrer Brust und stellte es zurück ins Regal. Sie wischte sich mit der Hand übers Gesicht, stieß laut die Luft aus den Lungen und wandte sich ab. »Kannst du dich an den heißen Sandwind in der ägyptischen Wüste, über den wir uns bei unserer ersten gemeinsamen Reise beschwert haben, erinnern? Wir haben echt gelitten und beim Teilen wurde es komischerweise weniger. Die müssen uns Tücher und viel Wasser bringen, hast du verlangt. Stimmt, es hat geholfen. Den Rest unserer Jahre litt jeder still vor sich hin. Das war unserer nicht würdig, Friedrich.«

Almut spürte, wie sich Tränen in den Augenwinkeln bilden wollten. Doch sie schluckte sie trotzig hinunter. Ihre Hand suchte zielstrebig das Regal ab und blieb auf Brusthöhe in der Luft hängen. Sie streckte den Zeigefinger aus und tippte einen Buchrücken an. Da war sie. Die wichtigste und liebste Zeile im Brief ihres zukünftigen Lebens. Schwarzer Einband, gelbe krakelige Schrift. Thema: Selbstmord.

Almut war zu keiner Zeit eine leidenschaftliche Leserin gewesen, doch jetzt las sie sich mit eifriger Konsequenz durch die Seiten. Sie schien regelrecht Satz um Satz aus dem Buch zu saugen. Mit entschlossenem, zusammengepressten Mund.

Während sie in der Bibliothek saß, die aufgeschlagenen Seiten des Buches auf ihren noch immer schwachen Oberschenkeln, gelangte sie in eine seltsame Wartestellung für einen harten Kampf.

Erläuterungen drangen wie eisiger Nebel in ihr Hirn. Sie hastete mit den Augen über die Zeilen und schmiedete insgeheim einen boshaften Plan. Wie aus einer klaren Quelle strömte die Erkenntnis in sie, dass es auch diesmal keine halben Sachen geben durfte. Mit einem Schlucken presste sich ihr Kehlkopf jäh an den Stoff ihres Bademantels und sie flüsterte: »Ja, so könnte es gehen«

Achtunddreißig

Mein erster Gedanke war, heim zu fahren, ins Bett zu kriechen und noch ein paar Stunden Schlaf zu bekommen. Doch dann rief ich Valerie an. Ich wollte sie fragen, ob wir uns in dem neuen Lokal, gleich um die Ecke bei der Oper, treffen könnten. Da Valerie eine Nachteule war, durfte ich selbst zu dieser Zeit bei ihr anrufen. Doch heute hob sie nicht ab und auch die Mailbox sprang nicht an. Vermutlich war sie früher als sonst ins Bett gegangen (vielleicht sogar mit einem Mann?) oder war irgendwo unterwegs und hatte ihr Handy nicht dabei.

Ich ging ungern alleine aus, doch heute hatte ich keine Lust, es bei weiteren Freundinnen zu probieren, vermutlich hatte ohnehin keine Zeit. Also parkte ich meinen Wagen – ich fand tatsächlich eine Lücke zwischen unzähligen Autos –, und steuerte allein die Neueröffnung gleich bei der Oper an. Das »Input« war irgendwas zwischen Café, Bistro und Bar und sah einladend aus. Selbst so spät war es noch gut besucht. Als ich in der Tür stand, schlugen mir Lärm und Hitze entgegen. Doch seltsamerweise geriet ich kein bisschen aus dem Takt, als ich allein den Tresen ansteuerte und mich auf einen Barhocker fallen ließ. Ich akklimatisierte mich schnell, froh, unter Menschen zu sein und mich abzulenken.

Ein Kellner kam auf mich zu und sah mich auffordernd an. »Ein Glas Weißwein«, sagte ich. Er nickte. »Kommt sofort«, versprach er mit professioneller Freundlichkeit. Als das Glas vor mir stand, nahm ich einen großen Schluck und sah mich interessiert um. Das »Input« war vorwiegend von jüngeren Leuten zwischen Zwanzig und Dreißig bevölkert. Im Grunde fiel hier jeder über Vierzig auf. Aber das war mir egal. Es tat gut, unter der Obhut der vielen Menschen zu sitzen und anonym ein Glas Wein zu genießen. Das Schicksal hatte mir diesen Moment zugeteilt und ich war gewillt, ihn voll und ganz auszukosten. Ich hatte mein Glas noch nicht halb geleert, da fiel mir ein Mann, drei Barhocker weiter, auf. Er hatte weiche Gesichtszüge, Geheimratsecken und die Andeutung eines Lächelns im Gesicht, das – ja, klar – auf mich abzielte. Wieso nicht?, überlegte ich mir im Stillen und lächelte vorsichtig zurück. Was sprach gegen einen kleinen Flirt? Nur, um mich abzulenken. Wäre eine tolle Idee, meinen Vater und meine Einbildung, was Mark anbelangte, mal für ein paar Minuten zu vergessen. Und natürlich das Desaster rund um Almut, das ich kaum noch aus dem Kopf bekam. Wie gut, dass ich Frank bisher verschwiegen hatte, dass ich Almut von früher kannte. Im Zweifelsfall hätte er mich abgezogen. Ganz klar. Doch egal. Ich fühlte mich nicht befangen und ich steckte ohnehin längst mitten drin. Es gab keinen Grund jetzt nicht weiterzumachen. Ich war bereit, alles zu geben, um den Fall Lohmann aufzuklären. Nur wusste ich nicht, ob ich tatsächlich an allen Details, die Wahrheit betreffend, interessiert war. Diesmal war es anders. Vielleicht war ich doch befangen. Ich hatte Almut nie gemocht, eher bewundert, aber wer schätzte es schon, wenn die Ikone von früher demontiert wird. Insgeheim wünschte ich mir, Almut wäre unschuldig. Doch im Grunde war ich mir sicher, dass sie Dreck am Stecken hatte. Bis das bewiesen war, galt natürlich die Unschuldsvermutung. Ich durfte niemanden vorverurteilen. Almut am allerwenigsten.

Ich neigte dazu, ständig herumzugrübeln, aber diesmal war es besonders schlimm. Ich hatte kaum noch ruhige Momente. Ich brauchte Abstand. Wäre vielleicht vernünftig, noch mal zu dem Typ mit den Geheimratsecken hinzusehen. Wenn er zurücklächelte, würde ich ihm mit einem weiteren Blick zu verstehen geben, dass ich Interesse an einem Gespräch hatte. Und mit ein bisschen Glück würden wir zwei, drei nette Stunden verbringen. Vielleicht ergab sich ein interessantes Gespräch, das mich ablenkte. Wäre außerdem fantastisch, zu sehen, dass ich es noch drauf hatte, dass man mich attraktiv fand.

Ich lächelte zu dem Fremden hinüber und er lächelte ein weiteres Mal zurück. Na also, ging doch. Der Kellner stellte ein frisches Bier vor ihn hin. Ein kurzer Wortwechsel. Dann kam er zu mir und stellte mir ein Glas Wein vor die Nase. »Soll ich Ihnen von dem Herrn dort drüben bringen. Er heißt übrigens Jürgen.«

»Oh, wie aufmerksam. Richten Sie Jürgen aus, ich trinke gern ein Glas auf ihn«, gab ich freundlich zurück. Ich kam nicht dazu, etwas auf irgendjemanden zu trinken, denn ich spürte eine kräftige Hand auf meiner Schulter und drehte mich um. Ich erkannte ihn sofort und kam mir komischerweise ertappt vor. Das nächste, was ich dachte, war: Irgendetwas läuft hier gerade aus dem Ruder, Lea.

»Was dagegen, wenn wir uns an einen Tisch setzen? Ist intimer.« Es war eine Frage, doch die Antwort, das wusste ich, stand bereits fest, bevor ich die Lippen voneinander gelöst hatte. Er deutete mit der Hand auf eine Nische. Wir gingen hin und setzten uns einander gegenüber. »Ist vielleicht besser, wenn wir mal Klartext reden«, fing er ohne weitere Fragen an. Er schien die anderen rund um uns gar nicht zu bemerken, weil er so auf mich fixiert war. »Aber das tun wir doch die ganze Zeit«, erwiderte ich. »Du redest Klartext, seit du das erste Mal das Wort an mich gerichtet hast. Nur, inzwischen wäre ich dafür, dass du dich verabschiedest, Mark.« Ich seufzte laut. Der Satz hatte mir einiges abverlangt und im Grunde klang er jämmerlich. Aber er musste mal gesagt werden. »Denn wenn du es nicht tust«, sprach ich weiter, »muss ich mir irgendwann Sorgen um *mich* machen. Kommt nicht so gut, wenn man knapp vor Fünfzig noch an Geister glaubt und sogar behauptet, man könne sie sehen.« Dass es mir aufgrund meiner Verliebtheit immer schwerer fiel, mit Mark konfrontiert zu werden, verschwieg ich. Das musste ich mit mir ausmachen.

»Dann sag's halt keinem. Kann ruhig unter uns bleiben.« Mark hatte gut reden. Vermutlich ahnte er noch nicht mal was von meinen widerstreitenden Gefühlen. Und das war auch gut so.

Ich lachte abrupt auf. So laut, dass Jürgen sich zu uns umblickte. Das dezente Lächeln hatte er inzwischen aufgegeben. Für ihn stellte sich die Situation so dar, dass er einer Schnepfe einen Wein gezahlt hatte, die dann mit einem Anderen an einen Tisch gegangen war. Eine Einladung ohne Folgen. Eindeutig ein no-go.

Ich hatte eine Weile ernsthaft darüber nachgedacht, ob ich mir Mark aufgrund meiner Überlastung zusammenphantasierte, doch spätestens, seit ich in Almut Haus zum ersten Mal seinen Körper wahrgenommen, ihn erspürt und angegriffen hatte, war mir klar, dass es ihn wirklich gab. Mark war höchst lebendig, wenn auch auf ungewöhnliche Weise. Anscheinend war es ihm zwischenzeitlich möglich, als normaler Mann in Erscheinung zu treten und einen Körper anzunehmen. Das war die bestürzendste Erfahrung, die ich in meinem bisherigen Leben gemacht hatte.

Es war unbeschreiblich, sich plötzlich damit auseinanderzusetzen, dass Tote nicht tot waren. Dass sie weiterlebten, zu einem sprachen und Gefühle, tiefe Gefühle, in einem weckten. Was Mark anbelangte, war ich endgültig aufgewacht. »Weißt du.« Ich hatte die Hände auf den Tisch gelegt, sauber gefaltet und mich wieder an Mark gewandt. »In letzter Zeit ist es nicht so gelaufen, wie ich's mir immer vorgestellt hab. Ich bin überarbeitet und ausgelaugt. Und zu allem Überfluss kommt auch noch mein pedantischer Vater, mit dem ich ein schweres Erbe zu tragen habe, daher und zieht bei mir ein.« Mark sah mich aufmerksam an. Er hörte zu. Während ich meine Hände auseinanderfaltete und nervös mit den Fingern herumzuspielen begann. »Ich dachte, schlimmer kann's nicht kommen.« Ich lachte kurz auf. »Doch als Krönung tauchst du auf und wirfst das letzte Schema meines Lebens, das noch gehalten hat, über Bord. Jetzt heißt es: Wahr ist nicht, was alle für wahr halten! Wahr kann auch das Unvorstellbare sein.« Ich schnappte erschrocken nach Luft. »Glaub mir, Mark, so was hinterlässt Spuren. Und da hilft mir auch kein Psychologiestudium.« Ich seufzte, und blickte Mark eindringlich an. Er wich meinem Blick nicht aus, sondern musterte mich unverhohlen.

»Weiß ich doch, Lea«, sagte er schließlich. »Es ist nicht einfach für dich. Manchmal wünschte ich mir sogar, ich könnte dir alles ersparen. Und wenn es ginge, glaub mir, ich täte es auf der Stelle.« Marks Blick ruhte auf mir. Ein Blick, in dem Verständnis lag. »Ich kann nichts tun, außer bei dir sein, Lea.« Plötzlich war Mark der beste Freund, den sich jede Frau insgeheim wünschte. Jemand, dem man alles anvertrauen konnte, ohne gleich abgekanzelt zu werden. Doch ich wusste, ich wollte mehr. Ich wollte alles von ihm.

»Kannst du mir noch ein bisschen zuhören, Mark?«, bat ich meinen Freund. »Ich muss mit irgendwem über die letzten Stunden reden, sonst drehe ich noch durch.« Er nickte und lächelte auf eine Weise, die mir eine Welt zu Füßen legte. Ich deutete mit der Hand auf Mark. »Wie's aussieht, hab ich dich *wirklich* im Haus von Almut gesehen und inzwischen dürfte klar sein, ich mag dich ...«, ich zögerte, rang mich aber dazu durch, endlich die Wahrheit zu sagen, »ich verspüre sogar ... Sehnsucht nach dir.« Die Tatsache, dass Mark ein Geist war, verlieh mir auf einmal Flügel. Ich durfte mutig sein, denn was konnte mir schon geschehen. Mark würde mich nicht abweisen. Und wenn doch, wer bekäme es mit? Ich wäre die Einzige, die von der Ablehnung wüsste.

»Du sehnst dich nach Liebe, Lea«, warf er ein. »Ich weiß, was das heißt. Ich habe mich selbst immer danach gesehnt. Lieben ist das Schönste, was uns im Leben passiert.« Mark griff nach meiner Hand und bettete sie in seine. Warm und beschützt lagen meine Finger in seiner Kuhle. Es war das erste Mal, dass Mark durch und durch echt auf mich wirkte. Ein Kellner kam zu uns. Mark hatte offenbar etwas bestellt, als er das Lokal betreten hatte. Eine Flasche Chardonnay wurde geöffnet und auf den Tisch gestellt. Mark schwenkte das Glas, roch kurz hinein, lächelte zustimmend und nahm einen Probierschluck. Dann nickte er und der Kellner schenkte uns beiden ein.

»Keine Sorge«, versprach Mark, als wir wieder allein waren. »Wir lassen deinen Wagen stehen und nehmen uns ein Taxi.« Ich nickte nur und kostete vom Wein. Er schmeckte hervorragend.

»Du hast die ganze Zeit geglaubt, ich wäre dein besseres Ich, Lea. Eins, das du dir zusammenreimst, um dir die Welt ein bisschen besser zu machen.« Genauso war es gewesen. »Jemand wie ich, der ständig mit Verbrechen und sogar dem Tod zu tun hat, kann schon mal über all das hinauswachsen. Tote hängen mir manchmal zum Hals raus.« Ich unterstützte den Satz mit einer entsprechenden Geste und Mark lachte kurz auf. Was ich sagte, klang bitter, aber es war die Wahrheit. »Ich hab manchmal so große Lust zu leben. Intensiver und spürbarer, als bisher. Verstehst du, Mark?« Marks Kopf war näher gekommen. Er sah mich mit funkelnden Augen an. Sein Blick war eine einzige Aufforderung.

»Dann lebe, Lea. Es ist niemand da, der es dir verbieten könnte.« Meine Hand lag nach einer kurzen Pause, während der Mark den Wein gekostet hatte, wieder in seiner. Man konnte die Wärme, die sich zwischen uns aufgebaut hatte, mit Händen greifen.

»Hey, vergiss meinen Vater nicht«, fiel mir ein. Ich spürte, wie Falten auf meiner Stirn wuchsen. Falten des Zorns.

»Die Idee, dass er dir in die Quere kommen könnte, entsteht nur in deinem Kopf. Wenn du ihn vor die Tür setzt, war's das für ihn. Du willst nur vor dir selbst gut dastehen und tust es doch nicht.« Ich zog meine Hand aus Marks umsorgendem Griff, denn sein Satz traf ins Schwarze. Er hatte Recht. Ich wollte gut dastehen. Vor allem vor mir. Ich wollte das Klischee der guten Tochter erfüllen, die sich um den alten Vater kümmerte. Auch, wenn der ein Arschloch war. »Sag ihm, du wirst großzügig sein und er wird es entweder ebenfalls versuchen, denn Liebe ist ansteckend, oder er gibt auf, packt seine Sachen und zieht von dannen.« Mark hatte Nerven. Glaubte er etwa an das, was er sagte? »Mein Vater würde nie von selbst das Feld räumen«, warf ich skeptisch ein.

Mark streichelte mir über den Kopf. Eine plötzliche, sanfte Geste. Seine Hände waren Werkzeuge, die gut präpariert waren. Finger um Finger legten sich auf mein Haar und schenkten mir Wohlbehagen. »Das Leben sorgt sich um sich selbst, Lea. Warte nur ab und gib dein Bestes. Das reicht völlig«, forderte er mich auf. Er winkte nach dem Ober und rief: »Zahlen.« Ich konnte mir nicht vorstellen, dass Geister an etwas Profanes wie Geld dachten. Deshalb fragte ich, ob ich die Rechnung begleichen solle. Mark lachte nur und zog eine Kreditkarte aus der Hose. Dann wickelte er die Rechnung ab, reichte mir seine Hand und gemeinsam gingen wir hinaus, auf die Straße.

Da standen wir nun. »Und jetzt?«, wollte ich wissen. Ich spürte, wie sich die Härchen auf meinen Armen aufstellten. »Suchen wir uns ein nettes Hotel und finden heraus, ob wir Sex miteinander haben wollen. Glaub mir, danach geht es uns besser.« Ich schnappte ein weiteres Mal nach Luft, während Mark still in sich hinein lächelte. »Ich weiß, Lea, das klingt wie eine Erzählung, die von der bereits existierenden Zukunft handelt. Doch nichts steht fest. Wir haben bei allem die Wahl.«

»Ich bin immer davon ausgegangen, dass die körperliche Liebe nichts ist, womit du zu tun hast«, sagte ich geradeheraus. Meine Beine zitterten. »Welch einem Irrtum bist du nur aufgesessen«, erwiderte Mark und verpasste meiner Nase einen zärtlichen Stups.

Das Hotel war klein und gediegen und wenige Gehminuten von der Oper entfernt. Mark hatte nicht lange überlegt und mich zielsicher dorthin gebracht. Mir war der Ziegelbau mit dem verführerischen Namen *Little paradise in town* noch nie aufgefallen, obwohl ich schon oft daran vorbeigefahren sein musste.

Der Besitzer war gebürtiger Engländer, der der Liebe wegen nach Deutschland übersiedelt war und jetzt mit seiner Frau Betsy das Boutique Hotel führte. Die Zimmer trugen keine Zahlen, sondern jeweils einen Spruch auf der Tür. Unserer lautete: *Glück ist Beieinandersein*. Der erste Eindruck des Hotels war mehr als zufriedenstellend. Das Zimmer, das Mark gebucht hatte, war mit einem imponierenden Holzbett, einer hellen Polstergarnitur und einem Tisch ausgestattet, auf dem Margeriten in einer Vase willkommen hießen. »Wie nett«, stellte ich fest. Doch obwohl alles einladend wirkte, war ich nervös und wusste kaum, was ich mit meinen Füßen und Händen anfangen sollte. Es war das erste Mal, dass ich mit Mark in einer entspannten Umgebung allein war.

Wir standen einen Moment wie zwei Fremde im Zimmer und taten nichts. Beide verlegen. Mir blieb keine Zeit, um Höflichkeiten auszutauschen, denn plötzlich fuhr Mark mir auf eine unerwartet zupackende Art durchs Haar. Ich spürte seine Finger fest auf meiner Kopfhaut. Langsam kroch die Leidenschaft in meinen Körper und erkämpfte sich ihr Recht. Ich ließ sachte meinen Kopf sinken und begrub ihn für Momente in Marks Händen. Er hatte die Augen geschlossen, als könne er mich nur so richtig wahrnehmen. Ich sah seine Lieder zucken, bevor ich meine schloss. »Lea, Lea«, hörte ich ihn flüstern. Mit weicher, rührender Stimme.

Der letzte Zweifel, was ich hier tat und wo das hinführen sollte, wich aus meinem Körper und ich öffnete mich wie eine Blume, die nach einem langen Winter die ersten Sonnenstrahlen des Frühlings erspürte. Ich wollte lieben und geliebt werden. Ich wollte es so sehr. Und ich begriff plötzlich, dass ich in Marks Gegenwart etwas zurückbekam, was schon lange verloren gegangen war, nämlich die Idee, dass mir die Welt offen stand. Ich musste nur nach ihr greifen.

Marks Hände, sein warmer Atem, alles traf mich mit voller Wucht. Sein Körper prallte regelrecht auf meinen und so wurden wir eins in einer innigen Umarmung. Wir blühten beide auf, wir standen in voller Blüte, wir wuchsen und gediehen miteinander und ich stand schweigend still, als seine Zunge mir über die geöffneten Lippen strich. Lange unterdrückte Empfindungen schossen mir durch den Körper. Ich spürte, wie ich feucht wurde, wie ich den

Rest von mir auffaltete, bereit für ihn, für diesen wunderbaren, seltsamen Mann.

Das übrige Leben hatte sich längst unsichtbar gemacht. Es verschwand hinter der Ziegelmauer des kleinen Hotels. Zurück blieben nur Mark und ich und unser grenzenloses Verlangen füreinander. Was hier stattfand, war eine Schöpfung, ein Gang ins Paradies der Lüste. Wir standen beide in Flammen. Nach dem hier, das spürte ich, würde ich ihn nie wieder gehen lassen können. Empfindungen von dieser Intensität, solche Lust, dieses absolute Wollen hatte ich mir immer gewünscht.

Ich schürzte die Lippen, streckte mich ihm entgegen und nahm seine warme Zunge in mich auf. Dann saugte ich daran und ließ sie mir genüsslich schmecken.

Er tastete mir den Rücken kräftig mit der Hand ab, dann löste er sich von mir, öffnete die Augen, sah mich lange an und begann, mich auszukleiden. Er ließ sich Zeit, fasste nach den Knöpfen meines Kleides und öffnete einen nach dem anderen. Er hob meine Füße an, winkelte die Beine ab und so schlüpfte ich aus der Nylonstrumpfhose. Dann fuhr er über meinen BH, als wolle er prüfen, aus welchem Material er war. Er kostete mit der Zunge meine Haut, die Brüste, schließlich die kleine Kuhle zwischen meinen Schulterblättern. Ganz selbstverständlich ging er davon aus, dass wir nackt voreinander stünden. Ohne Hemmungen oder Scham, verliebt, von wildem Verlangen getrieben. Wir waren bereit uns anzunehmen, wie Gott oder der Urknall oder wer oder was auch immer uns erschaffen hatte. Er sah mich immer noch an und streichelte mir übers Gesicht, während ich seinen Anblick genoss. Ich hatte seit Monaten keinen nackten Mann mehr gesehen und mein letzter Sex hatte mit Berthold stattgefunden vor über einem Jahr. Es war ein unsinniger Ausrutscher gewesen mit einem erquälten Orgasmus, der keine Seele gehabt hatte. Ich war bestimmt nicht prüde oder unerfahren, aber es war neu für mich, dass mich ein Mann ohne jedes Wort entkleidete und nur die Lust ins Zentrum stellte. Meine und auch die seine.

Das hier war etwas Anderes als alles, was ich zuvor mit Männern erlebt hatte. Es war eine Premiere. Vielleicht handelte es sich bei dem, was wir beide, Mark und ich, taten um eine persönliche Mission. Aber das war mir egal. Mark befühlte vorsichtig meine Augen. So als dürfe er sie nicht beschädigen. »Pssst«, machte er leise, als ich anhob, etwas zu sagen. »Mach eine Pause vom Denken und öffne deine wunderschönen Augen. Mach sie für mich auf«, sagte er zärtlich. »Wäre doch schade, wenn dir mein Schwärmen für dich entginge. Wenn du meine Freude, mein Zittern, weil du mich umfängst, nur spürst und nicht in meinen Augen ablesen kannst.« Ich blickte Mark freudig an. Dann spürte ich, wie seine Hand an mir entlang und schließlich an mir hinab glitt. Und dann umfing *ich* ihn. Ich presste ihn an mich, ich schob mich ihm entgegen, ich nahm ihn auf. Angenehm warme Finger machten sich an mir zu schaffen. Mark trug meine Brüste in seiner Hand, wiegte sie zwischen den Fingern und setzte zarte Küsse darauf. Dann widmete er sich meinen Schenkeln, die nun nackt waren und die er voller Bewunderung taxierte, streichelte, liebkoste. Er gelangte etwas höher, zu der Verbindungsstelle meiner Beine. »Dein Zauberwald ist wunderschön«, hörte ich ihn schwärmerisch raunen. Dann lachte er. »Ich habe nie begriffen, weshalb man beim Sex nicht lachen und sich amüsieren darf. Wie stehst du dazu, Lea? Ich jedenfalls halte nichts von Verboten in der Liebe.« Ich schluckte eine Antwort hinunter, spürte seine Hand an der Nähe meines Geschlechts und erzitterte. Auf welches Abenteuer ließ ich mich ein. Und wieso tat Mark es? Wollte er mir helfen, wieder ins Leben der angenehmen Körperlichkeit zurückzufinden? Ich spürte, dass ich dabei war, mich über alle Maßen in ihn zu verlieben.

»Schhh«, Mark legte mir den Zeigefinger an die Lippen. Er drehte sich um, hielt mich dabei fest im Arm, und machte das Licht aus. Mein Rücken sank nach hinten, gegen die Wand. Ich spürte die Härte der Raufasertapete zwischen meinen Schultern. Ein angenehmer kurzer Schmerz, der rasch der Lust wich. »Leg dich aufs Bett, meine Schöne. Dort ist es bequem für dich.« Ich tat, worum er mich bat und tastete mich drei Schritte zurück. Dann sank ich erlöst in die Kissen.

Draußen hörte ich den Verkehr leise rauschen. Hier drin jedoch blieb alles still, blieb die Zeit stehen. »Lass uns die Liebe kosten. In allen Varianten und so, wie wir es mögen«, hörte ich ihn sagen. »Ja, das tun wir«, versprach ich. Seine Hand tastete sich weiter an mir entlang, ließ nichts aus. Er fühlte jeden Zentimeter ab, als müsse er sicher gehen, dass es mich tatsächlich gab. Dass ich aus Haut, Knochen, Sehnen, Muskeln, aus vibrierender Lebendigkeit bestand.

Ich hielt mich noch immer zurück. Ich wollte zuerst spüren, was er mit mir vorhatte, bevor ich das meine mit ihm tat. Als er in mich eindrang, zuerst mit seiner Zunge, später mit seinem erregten Glied, löste sich jede Frage in mir auf. Woher Mark kam, was er vorhatte oder ob wir uns seit einer Ewigkeit kannten. Ich wollte nur noch eins, ihn spüren und den Drang nach Lust ausleben, den er in mir lostrat. »Du bist mein Schicksal, Lea«, seufzte Mark mir ins Ohr, während er sich rhythmisch auf mir hob und senkte. Ich nahm seine Bewegungen mit meinem Unterleib auf, schlang die Arme um seinen Oberkörper und küsste ihn mit einem solchen Verlangen, dass er kurz innehielt, um mich anzusehen. »Ich will dich, Mark. Ich will dich schon so lange«, gestand ich und dann gab ich ihm mein Tempo vor. Zuerst langsam, bedächtig, denn ich wollte jede seiner Bewegungen studieren, schließlich verfielen wir in schnellere Bewegungen, beide leise stöhnend.

Von draußen drang das fahle Licht einer Reklame bis zu uns ins Zimmer und warf weiche Schatten auf unsere Gesichter. »Du tust so gut«, flüsterte ich Mark zu. »Das Leben müsste nach der Liebe benannt werden«, beschwor er mich. Im Flüsterton entgegnete ich: »Das haben die Menschen nur vergessen.« Und sogar dieser Satz klang betörend.

Neununddreißig

Es war kurz vor fünf in der Früh, als wir uns vor unserem kleinen Paradies in der Stadt trennten. Ich nannte ihn ein letztes Mal beim Namen, denn es bereitete mir unbändige Freude, ihn auszusprechen. »Mark!« Es war, als gäbe ich ihm durch die Nennung eine Berechtigung in dieser Welt, als verschaffte ich ihm einen emotionalen Personalausweis.

Er küsste mich in der Dämmerung, rief mir ein Taxi und als ich eingestiegen war, ging er davon. Ich saß auf der Rückbank und begriff, dass ich mich nicht länger fragte, ob ich ihn wieder sähe, oder wie lange er in seinem Körper sein würde. Ich war glücklich und dachte nichts mehr.

Das Denken setzte erst wieder ein, als ich zu Hause ankam. Kaum in der Wohnung, die ich auf Strümpfen, um meinen Vater nicht zu wecken, betreten hatte, fiel mir Almut wieder ein. Sie drängte sich in mein Gehirn und ließ mich nicht mehr los. Ich entkleidete mich, schlüpfte in meinen Jogginganzug und zog mich mit meinem Notebook auf die Couch im Wohnzimmer zurück. An Schlaf war nicht zu denken. Ich war viel zu aufgekratzt. Am liebsten hätte ich noch mal probiert, Valerie anzurufen und ihr wortreich erzählt, was Unerhörtes passiert war. Doch was hätte ich sagen sollen? Dass ich in eine Art Fantasy-Roman geraten war und nun sehen musste, wie ich mich darin zurechtfand? Außerdem schlief Valerie bestimmt noch und ich wollte sie nicht wecken und mit meiner Geschichte verunsichern. Also ließ ich es bleiben. Nein, so traurig es auch war, diesmal musste ich ihr die Wahrheit vorenthalten. Meine Erlebnisse waren nun mal gewaltig und nicht so leicht zu erfassen.

Ich nutzte die Zeit anders und begann, im Internet die Seiten jenes Werkes durchzusehen, das mir in der Lohmann-Villa aufgefallen war.

Das Buch mit dem schwarzen Einband und der gelben

krakeligen Schrift handelte von Selbstmord. In übersichtlichen Kapiteln wurden Erkennungsmerkmale abgehandelt, anhand derer man eruieren konnte, ob es sich tatsächlich um Selbstmord handelte oder etwa um Mord.

Ich hatte anfangs darüber sinniert, weshalb man ein Buch zu dem Thema zu Hause hatte. Doch als ich keine befriedigende Antwort darauf fand, schob ich die Gedanken beiseite. »Beschäftige dich nicht mit der Vergangenheit, Lea. Blick nach vorn. Da liegt der nächste logische Schritt«, schwor ich mir. Und so stöberte, grübelte und fachsimpelte ich, setzte in Gedanken Puzzleteil um Puzzleteil zusammen, bis ein halbwegs ansehnliches Bild vor mir erschien. Ich rechnete inzwischen fest damit, dass Almut plante, ihren Liebhaber umzubringen. Ich war mir so sicher, dass ich es ihr an den Kopf hätte werfen können und der Treffer einen Punkt gebracht hätte. Doch es gab keinen Schiedsrichter, der darüber befand, und Frank würde mir entweder keinen Glauben schenken oder anmerken, dass uns die ganze Grübelei nichts bringe außer Ärger und Frustration.

Ich musste also erneut im Alleingang vorwärtskommen.

Mitten in meine Pläne platzte wie immer im völlig falschen Moment mein Vater. Er stapfte ins Wohnzimmer. Anscheinend konnte er nicht schlafen, genau wie ich. Auf jeden Fall schwenkte er etwas vor meiner Nase herum. »Die ist mit der Post gekommen«, rief er gequält, noch immer einen Klecks Farbe auf der Nase. Das Überbleibsel seines unerbittlichen Tätigseins. »Sie war mit ihrem Neuen in Kolumbien.« Es war klar, dass er von Renate, seiner Ex sprach. »Was macht eine Frau wie sie in Südamerika, zwischen Drogenbaronen, seltsamem Getier und trübsinnig machender Hitze. Die ruiniert doch nur ihr teures Make-up und die Frisur. Und weshalb schickt sie mir eine Karte? Zu dir? Woher weiß sie überhaupt, dass ich hier logiere?« Mein Vater war mal wieder außer sich.

Ich schüttelte den Kopf, weil er sich wie ein pubertierender Junge verhielt. »Offenbar leidet Renate genau wie du unter zwiespältigen Gefühlen. Sie will dich einerseits eifersüchtig machen, andererseits signalisieren, hey, ich hab ein neues Leben, eins ohne dich, und ein schönes dazu. Meine Adresse hat sie aus dem Telefonbuch. Und dass du hier wohnst, ist doch klar. Wo solltest du sonst gestrandet sein? Es gibt niemanden außer mir.«

»Ich bin doch kein Wal, um den Greenpeace sich kümmern muss«, behauptete mein Vater brüsk.

»In dem Fall bin *ich* Greenpeace. Und das, obwohl du keinen Beitrag zahlst und ich mich nicht freiwillig gemeldet hab. Nimm's also gelassen. Ich versuch's nämlich auch.«

»Ich soll's gelassen nehmen? Wie denn?« Er fuchtelte erneut mit der Karte vor mir rum, als enthielte sie keine Grüße aus dem Süden, sondern die unabänderliche Einladung zum Wohnen im Seniorenheim.

Ich blickte erneut von der Arbeit auf, entzog meinen Gedanken über Mord und Gemetzel die endgültige Aufmerksamkeit und fuhr mir mit den Fingern über die Augenbrauen. Eine Angewohnheit, deren Ausmerzung mir, einer ausgebildeten Psychologin, bisher nicht gelungen war. Aber es störte mich nicht. Ich hatte irgendwann entschieden, mir diesen harmlosen Tick zu gönnen.

»Wieso fragst du ausgerechnet mich um Rat? *Du* bist doch der Ratgeber in Beziehungsfragen. So hat sich das jedenfalls immer angehört.« Ich lachte kurz auf, weil ich es plötzlich ein bisschen leichter nahm.

»Ja, als Mama noch lebte und alles in Ordnung war«, entgegnete mein Vater und schraubte merklich seine Stimme hoch.

»Bloß weil Mama nicht davongerannt ist, heißt das nicht, dass alles in Ordnung war«, sagte ich ernst. »Sie hatte kein eigenes Geld. Sie musste bleiben.« Ich seufzte. »Leider!«

Mein Vater schwieg verbissen. Doch nicht lange, dann purzelten die Wörter aus ihm heraus. »Du behauptest, ich hätte nicht bemerkt, wie es deiner Mutter ging? Klingt, als wäre ich ein jämmerlicher Ignorant gewesen, Lea.«

»Früher ist vorbei, Papa. Lass die Vergangenheit ruhen. Renate und du, das ist auch nicht mehr. Blick nach vorne. Es gibt ein Leben ohne sie.«

»Und weshalb tyrannisiert sie mich dann mit dieser Karte?« Er tat mir inzwischen richtig leid, denn er hatte sich in die Geschichte mit Renate verbissen.

»Es ist nur eine Karte, Papa, und Renate ist nicht die einzige Frau auf unserm Planeten. Da draußen laufen noch eine Menge anderer rum.« Ich sah meinen Vater aufmunternd an.

»Und wenn sie es doch wäre? Zumindest die Letzte für mich, Lea«, entgegnete er grimmig.

Ich sah ihn noch immer voller Zuversicht an. »Glaub mir, wenn du nicht alleine bleiben willst, musst du es auch nicht. Nach einer Trauerzeit sieht alles anders auch. Trauer gehört dazu. Die brauchst du.«

Mein Vater zischte vor sich hin. »Trauerzeit? Ich möchte

das Leben genießen. Trauern kann ich, wenn ich unter der Erde liege.«

»Wenn etwas zu Ende geht, trauern wir. Darum kommen wir nicht herum. Lauf nicht weg, Papa. Du kommst nicht weit.« Er sah mich an, völlig hilflos und so klein wie ein Marienkäfer auf der Rinde eines Mammutbaums.

»Lea, ich glaub, ich brauche Hilfe«, jammerte er plötzlich wie ein Junge, dem man das Lieblingsspielzeug kaputtgemacht hatte. Er kam vorsichtig zu mir, ließ sich auf den Platz neben mir plumpsen und blickte mich an wie ein Obdachloser, der noch nie erlebt hatte, was häuslicher Friede und täglich warmes Essen bedeuteten.

»Papa?« Ich spürte, wie meine Hand kurz über seine fuhr. Der Versuch eines Streichelns, der mir in dem Moment peinlich war, als er geschah. »Was fehlt dir denn? Du bist beruflich gefragt wie eh und je. Geld ist auch nicht das Problem. Außerdem hast du mich. Was macht Renate also so unersetzbar?«

»Der Sex!«, gestand er nicht ohne Pikanterie. Die zwei Worte, kaum ausgesprochen, schienen ihm bewusst zu machen, dass er zum ersten Mal mit seiner Tochter über dieses Thema redete. Etwas, das sich seiner bisherigen Meinung nach nicht gehörte. Verschämt blickte er zu Boden. »Sie ist eine fantastische Liebhaberin, auch noch in unserem Alter«, fügte er an, wie um dem vorher Gesagten eine Berechtigung zuzusprechen.

Was konnte ich darauf schon entgegnen? Es war erst wenige Stunden her, da hatte ich selbst erlebt, wie befreiend Sex war. Es war fantastisch gewesen, Mark zu lieben, seinen und meinen Körper zu spüren und die Lust wie brodelndes Wasser wahrzunehmen. »Ja, natürlich«, entgegnete ich deshalb nur. Mein Vater hob zaghaft seinen Blick und sah mich fragend an.

»Du bist Psychologin. Soll sich dieses verrückte Studium endlich mal bezahlt machen. Therapiere mich, Lea.« Er blickte plötzlich erwartungsvoll in die Welt, als hätte sich alles umgedreht. »Ich hänge an Renate. Ich gebe es offen zu.« Er seufzte tief und lang und schien sich für einen magischen Moment in zahllose Erinnerungen zu verstricken. »Weißt du, sie hat noch immer diese geschmeidigen Arme. Die Falten seh ich nun mal nicht, denn wenn wir im Bett liegen, liegt meine Brille auf dem Nachttisch. Ab da zählt nur noch das Fühlen, nicht das Sehen. Und das, was ich bei ihr gefühlt habe, ist mir nun mal näher als Galileo, der einer meiner Lieblinge ist. Näher als die Entdeckungen Einsteins.«

»Und ich weiß, wie sehr der dich fesselt«, warf ich ein und grinste.

Mein Vater schnaufte erschöpft von so viel Ehrlichkeit. Er hob resigniert die Hände. »Ist das nicht der erste Schritt zur seelischen Gesundung? Zugeben wie es einem geht? Ich denke ununterbrochen an Sex. Nicht Sex mit irgendwem, dann könnte ich ja wo hin gehen. Ich denke an Sex mit ihr. Er spukt mir im Kopf herum. Es hindert mich am Arbeiten. Und an allem anderen hindert es mich auch.« Jetzt hatte er ein verschmitzt amüsiertes Genießerlächeln auf der Zunge. Ich sah kleine Speichelspuren in seinen Mundwinkeln. Der Saft der Vorfreude. Kein Wunder bei solch appetitmachenden Gedanken. Er hatte sich völlig im Sumpf des Amourösen verlaufen und kam nicht mehr daraus hervor. »Hast du ihr das jemals gesagt? Das mit den schönen Armen, dem tollen Sex. So, wie du's mir gerade gesagt hast?«, fragte ich, obwohl ich die Antwort bereits kannte.

Papa schnaubte. Bedenkliche Falten zeichneten sich zwischen seinen Brauen ab, da er ununterbrochen seine Augen zusammenzog. Sein Blick klebte am Boden, als befände sich dort ein Loch, das uns jeden Moment in die Wohnung des unteren Mieters, eines Steuerprüfers mit Spinnenphobie, ziehen würde. »Nein, wieso? Das weiß sie doch. Oder etwa nicht?« Er sah vorsichtig auf, als wären wir dem Desaster gerade noch mal entkommen. Mit heilen Knochen und Gehirnen. »Wir sollten Menschen, die wir lieben und die uns wichtig sind, ab und zu sagen, was sie uns bedeuten«, schlug ich Papa vor.

Doch er winkte ab. »Ich bin kein Schaumschläger, Lea. Ich war mit Renate zusammen und das sagt schließlich alles«, meinte er unbeugsam.

»Wenn niemand sagt, was er denkt und jeder davon ausgeht, dass der Andere es schon riechen wird oder demnächst einen Workshop zum Thema Hellsehen belegt, spüren wir viel zu selten, was wir füreinander sind.« Ich stand auf, ging in mein ehemaliges Büro, suchte und fand sein Handy und hielt es ihm auffordernd hin. »Was hast du ihr je gesagt, Papa? Dass das Wetter sich ändert oder dass es im Supermarkt Sonderangebote gibt?«, fügte ich enttäuscht an. »Hast du diese Liebesturbulenzen nicht auch satt? Ständig gab es dort Ärger, wo man sich gerade noch geküsst hatte. Irgendwer fühlte sich immer falsch verstanden, nicht genügend gewürdigt oder einfach nur nicht auf der Höhe. Einer muss den Anfang machen und ehrlich sein, sonst hört das nie auf. Auch mit über siebzig nicht.«

»Ich hab ihr vorgeschlagen, mit mir in Urlaub zu fahren. Nach Berchtesgaden. Unmittelbar vor der Trennung«, gestand mein Vater plötzlich. Nun sah er doch geknickt aus.

»Nach Berchtesgaden?« Ich schlug mir mit der flachen Hand gegen die Stirn. »Und das einer Frau, die den Rhythmus und das Temperament einer Spanierin hat? Papa, das ist ungefähr so, als würde dich jemand bitten ein verwässertes Donald-Duck-Bild in einem billigen Comic zu restaurieren. Das ist total daneben.« Ich hielt ihm auffordernd das Handy hin. »Ruf sie zu einer christlichen Zeit an und sprich dich mit ihr aus«, forderte ich ihn auf. »Du hast doch nichts zu verlieren.«

»Ach!«, fiepte er mit einem Stimmchen, dünn wie eine Maus. Er fühlte sich in die Enge gedrängt. »Jetzt wo du's sagst, kommt's mir selbst blöd vor. Ob ein neues Angebot, etwa Caracas, noch was ändern kann? Würde sie das eventuell zu mir zurückbringen?« Ich vermutete, dass er groß daherredete, aber nicht mal die Hälfte von dem, was er jetzt versprach, einlösen würde. Das ließ sein Stolz nicht zu. Er hatte sich ausweinen wollen. Ein bisschen herumjammern und sich danach zwar immer noch schlecht, aber nicht mehr so schlecht wie zuvor fühlen. Und zwar auf meine Kosten.

»Ruf sie an!«, schlug ich erneut vor. Doch er schob meine Hand mit dem Handy weg, als könne sie Seuchen übertragen. »Lass mir Zeit, die richtigen Worte zu finden.«

»Den richtigen Zeitpunkt und die richtigen Worte gibt es nicht. Was zählt, ist die Bereitschaft zu reden.«

»Ich ruf sie schon an. Vielleicht morgen. Man muss nichts übers Knie brechen.«

Ich legte das Mobiltelefon gut sichtbar auf den Tisch und verließ mit einem letzten Blick auf einen uneinsichtigen, alten Mann das Wohnzimmer. Hier hatte ich nichts mehr verloren. »Danke, Lea. Du hast mir geholfen«, polterte mein Vater mir mit verräterischer Höflichkeit hinterher. Er wusste, dass er weder zu mir noch zu sich selbst schonungslos ehrlich gewesen war. Er spielte noch immer mit dem Leben wie eine Katze mit Mäusen spielte. Stets einen erbarmungslosen Deal in petto. »Man kann nie wissen, Lea!« Sein Standardsatz für alle Gelegenheiten.

Unsere Dispute verkamen langsam, aber sicher zu lokalen Kleinodien, die mir den Saft aus den Adern zogen. Ich sehnte mich nach einem frisch durchlüfteten Kopf und Harmonie. In letzter Zeit hatte ich deshalb meine Gesellschaft der vieler anderer vorgezogen und war gut damit über die Runden gekommen. Zumindest, solange ich meine Gedanken nicht mit Liebe, Zärtlichkeit und langfristigen Beziehungen strapazierte. Doch jetzt sehnte ich mich unendlich nach Mark, obwohl es erst kurze Zeit her war, dass wir uns getrennt hatten. Ich verließ noch mal meine Wohnung. Im Treppenhaus pustete ich meinen Atem gegen das Fenster an der Kehre, die die Treppe langsam nach unten geleitete. Der Dunst beschlug die Scheibe. Ich lächelte. »Take it easy. Think about Mark!«, motivierte ich mich. Das wirkte. Ich war nicht mehr allein. Es gab einen wunderbaren Mann an meiner Seite. Wenn auch nur hin und wieder. Schon der Gedanke gab mir Kraft und Hoffnung.

Ich würde jetzt herausfinden, weshalb mich das Buch über Selbstmordtheorien ansprang wie ein hungriger Tiger. Dann würde ich auch Mutmaßungen darüber anstellen können, auf welche Art und vor allem wann Almut ihren Liebhaber vorhatte zu eliminieren.

Mir wurde plötzlich klar, wenn ich meinem Vater etwas davon erzählt hätte, hätte er behauptet, ich wolle meinem Leben eine Größe und Wichtigkeit geben, die es gar nicht hatte. »Du, die erst dann gerufen wird, wenn bereits etwas Schreckliches passiert ist, will plötzlich der nicht erklärbaren Unausweichlichkeit des Lebens vorgreifen? Hast du vor, Schicksal zu spielen? Wenn sich das einbürgert, hattest du mal einen Job. Dann gibt's keine Morde mehr! Und Lea Einsiedel, die Notfallpsychologin, ist überflüssig«, sah ich ihn mit erhobenem Zeigefinger referieren. In dem Moment fiel es mir wieder ein. Nicht länger Morde aufklären, sondern darum bemüht sein, sie zu verhindern. Marks Worte über eine visionäre Zukunft, in der Prävention wichtiger war als Aufklärung, dringender als Verurteilung und das Zuteilen von Schuld. Ich sah sein Gesicht vor mir und spürte seine Hände. Auf meinem Bauch, zwischen meinen Schenkeln, überall auf mir. War es wirklich erst wenige Stunden her, dass wir uns aneinander gewärmt hatten?

Sollte mein Vater weiterhin ausschließlich sich und seine Belange sehen. Ich hatte einen Weg beschritten, der mich einer magischen Liebe näher brachte.

Ich steuerte die Konditorei in der Nähe an, die schon früh geöffnet hatte, um mir ein Frühstück zu bestellen. Schon bald stand eine dampfende Tasse Kaffee vor mir und auf dem kleinen Teller lag ein frisches Croissant. Ich biss mit Appetit hinein und aß hungrig. Es schmeckte fantastisch. Als ich fertig war, zahlte ich, trat vor die Tür und sog die Luft des frühen Morgens ein. Um die Uhrzeit war noch nicht viel los. Ein paar Passanten, die an mir vorbeigingen und einige Autos, deren Fahrer in den Tag starteten. Es sah mir ganz danach aus, als wäre die Stadt an diesem Morgen neu erschaffen worden. Jungfräulich sozusagen. Das gefiel mir. Meine Lippen zitterten, weil ich spürte, wie glücklich ich war. Immer wenn ich an Mark dachte, fühlte es sich an, als legte ich mich mitten hinein ins Glück.

Vierzig

Norma trug schwer an ihrem Tablett, das den plötzlichen Heißhunger ihrer Dienstgeberin widerspiegelte. Eier in Mayonnaise, Silberzwiebeln, gesalzene Kartoffeln in Olivenöl mit etwas Zitrone und Thymian, kalter Rinderbraten und eine große Kanne Earl Grey mit zwei Löffeln Zucker und einem Spritzer Sahne pro Tasse, das war ihr inzwischen geläufig. Was steckte nur hinter diesem unerwarteten Festschmaus? Norma stellte das Tablett ab und deckte den Tisch mit gestärkten, weißen Sets. Auf eines platzierte sie einen leeren Teller, auf ein zweites diverse Schüsseln und auf das letzte die Teekanne, aus der es würzig duftete. Fehlte nur noch die einzige verloren wirkende Tasse daneben. Norma zog die Rollläden hoch, die einen Schutzwall gegen das bisschen Sonne draußen gebildet hatten. Das Licht schlug ins Zimmer und flutete es aus wie ein Fußballstadion. Norma trat zur Seite, um sich weiteres

Augenblinzeln zu ersparen. Sie wunderte sich nicht länger darüber, dass ihre Rolle als Pflegerin inzwischen in die einer Rundumbetreuerin ausuferte. Solange sie gut bezahlt wurde, war ihr alles recht. »Sie können gehen, nachdem Sie mir das Essen ins Wohnzimmer gestellt haben«, hatte Almut Lohmann ihr vor wenigen Minuten vom Bett aus zugerufen. »Kommen Sie denn allein zurecht, Madame?«, hatte Norma gefragt und sich über die angestrebte Selbstständigkeit gewundert. Almut Lohmann riss sich nicht gerade darum, sich um sich selbst zu kümmern. Weshalb sollte sie plötzlich den Tisch abräumen wollen, nachdem sie wie ein Vögelchen an ihrem Essen gepickt hatte? »Ich räume das Geschirr dann in den Geschirrspüler!«, hatte Almut vorgeschlagen, als preise sie neu erworbene Fähigkeiten an. Norma hatte genickt. Ein früher Feierabend war ein unerwartetes Geschenk. Sie hatte die letzten Tage kaum Zeit gefunden, zuhause etwas zu bewerkstelligen, schließlich war sie fast rund um die Uhr in der Villa gewesen. Dafür wurde sie bezahlt. Die Wäsche, das schmutzige Geschirr, die Essensreste, das alles wartete auf sie. Norma warf einen letzten Blick auf das Essen auf dem Tisch. Gott sei Dank konnte nichts kalt werden, höchstens der Tee. »Essen ist bereit, Madame!«, rief Norma nach oben. Stille, kein Laut. Sie schüttelte kurz den Kopf und ging mit bedächtig huschenden Schritten davon. Ein letztes Mal steuerte sie die Küche an, um das Tablett ordentlich gegen die Wand zu stellen, die hartnäckigen Wassertropfen aus dem Edelstahlbecken zu wischen und den Lappen gefaltet über die Armatur zu hängen. Dann ging Norma in den Flur. Während sie dort ihren Mantel anzog, hörte sie Schritte, nicht weit von sich entfernt. Endlich kam Frau

Lohmann zu Tisch. Norma mochte es, wenn sie den Tee genoss, solange er heiß war. Alles andere wäre einer Verschwendung gleichgekommen. Und Verschwendung hatte keinen Platz in Normas Leben. Sie seufzte erleichtert und wandte ihr Gesicht, in Gedanken bereits im Auto und auf der Fahrt nach Hause, der Haustür zu.

Doch sie zögerte und drehte sich im Zeitlupentempo für einen letzten Blick um. Der Stoff ihres Mantels raschelte leise dabei. Ihr gerade noch gewöhnlicher Blick erstarrte. Die Angst pochte ihr augenblicklich in den voluminösen Schenkeln. Sie rang ehrfürchtig nach Luft, doch der Atem, den sie zu schöpfen hoffte, blieb ihr in der Kehle stecken. Sie riss den Mund auf, um zu schreien. Doch da war kein Laut. Nur diese unbändige Stille. Und ihre Augen, die weit aufgeklappt waren, dass man Angst darum haben musste, sie zu verlieren, um stattdessen fahle, breiig weiße Löcher zurückzubehalten.

Einundvierzig

Ich brachte meinen Wagen wenige Meter vor Almuts Villa zum Stehen. Als ich mich umsah, um die Gegend zu checken, registrierte ich, dass ein auffälliger Pick-up gleich gegenüber anhielt. Ungewöhnliches Modell, ein bisschen dreckig, senfgelb. Der Wagen passte zu gewissen Boots, Jeans, Lederjacken und der dazugehörigen Einstellung. Es war Frank Kasteins Auto. Die Fahrertür öffnete sich. Frank stieg aus, warf sich seinen überdimensionalen Schlüsselbund in die Jackentasche und schlenderte auf mich zu. Er hatte einen Kaugummi im Mund und strahlte bis zu den Ohrläppchen.

»Carmen hat zugestimmt, mich heute zu treffen. Besprechung von wegen Heirat und so«, meinte er anstatt des üblichen ›Hallo‹ zur Begrüßung.

»Muss ein wichtiger Tag für dich sein«, entgegnete ich und freute mich für ihn. »In letzter Zeit denke ich viel über Beziehungen nach und darüber, wie man es hinkriegen kann«, verriet ich. Meine Stimmung war so gut, dass ich mir diesen privaten Hinweis erlaubte. »Sei froh«, grinste Frank. »Liebe gibt ein besseres Thema ab als der Tod. Apropos, gibt's eigentlich was Neues bei dir? Privat. Zum Thema Liebe und Leidenschaft.«

Ich sah noch immer Marks Körper vor mir. Die feine Narbe auf der Wange, die schmalen, schönen Lippen und seine Hände, diese gerade richtig großen Beschützer, mit denen er mich sanft an sich gezogen hatte, damit ich mich dort einen kurzen Abschnitt lang ausruhen konnte. Wie gern würde ich jetzt tief Luft holen und mich in aller Stille an seiner Brust regenerieren. Und wie gern würde ich jemandem von ihm erzählen.

Ich spürte, wie mein Herz pochte und sich ein schmerzliches Ziehen in meinen Brüsten bemerkbar machte. Marks Lächeln und sein sanftmütiges Wesen fehlten mir. Wenn ich an ihn dachte, wich der Zorn, den ich in letzter Zeit auf das Leben verspürt hatte. Ich wurde ruhiger, duldsamer. Ich begann wieder, daran zu glauben, dass mehr gute Neuigkeiten ins Haus stünden als schlechte. Und ich hätte

Valerie oder jetzt Frank am liebsten alles haarklein erzählt und erlebt, wie sie sich mit mir freuten.

»Er heißt Mark«, gab ich Frank gegenüber plötzlich zu und schwärmte regelrecht. »Und er ist fantastisch.« Kaum ausgesprochen, erschrak ich über mich selbst. Wie sollte ich jetzt, wo ich angefangen hatte zu erzählen, wieder aus der Nummer rauskommen? Frank würde mir unzählige Fragen stellen, von denen ich die meisten nicht beantworten konnte, ohne schamlos zu lügen.

»Klingt wie aus einer dieser amerikanischen Soaps.« Frank schenkte mir einen Blick, der zeigte, dass ihn die Information beeindruckte. So oft brachte ich nun mal keinen neuen Mann zur Sprache. »Alter, Aussehen, Job, familiärer Hintergrund?«, verlangte er neugierig, als lechze er nach weiterem emotionalen Futter. Na also, er wollte alles über Mark und mich wissen. Jetzt saß ich in der Patsche.

»Alles was ihn anbelangt ist nicht übel, Frank«, versuchte ich den Fragen nach Marks Alter, seiner familiären Geschichte und anderen verfänglichen Themen auszuweichen. Was hätte ich auch sagen sollen? Mark ist 134, aber so genau weiß ich es gar nicht? Ich wusste ja noch nicht mal, wann sein Körper offiziell aufgehört hatte zu existieren.

»Und sonst? Bringt er's?« Sein Grinsen wurde unverschämt und er ließ nicht davon ab, denn täte er es, hätte sich sein Charakter von einer Nacht zur anderen geändert, und das hätte mich erst recht gewundert.

»Im Bett?« Ich lachte kurz amüsiert auf, und schüttelte dann leise den Kopf.

Frank hielt die Ohren gespitzt wie ein Luchs. Er liebte

pikante Details. Durchaus auch einen unerlaubten Blick durchs Schlüsselloch.

»Keine Ahnung. So weit sind wir noch nicht« schummelte ich. »Wird auch so schnell nichts werden.« Ich spürte, wie meine Freude anwuchs, als mir Marks Hände auf meinem Körper, sein wissender Griff, seine geschmeidige, willige Zunge wieder einfielen.

»Och neee! Schon wieder so 'n verkorkster Typ. Ist er impotent, frisch beschnitten, hat er Filzläuse oder ist sein Marky-Mark zu klein?« Frank hatte einen Gesichtsausdruck aufgesetzt, den sonst Valerie für sich gepachtet hatte. Die pure Neugierde lugte ihm aus den Augen. »Redest du auf der Straße tatsächlich über den Schwanz meines Freundes mit mir?« Ich kam nicht mehr aus dem Lachen heraus. Frank war wirklich speziell und pflegte diesen Ruf auch.

»Warum nicht? Oder hat's was zu bedeuten, wenn mich so was anmacht? Irgend 'ne Neurose, die ich an der Backe hab? Was sagt Lea Einsiedel, die Fachfrau dazu?«

»Ich sag, jetzt reicht's, Frank.« Ich riss mich zusammen und hörte auf zu lachen. »Ich hab gern meinen Spaß mit dir, aber unterm Gürtel ist Schluss. Sag lieber, was du hier zu tun hast? Almut Lohmann ist vorläufig noch meine Beute.« Ich war so guter Laune, dass ich selbst das Thema Almut nun mit ein bisschen Abstand betrachten konnte. Zumindest in diesen Minuten.

»Von wegen! Wir haben heute früh einen Hinweis bekommen. Anonym, wie du dir denken kannst. Vermutlich jemand aus Lohmanns Firma. Almut soll einen Liebhaber haben. Keine näheren Hinweise bezüglich Namen, Alter oder sogar Adresse des Rivalen. Damit hätte sie also ein Motiv, ihren Mann aus dem Weg zu räumen.«

Ich fuhr mir mit den Händen durchs Gesicht und schüttelte danach den Kopf. Ich war sofort bei der Sache. »Das haben wir doch alles schon durchgekaut. Bogdan ist ihr Lover«, behauptete ich eindringlich.

»Das sagst *du*, Lea. Aber das ist zu wenig für uns.«

»Sie will ihn umbringen!«, setzte ich noch eins drauf. Ich fand selbst, dass es gruselig klang. Aber ich war nun mal davon überzeugt, dass es so und nicht anders kommen würde, wenn ich es nicht verhinderte.

»Bogdan? Almut Lohmann will Bogdan Ivanovic killen?« Franks Worte spannten sich vor mir auf und die Gedanken und Spekulationen, die sich ihnen anschlossen, wurden mehr und mehr.

Ich nickte. Besorgnis schimmerte durch das Lächeln, das sich in Franks Gesicht hielt, als wäre es tiefgefroren. Mit äußerster Willensanstrengung schaute er mich an. Jetzt war er ganz bei mir, ich konnte ihm also meinen Plan unterbreiten. »Ich weiß, dass du das eigentlich nicht darfst. Aber bitte, lass mir noch ein paar Stunden Zeit. Ich bin da an was dran, von dem ich dir nichts sagen kann, weil du mir nicht glauben würdest.«

»Lea!« Frank machte einen halben Schritt auf mich zu. Das reichte, um mich fast gegen die Betonmauer hinter mir zu drücken wie eine Schülerin, der man heimlich den ersten Kuss verpassen will.

»Unsere Zusammenarbeit ist all die Jahre auf einer Linie geblieben und so soll's auch bleiben. Ich hab kein Interesse daran, dass das Ganze jetzt ins Bodenlose stürzt, nur weil du dich derart weit aus dem Fenster lehnst.« Seine

Stimme pflügte hart durch meinen Kopf. Er hatte Recht. Aus seiner Perspektive sah alles danach aus, als führe ich den Wagen frontal gegen die Wand.

Ich kroch gedanklich in meinen Körper, um mich zu schützen, um unangreifbar zu werden und Frank zu trotzen. »Ich nehm das auf meine Kappe«, versprach ich. Ich war bereit, alles zu tun, um den Fall Lohmann zu einem guten Ende zu bringen. »Ich verlange doch nur, dass du dich wieder in deinen Wagen setzt und Gas gibst. Im Büro wartet sicher 'ne Menge Papierkram auf dich. Was machen ein paar Stunden schon aus? Tun wir doch einfach so, als hättest du nie was von mir gehört«, beschwor ich ihn.

»Lea, ich mach mir Sorgen um dich.« Frank fuhr sich mit den Händen durchs Haar, als hätte er bei Robert Pattinson Unterricht genommen. »Seit dein Vater bei dir wohnt, bist du ganz schön durch den Wind. Oder hat es mit Mark zu tun?« Ich ging nicht auf seine Worte ein, sondern fing von etwas Anderem an.

»Fahr zu Carmen. Mach dir ein paar schöne Stunden mit ihr.« Ich musste ihn irgendwie abwimmeln, und welches Thema wäre augenblicklich geeigneter als Carmen, die Frau seiner Sinne.

»Keine Chance!« Franks eben noch schneidender Tonfall wurde noch einige bedenkliche Dezibel lauter. Gleich würde das erste Fenster aufgehen und jemand würde uns um Ruhe bitten, ansonsten riefe man die Polizei. »So geht das nicht«, meinte er erneut. »So geht das wirk-lich nicht!«

»Der Fall ist anders als die anderen. Ich muss das auf meine Art klären.« Ich konnte mich auch jetzt nicht dazu durchringen, meine Verbindung zu Almut anzusprechen. In Wahrheit war es sowieso längst zu spät dazu.

»Verflucht, Lea. Ein Fall ist ein Fall. Was soll diesmal anders sein? Du kriegst mich hier keinen Schritt weg. Wir ziehen das gemeinsam durch. Und was, verflixt noch mal, kannst du mir nicht sagen? Halt bloß keine Informationen zurück. Damit reitest du dich derart in die Scheiße, das glaubst du gar nicht.«

»Ich halte keine Informationen zurück, zumindest keine, die dir helfen könnten.«

»Welche denn sonst? Gibt's neuerdings etwa Infos, die mir nicht helfen?« Frank spuckte mir die Worte wie gischtschäumende Brecherwellen entgegen. Wir standen uns inzwischen wie zwei Boxer gegenüber, die zum entscheidenden Kampf angetreten waren. Einem, den jeder gewinnen musste, um sein Ansehen zu retten.

»Also gut!«, gab ich nach, weil ich spürte, dass ich sonst keinen Schlupfwinkel finden würde, durch den ich noch an die positive Auflösung des Falls rankäme. »Ich kommuniziere seit Neuem mit einem Toten, einem Geist. Der hat mir die Info gegeben, dass ich den Ball, den dieser Fall darstellt, nur mit seiner Hilfe und vor allem mit anderen Methoden als sonst ins Tor schießen kann.«

Frank spuckte ein Lachen aus, das ich noch nie an ihm gehört hatte. »Jetzt halt mal den Ball schön flach, Lea Einsiedel! Wenn wir schon bei diesem netten Beispiel mit Ball und Tor bleiben wollen.« Seine Zunge lugte eine winzige Spur aus seinen zusammengekniffenen Lippen hervor. Franks unfreiwilliges Markenzeichen. »Vergackeiern kann ich mich selbst. Gehen wir konstruktiv an das

Ganze ran. Wie lauten die Informationen, die du mir lieber verschweigen willst?«

»Ich spreche seit einiger Zeit mit einem Geist. Sein Name ist Mark«, wiederholte ich.

»Leeeaaaa!« Frank schüttelte den Kopf derart seltsam, dass es aussah, als wäre er nur mit wenigen Umdrehungen auf seinen Körper geschraubt worden und könnte jeden Moment hinunterkullern. »Weshalb bist du plötzlich unkooperativ? Hab ich dir was getan? Bist du wütend wegen deines Vaters, dem ich zuletzt die Meinung gegeigt hab?«

»Ich bin weder unkooperativ, Frank, noch wütend wegen meines Vaters. Du verstehst nur nicht, was ich sage. Aber das hab ich sowieso befürchtet.« Ich sah ihn milde an, legte meine Hand auf seine Schulter und spürte, wie er leise rhythmisch zitterte. »Ich will nur unser Bestes. Aber mir ist auch klar, dass alles, was ich dir gerade anvertraut hab, irrwitzig und meschugge klingt. Deshalb ist es aber nicht weniger wahr.« Ich holte kurz Luft, hob Franks Kopf mit einer kurzen Bewegung hoch und sah ihm eindringlich in die Augen. »Wir beide sind daran gewöhnt zu glauben, was wir sehen, was wir fühlen und was uns durch die Gesellschaft immer wieder bestätigt wird. Aber, glaub mir oder lass es bleiben, ganz wie du willst, es gibt noch etwas anderes. Dinge, die wir uns nie träumen lassen würden. Die schräger als jeder Science-Fiction-Film sind.«

»Lea?«, versuchte Frank mich zu unterbrechen. Doch ich beruhigte ihn mit einem leise zischenden Ton. »Schhhh.« Er schüttelte im Sekundentakt den Kopf und ich sprach weiter. »Ich hab die Bücher von Elisabeth Kübler-Ross im Internet angelesen.«

»Wer ist das?«, wollte Frank wissen.

»Eine der bekanntesten Sterbeforscherinnen, eine Schweizerin. Sie hat lange in den USA gelebt und bestätigt, dass es keinen Tod gibt. Nur den Tod des Körpers.«

»Lea, das ist mir zu hoch!«, gab Frank zu. Inzwischen sah er wie ein Kind aus, das man auf einem riesigen Parkplatz vergessen hatte. Ohne Handy und irgendeinen Schimmer, was jetzt zu tun war. Ich konnte es ihm nicht verübeln. Langsam streichelte ich über seine Schulter. Ganz die große Schwester, die er gar nicht hatte. Ich zögerte kurz und versuchte es ein letztes Mal mit meinem Angebot. »Lass mich den Fall zu Ende bringen. Bitte!! Ich verspreche dir, ich stelle nichts an und ich geb dir sofort Bescheid, wenn sich was tut.«

Frank atmete so laut aus, dass ich zuerst an eine innere Beklemmung oder einen spontanen Asthmaanfall dachte. Doch er beruhigte sich wieder. »Also gut!«, brachte er schließlich hervor. »Ich geb dir *einen* Tag.«

Ich küsste ihn überschwänglich auf die Wange und presste ihn an mich, als hätte ich mich ausgerechnet nach all den Jahren in ihn verliebt. »Danke, Frank! Du weißt gar nicht, wie sehr du mir damit hilfst und wie wichtig das ist, was du gerade tust.«

Er löste sich zaghaft von mir, drehte mir die Schultern zu, überquerte kopfschüttelnd die Straße und stieg in den Pick-up. Ich sah dem Kleinerwerden seines Wagens zu und ging dann auf den Eingang der Villa zu. Die Vorahnung, dass ich einen schweren Gang vor mir hatte, hätte ich am liebsten unter den Berg euphorischer Gefühle geschoben, die ich seit der Nacht mit Mark verspürte. Doch ich konnte mir die Frage, wie es in diesem Moment wohl in Almut aussah, nicht verkneifen, Dachte sie tatsächlich an Selbstmord? Nicht an ihren eigenen, sondern an den eines anderen. Der Selbstmord, auf den sie spekulierte, das stand für mich fest, wäre in Wirklichkeit ein getarnter Mord. Das perfekte Verbrechen.

Zweiundvierzig

Norma wünschte, sie hätte sich den neugierigen Blick, mit dem sie nach dem Rechten sehen wollte, verwehrt. Ihre unbändige Neugierde hatte sie dazu angestachelt, außerdem hatte sie das seltsame Gefühl gehabt, jemand befände sich hinter ihr. Ein gierig nagendes Ungeziefer, das gerade sein Maul aufriss, um in ihr saftiges Fleisch zu beißen. Doch was sie zu sehen bekam, war die Gestalt eines Mannes. Einer, wie man sie in Modemagazinen abgebildet sah, in teuren Anzügen oder edler Unterwäsche. Was ihr nicht klar war, wie kam dieser Mann ins Haus von Frau Lohmann und was hatte er überhaupt hier verloren? Noch dazu halbnackt, nur mit einer Unterhose bekleidet? Und weshalb grinste er sie derart unverschämt an?

Norma hatte, seit sie in Deutschland lebte, eine Vorliebe für Kriminalromane entwickelt und nun bildete sie sich ein, sie spüre tief in sich drin, dass von diesem Mann Gefahr ausging. Es gab keinen Anhaltspunkt dafür, außer ihres Gefühls, sie müsse etwas tun. Sie kam sich wie die

Ermittlerinnen in den Romanen vor, die sie abends im Bett verschlang und ihre Angst ließ sich nicht ausschalten. Deshalb stolperte sie mit wenigen Schritten rückwärts in die Küche und griff mit einer seltsam ungelenk ausgeführten Geste nach einem Messer hinter sich. Verteidigen! Das war ihr einziger Gedanke. Doch kaum hatte sie das Tranchiermesser gepackt, da sprang er auf sie zu und schlang seine rechte Hand um ihren Unterarm. Aschfahl hing ihr Handgelenk in der Luft, die silberne Klinge als Verlängerung in Richtung Decke gereckt. Der Anblick hätte nicht verwirrender sein können. Die kleine Schwarzafrikanerin und der große nackte Mann, die im Kampf um ein Messer eine ungeplante Symbiose eingingen. Das Messer durchschnitt in einem hektischen Lufttanz imaginäre Linien, jederzeit zu einer tödlichen, letzten Bewegung bereit.

Norma wusste einen furchtbar langen Moment nicht, wie ihr geschah.

Nach dem abrupten Handgemenge mit dem Küchenmesser, das Gott sei Dank glimpflich ausging, nötigte sie der Fremde mit ihm in den Keller zu gehen. Wozu, darüber wollte Norma sich lieber keine Gedanken machen. Sie folgte ihm in den dunklen Schlund des Hauses, mit Beinen, weich wie frisch gekochter Pudding. Inzwischen rechnete sie mit dem Schlimmsten, denn sie war nun nicht mehr die kluge Ermittlerin sondern ein Opfer. Doch anstatt weiterhin ruppig oder angriffsbereit zu wirken, stellte der Unbekannte, kaum unten angekommen, plötzlich ein locker wirkendes Grinsen zur Schau und zog sie in einen herrlich eingerichteten Raum, den Norma noch nie zuvor gesehen hatte und mit dem sie hier unten auch nicht gerechnet hätte. Er streifte sich einen eleganten Bademantel über und begann zu plaudern.

»Keine Sorge. Ich bin ein guter Bekannter von Almut, eigentlich sogar einer ihrer wenigen echten Freunde. Seit ich aus meiner Wohnung raus musste«, er zwinkerte ihr betont schelmisch zu, »lässt sie mich hier wohnen, weil .... na ja, egal, weshalb. Der Grund ist nicht sonderlich interessant, Norma.« Norma spürte, wie sich die Härchen auf ihren Armen aufstellten. Alle gleichzeitig. Sie fröstelte. Wenn tatsächlich alles so war, wie der Fremde es darstellte, weshalb dann dieses seltsame Flackern seiner Augen, das er mit einem übermäßigen Grinsen wegzuretuschieren versuchte? In den Krimis waren Leute wie der Kerl gefährlich.

»Davon weiß ich nichts«, setzte sie zur Antwort an und blickte dann hastig zu Boden. Die Äußerungen dieses Mannes beruhigten sie kein bisschen. Alles was sie sicher wusste, war, dass sie hier weg wollte. Sie entschloss sich, die Situation so schnell wie möglich hinter sich zu bringen, nickte dem Mann zu und wandte sich zum Gehen. Während sie die ersten Schritte setzte, wartete sie noch darauf, dass irgendwas passierte. Vielleicht, dass der Mann sie zurückhielt und sie hier unten einsperrte. Doch es geschah nichts. Sie kam unbeschadet oben an.

Als sie im Flur der Villa stand und ins Wohnzimmer lugte, wunderte sie sich. Das Essen auf dem Tisch stand noch immer verwaist da, doch sie weigerte sich, weitere Gedanken an etwas, das mit Almut Lohmann zu tun hatte, zu verschwenden. Stattdessen öffnete sie die Haustür und setzte ihren Fuß hastig nach draußen. Doch seltsam, ihr Gewissen meldete sich schneller und vor allem lauter, als ihr lieb war. Durfte sie Frau Lohmann mit dem Mann allein lassen? Stimmte es, dass die beiden befreundet waren? Was wäre, wenn der Kerl etwas vorhatte? Norma konnte nicht anders. Sie entschied sich um, ließ laut die Tür vor sich ins Schloss fallen, schlüpfte aus ihren Schuhen und huschte auf Strümpfen und flink wie ein Wiesel in den Abstellraum neben der Gästetoilette. Dort würde sie auch bei geschlossener Tür mitbekommen, wenn Frau Lohmann und der Mann aufeinander trafen. Sie blieb einen Moment mit ihrem breiten Gesäß in der Luft hängen, bevor sie sich sachte und ohne einen Laut auf einen umgedrehten Putzeimer setzte. Im Grunde war sie davon überzeugt, das Falsche zu tun. Doch was machte es schon, wenn sie einige Minuten hier ausharrte? Sie könnte sich davon überzeugen, dass Frau Lohmann und der Mann Bekannte waren und danach beruhigt unbemerkt das Haus verlassen. Norma spürte, wie ihr Herz wild pochte. Dann hörte sie Almuts Schritte auf der Treppe.

Dreiundvierzig

Almut stand auf halber Höhe zwischen Erd- und Kellergeschoss vor Bogdan. Einige Atemzüge lang lag eine beklemmende Stille zwischen ihnen. Dann begann er, als Erster zu sprechen.

»Hi, da bist du ja!«, sagte er, und es klang wider Erwarten vertraut. »Ja, da bin ich«, erwiderte Almut. Es war eine zurechtgelegte knappe Antwort und sie zwang sich zu einem Lächeln, um die Situation aufzulockern. Es gelang ihr erstaunlich gut.

Bogdan schien ebenfalls darum bemüht, einen vertrauenerweckenden Eindruck zu hinterlassen, fand Almut. Er fasste sie unterm Arm und nahm sie mit sich, nach unten.

Die letzten Stunden hatte Bogdan dazu genutzt, im Internet zu recherchieren. Dort war er auf verschiedene Artikel über Lynchjustiz, vor allem im amerikanischen Süden, gestoßen. In diesem Zusammenhang war er auf eine effiziente Technik des Hängens aufmerksam geworden, die »fliegende Demoiselle«.

Unter der »fliegenden Demoiselle« hatte er sich nichts Rechtes vorstellen können, aber der Name war hübsch, fand er. Er klang wie der Titel eines netten, französischen Romans, mit dem man sich die Zeit vertreiben konnte. Als er weiter forschte, erfuhr er, dass man den Körper der oder des zu Erhängenden an einem Seil in die Höhe ziehen musste. Eine Laufschlinge, die sich unter dem starken Zug zusammenzieht, ein Hondaknoten verbunden mit dem Truckerknoten, ein Ast, ein Deckenbalken, ein Rohr oder stabiler Haken in der Decke, das war schon alles, was man brauchte.

Wenn das Opfer erst ein oder besser zwei Meter hochgezogen war – für ihn kein Problem, wirklich nicht! –, zog sich der Truckerknoten zusammen und hielt derart fest, dass nichts mehr zu machen war. Der Körper stieg dann direkt gen Himmel auf.

Meine Güte, hatte er bei sich gedacht, wie es wohl wäre, wenn Almut irgendwo baumelte und sich in andere Sphären aufmachte. Ihr Lächeln, ihr Bild überhaupt würde vor ihm verwischen. Der Code ihres gemeinsamen Lebens würde sich auflösen. Sie wäre tot, genauso wie ihr Mann Friedrich.

Er würde dieses Haus verlassen und irgendwo, egal wo, Hauptsache weit weg, neu beginnen. Mit der Zeit würde sich der Schauplatz ihres vergangenen Zusammenseins auf einige verstreut auftauchende, lästige Gedanken beschränken und das wär's dann gewesen.

Sie waren endlich vor der Tür zu seinem Reich angekommen. Almuts Atem ging stoßweise und er spürte plötzlich, dass er es hasste, ihren süßen Atem mit seinem aufzumischen.

Ihre Luft einzuatmen, kam ihm hier und jetzt wie ein Verrat an seinen Empfindungen vor. Sie wusste es nicht, aber er spürte seit dem Tag, als er ihren Mann getötet und, weil alles echt aussehen sollte, auch sie geschlagen hatte, die Veränderung zwischen ihnen. Ihr Wesen hatte nun etwas Bösartiges. Da war keine Liebe mehr für ihn, nur Gleichgültigkeit.

Demnächst in seinem neuen Leben würde er versuchen, ein unbeschriebenes Blatt zu sein. Eines, das an keinem Baum flatterte, denn dann wäre er erneut gefangen, sondern das allein im Wind tanzte.

»Bogdan!«, sagte Almut und spürte endlich, dass er den Atem anhielt, als gäbe es dort, wo sie sich befanden, nicht genügend Sauerstoffreserven für zwei. Das letzte Mal, dass sie seinen Namen in diesem Haus und in ihrem Leben hören mochte, war dieser Moment. Was immer in diesem Mann vorging, es ließ sie kalt, denn sie hatte längst für sich, und nur für sich, vorgesorgt, dabei aber keine Minute außer Acht gelassen, mit wem sie es zu tun hatte. Sie wusste es, seit er Friedrich, ihren Mann, kaltblütig erschossen hatte. Alles Planen zuvor, jeder rauschhafte Kuss, verkam in diesem Moment zu einer Untat. Sie hätte sich am liebsten auf der Stelle von allem reingewaschen, was geschehen war. Doch das konnte sie erst, wenn es keinen Zeugen mehr gab. Niemanden, der davon wusste, was an jenem Tag, als ihr Mann ermordet worden war, tatsächlich geschehen war. Wenn dieser Zustand hergestellt wäre, könnte sie wieder die sein, die sie zuvor war. Eine Frau, die eine Zukunft hatte.

Sie wollte diesen Zustand so sehr, dass alles andere egal war. Die Reinwaschung ihrer Existenz, die ihr vor Augen lag wie das schönste Geschenk, das man sich überhaupt machen konnte, war alles, was zählte. Was machte es da schon aus, das Leben eines Mörders zu beenden? Eines Mannes, der weder vor zwei Schüssen zurückschreckte, noch vor Schlägen und Tritten auf eine wehrlose Frau.

»Können wir miteinander reden?«, fragte Almut und schaute ihn dabei an, als läge ihr tatsächlich daran, etwas mit ihm zu klären. Eine Farce, aber eine gut gespielte, fand sie. Sie motivierte sich, den zweiten Schritt zu tun. Sie ging auf sein Lächeln ein, das er ihr sicher nicht zum ersten Mal mit solch offensichtlicher Falschheit anbot, und folgte ihm in sein Zimmer.

Vierundvierzig

Ich führte meinen Finger zum Klingelknopf, um anzuläuten. Doch dann erinnerte ich mich an das Polizei-Training, das Frank mir vor einigen Monaten ans Herz gelegt und das ich absolviert hatte. Die schnellste und unauffälligste Methode, ins Haus zu kommen, wäre, mich am Tor oder der Mauer hochzuhieven. Ich setzte meinen Fuß in eine Ritze, rutschte ab, fand wieder Halt und kletterte schließlich routiniert die Mauer hoch. Es dauerte nicht lange und ich landete mit einem gekonnten Sprung in der Wiese. Hastig durchschritt ich den Garten, bis ich vor dem Fenster zum großen Wohnsalon stand. Was nun, grübelte ich. Drinnen sah ich einen wunderschön gedeckten Tisch mit opulenter Teekanne, Salaten und silbernem Besteck. Eine einladende Szene, allerdings ohne jemand, der sie belebte. Ich bewegte meine Hand nach unten und drückte gegen die Tür. Quietschend gab sie nach. »Das darf doch nicht wahr sein!«, wunderte ich mich im Stillen und trat ein. Eine Alarmanlage, die noch immer nicht instand gesetzt war und eine angelehnte Wohnzimmertür. So etwas hatte ich noch nie erlebt. Almut schien entweder völlig durch den Wind zu sein oder sich extrem sicher zu fühlen. Beides schlechte Voraussetzungen, wenn man so wie sie lebte.

Mein Ziel stand fest. Der Keller. Besser gesagt, das Versteck Bogdan Ivanovics. Doch ich kam nicht weit. Ich hatte gerade den Flur Richtung Kellertreppe passiert, als die Tür zu einem Raum, an den ich mich nicht mehr erinnerte, einen Spalt weit aufging. Der Kopf Norma Thatas lugte hervor. »Frau Einsiedel?« Sie wirkte erleichtert. »Helfen Sie mir!«, nuschelte sie mir zu. Ich war irritiert, weil ich nicht mit ihr gerechnet hatte. Zumindest nicht, dass sie sich irgendwo versteckte. Denn das tat sie offensichtlich.

»Was machen Sie in der Kammer, Frau Thata?«, wollte ich wissen. Norma warf mir einen Blick zu, der mehr als Worte sagte. Sie hatte Angst. »Bleiben Sie, wo Sie sind. Dort sind Sie sicher«, versuchte ich sie zu beruhigen. Doch trotz meiner Anweisung kam Norma aus ihrem Versteck. Sie kroch über den Boden, als wäre es gefährlich, aufzustehen. »Lassen Sie mich hier raus. Ich will nach Hause«, flehte sie mich an. »Es ist jemand im Haus. Ein Mann. Ich habe Angst.« Ich überlegte, ob sie es hinaus schaffen könnte, ohne dass Almut und Bogdan es merkten, doch es erschien mir zu gefährlich, auch für sie selbst. Deshalb entschied ich mich dagegen. »Es ist sicherer, wenn Sie bleiben, wo Sie sind«, erklärte ich der Pflegerin. Meine Stimme klang fest und bestimmt. Ich redete eine Weile beruhigend auf sie ein und schließlich zeigte mein Einsatz Wirkung. Norma war bereit, zurück in ihr Versteck zu kriechen.

Ich war heilfroh, dass ich sie soweit gebracht hatte, denn eine innere Stimme sagte mir, dass die Auflösung des Lohmann-Falls gefährlich werden könnte.

Fünfundvierzig

Almut tippte Bogdan, der sich nach vorn gebeugt hatte, um die Stereoanlage zu bedienen, auf die Schulter, als wolle sie schnell noch eine Kleinigkeit loswerden. Er drehte sich nach ihr um, nichtsahnend. Sie reagierte rasch, bewegte ihre Hand nach oben und drückte ihm einen mit Chloroform getränkten Wattebausch unter die Nase, den sie hinter seinem Rücken hastig vorbereitet hatte. Es war der Auftakt zu einer minutiös geplanten Tat. Der süßliche Geruch durchströmte den Raum, während Bogdan, irrwitzig aussehend, das Bewusstsein verlor. Er sackte in sich zusammen. Laut und ungelenk.

Almut stand da und sah wie von einem meterhohen Hügel aus auf ihn herab. Sie spürte nichts. Weder ihre Atmung, noch Schmerz, weder Angst oder gar Zweifel. Bogdan, die intime Spöttelei ihrer letzten Monate, der Mann, der ihr in diesem Moment zwar ergeben war, aber dessen Leben noch immer andauerte, steckte fest in einem Maschengeflecht. Das, was hier stattfand, war kein unschöner Fleck, irgendeine Nebensächlichkeit in seiner Biografie, sondern das abrupte Ende. »Dreckskerl!« Almut spuckte vor ihm aus. Sein Leben, eben noch stolz vor ihr aufgerichtet, war zu einem minimalen Etwas verkommen, das sie kaum noch benennen konnte. Almut griff nach dem Segeltau, das sie seit jeher in Bogdans Versteck verstaut hatte, zusammen mit dem kleinen Flaschenzug und der Trapezhose. Alles Dinge, die sie zum

Segeln brauchte. In präziser Ausführlichkeit schlang sie das Segeltau durch einen stabilen Haken in der Decke, an dem Bogdan unlängst ein Mobile aus Stahl befestigt hatte. Dann hakte sie den Flaschenzug ein und hievte Bogdan mit Hilfe der Trapezhose an die Decke. Sie schlang ihm die tödliche Schlinge um den Hals und legte einen der teuren Designerstühle exakt bemessen unter den hängenden Körper. Geradeso, als sei er von Bogdan umgestoßen worden. Anschließend fädelte sie den Flaschenzug aus dem Haken und befreite Bogdan mit letzter Kraft von seiner Trapezhose. Danach verstaute sie die Utensilien wieder im Schrank, zog sich die Gummihandschuhe aus und steckte sie sich in die Hosentasche.

Almut wusste, dass es optimal wäre zwei oder drei Meter zu fallen, damit das Genick brach. Doch diese Perfektion war in Bogdans Fall nicht möglich. Er war dabei zu ersticken, denn ihm war nicht mehr als ein Meter Fallhöhe zur Verfügung gestanden. Dieser Meter oder etwas mehr musste ausreichen, um seinem Leben ein Ende zu bereiten, indem an seinem Hals ein umgedrehtes V sichtbar wurde. Keine Quetschungen, keine gebrochenen Knorpel, keine Kampfspuren an seinen Händen oder seinem Hals. Nur das von der richtigen Hängeposition verursachte umgekehrte V. Der Beweis, dass es sich um Selbstmord handelte.

Ein paar Minuten in diesem Raum würden genügen. Still hängend. Ohne hektisch zappelnde Beine und Arme, ohne verdrehte Augäpfel. Danach wäre es vollbracht. So wenig lag also zwischen einem letzten Rest von Leben und dem vollständigen Rückzug desselben. Dem Tod. Da hing er. Bogdan Ivanovics letzter Augenblick war gekommen. Ihr geheimer Liebhaber starb vor ihren Augen.

Almut wandte ihm pietätvoll den Rücken zu. Was ihr als Erstes ins Auge fiel, war ein robustes Seil, das auf dem Tisch lag und das von mehreren Zeichnungen, die Bogdan anscheinend eigenhändig angefertigt hatte, eingerahmt war. Almut trat näher und blickte interessiert darauf. Schwarzweiße, präzise gesetzte Striche, mit Bleistift ausgeführt, zeigten einen Mensch, der an einem Seil hing. Almut wusste sofort, dass die Zeichnung ihr Schicksal vorwegnahm und sie spürte eine ungeheure Erleichterung, dass sie Bogdans Plänen zuvorgekommen war. Als sie sich ein letztes Mal zu ihrem Liebhaber umdrehte, wusste sie, dass er ihr mit ein paar hastig hingeschmierten Zeichnungen einen letzten, unerwarteten Dienst erwiesen hatte. Das kaum wahrnehmbare Gefühl von Schuld, das sie gekonnt unterdrückt hatte, war verschwunden. Sie trat zur Tür, um hinauszugehen, doch plötzlich wurde sie von außen geöffnet.

Sechsundvierzig

Ich sah Almut frontal ins Gesicht, doch sie blickte an mir vorbei. Mit erschreckend kalten Augen und unbewegtem Körper. Ich ließ die Türklinke los. »Almut …?!« Mir rutschte die vertrauliche Anrede einfach so heraus.

Ich sah ihn sofort. Bogdan Ivanovic. Sein Gesicht zwischen hin und her wankenden Vögeln aus Stahl. Er hing bewegungslos im Hintergrund. Als Störung dieses Raums.

Sein Leben baumelte an einem Haken, der in der Decke befestigt war. Ich schaffte es, ein sinnloses Schluchzen zu unterdrücken, stürzte auf ihn zu und machte mich an ihm zu schaffen. Doch so sehr ich seinen Körper auch mit beiden Händen umfing und verzweifelt versuchte, ihn hochzuheben, es war zu spät. Eine Weile fingerte ich abwechselnd an Segeltau und Haken herum, so dass ich schon annahm, der Haken käme mitsamt Putzresten aus der Decke und zu meinen Füßen rieselte es Staub, körnigen Mörtel und Ziegelreste, bevor ich unter seiner Leiche begraben würde. Was ich tat, war unnötig. Der Tod war längst verlesen worden. Und obwohl ich das wusste, war ich unablässig tätig. Ich riss, zerrte und hievte ihn hoch. Ich versuchte, das Unmögliche möglich zu machen. Ich wollte Bogdan Ivanovic retten.

Das Einzige, was mir gelang, war das Anbringen meiner Fingerabdrücke auf der Leiche. Als ich den Tod endlich begriff, sank ich zu Boden. Unter der Leiche Bogdan Ivanovics hockte ich wie ein Kind, das nicht wusste, was tun. Wut und große Einsamkeit ergriffen mich. Ein weiterer Mensch war umgekommen und ich hatte es nicht verhindern können. Ich schluchzte auf und hustete danach lange. Als es mir wieder besser ging, sah ich auf. Almut stand noch immer da, wo ich sie zuletzt gesehen hatte. »Wieso hast du das getan?«, wimmerte ich ihr entgegen. »Du hast ihn umgebracht!« Sie sagte nichts, sah mich nur an und ich griff nach meinem Handy und rief Frank Kasteins Nummer auf.

Während ich auf Frank wartete, saß Almut mir gegenüber und kraulte sich armaufwärts. Ich forschte zwischen ihren zusammengezogenen Brauen und den aufeinander gepressten Lippen nach einer Regung, nach etwas wie Reue, spätem Entsetzen oder Trauer. Doch da war nur eine stumme Gleichgültigkeit, die sie nicht zur Schau trug, sondern die echt zu sein schien. Almut war einzig und allein mit ihrem Arm beschäftigt und beantwortete anfangs keine meiner Fragen. Vielleicht war es dem Gedanken an den Tod ihres Mannes zuzuschreiben, der sie davon überzeugt hatte, dass sie ihn doch liebte. Und diese Erkenntnis hatte zu einer neuen, schrecklichen Tat geführt. Dem Tod Bogdans.

Später gab Almut endlich etwas zu Protokoll, nämlich, dass sie Bogdan Ivanovic ein Betäubungsmittel verabreicht habe, weil er sie mit all seiner emotionalen Kraft dazu genötigt hatte. Er habe Angst vor den Schmerzen, die ein Tod durch Ersticken ihm bereiten würde, gehabt und ihr sei nichts Anderes übrig geblieben, als ihm Folge zu leisten. Als ich sie fragte, ob Bogdan ihr Liebhaber gewesen sei, sagte sie trocken: »Ja, war er. Aber er hat meinen Mann erschossen, um mich für sich allein zu haben.« Ich schwieg betroffen. Was mich erschütterte, war die Selbstverständlichkeit, mit der sie das alles vortrug. Aus ihrem Mund klang der Tathergang wie die Zusammenfassung eines Romans, die sie einem Lehrer vorträgt. »Er wollte mich als Besitz, nicht als Frau«, hatte sie angeführt und ich hatte genickt. Auf die Frage, ob er es gewesen sei, der sich an ihrem Körper vergangen hatte, mit viel zu vielen Tritten und Schlägen, die sie in Todesangst versetzt hätten, antwortete sie nur mit einem Nicken. Danach schluchzte sie plötzlich. Ein halb unterdrücktes, aber immer noch hörbares Schluchzen. »Was hätte jemand wie ich jemandem wie ihm entgegensetzen können?«, flüsterte sie und sah auf, um in meinen Augen danach zu forschen, wie die Aussage bei mir ankam. »Bogdan ist in der letzten Phase seines Lebens das Gewissen in die Quere gekommen. Am liebsten hätte er sich vor seinen eigenen Gedanken verkrochen. Grässlich war das.« Almut seufzte leise. Ich nahm ihr nichts davon ab, doch sie sprach weiter, als müsse sie alles auf einmal loswerden. »Man kann Gefühle nicht vorausplanen. Ein Plan ist immer nur ein Plan und niemals vorgezogene Gewissheit«, vertraute sie mir an, als seien wir da ganz einer Meinung. Ich wusste, dass jedes Wort gelogen war und auch, dass sie wusste, dass ich das dachte. »Haben Sie nichts von Bogdans Plan gewusst, Frau Lohmann? Sind Sie nicht mitschuldig an dem Ganzen?«

Almuts weitere Worte waren wie ein seetüchtiges Schiff mit kompletter Mannschaft und bewährter Route. Sie wusste, dass Frank und ich ihr nichts beweisen konnten. Und das war das Einzige, worauf es ihr ankam.

Vielleicht würde man sie aus Mangel an Beweisen freisprechen. Sie würde frisch aus dem Ei ihres neuen Lebens schlüpfen und einfach weitermachen. Die ersten Reste der Schale schüttelte sie bereits jetzt ab. Almut spielte die Rolle der Witwe perfekt.

»Was hier in den letzten Stunden passiert ist, wird Sie Nacht für Nacht heimsuchen und in Geiselhaft nehmen, Frau Lohmann. Wollen Sie in diesem Prachtbau wirklich Ihr Gefängnis finden?«, begann ich nach langen, quälenden Minuten des Schweigens auf sie einzureden. Norma, die die ganze Zeit neben Almut saß, riss weit die Augen auf und sagte kein Wort. Ich sah ihr an, dass sie sprachlos vor dieser Geschichte kapitulierte. »Vier Wände, eine Tür und ein Schloss davor können das Eingeständnis der

Schuld nicht abhalten. Die Nachbarn werden mit Fingern auf Sie zeigen und obszöne Sprüche auf Ihr Haus sprühen, um Sie aus der Reserve zu locken. Vor allem Menschen im näheren Umfeld wollen die Wahrheit hören und sie spüren irgendwann, wenn man sie belügt.« Ich sah Almut ernst an. »Es ist noch nicht zu spät«, sprach ich ihr gut zu. »Legen Sie ein Geständnis ab. Sie müssen das, was passiert ist, verarbeiten.«

»Ich bin nicht schuldig«, spie Almut hervor. »Höchstens daran, mich in den falschen Mann verliebt zu haben. Aber dafür kann man nicht belangt werden, darauf steht keine Gefängnisstrafe, Frau Einsiedel«, sagte sie und sprach zum ersten Mal meinem Namen aus. »Kommt es eigentlich gut an, wenn man erfährt, dass Sie unser Kennen verschwiegen haben? Würde das nicht aussehen, als wollten Sie sich an mir rächen, Lea Einsiedel?« Sie hatte sich zu mir vorgebeugt und mir die Sätze flüsternd dargeboten. »Einmal groß neben mir rauskommen. Das ist es doch, worauf es dir ankommt oder etwa nicht?« Ich sah sie mit aufgerissenem Mund an und schwieg. Zum ersten Mal fehlten mir die Worte.

Wenig später trat Frank in den Flur der Villa.

Mit einem tristen Gesicht, in dem man alles ablesen konnte, erwartete ich ihn. »Sorry, der Fall Lohmann ist für die Akten. Da ist nichts mehr zu holen«, gestand ich bitter. Frank schaute mich mit trüben Augen an. »Du hattest versprochen, kein Schlachtfeld zurückzulassen, Lea.« Als wäre es nötig, mich daran zu erinnern.

»Ich würd's Platzker nicht übel nehmen, wenn er dir gehörig Dampf macht. Und du weißt, was so ein Statement von mir bedeutet. Platzker ist ein echtes Brechmittel und bis jetzt stand ich immer auf deiner Seite. Aber mit diesem Unsinn hier hab ich nichts zu schaffen und das weiß Platzker auch. Also wird er sich auf dich stürzen und ich kann und werde ihn diesmal nicht daran hindern.« Franks Blick lag abschätzig auf meinem, während er mit festem Schritt den Flur entlangzulaufen begann. Er war die Bulldogge, die sich jeden Moment auf die Beute stürzte. Heute würde ich weder die freundliche noch die gezähmte Seite seines Wesens präsentiert bekommen, sondern den schrecklichen Rest, der für Ärger, lange Diskussionen und Unverständnis stand. Es schien, als wolle mein Körper all die Anspannung vorwegnehmen, die mir noch bevorsteht. Ich fühlte mich jetzt schon geprügelt und gedemütigt, ohne dagegen aufbegehren zu können. Almuts letzter Schachzug, unser Kennen von früher zur Sprache zu bringen und notfalls gegen mich zu verwenden, hatte mich nicht nur getroffen, es hatte mich aus der Fassung gebracht. Mit allem hatte ich gerechnet, damit nicht.

Ich zog mich in die Küche der Villa zurück, während Frank zu Almut ging. Ich hielt den Kopf unter den aufgedrehten Hahn und spürte das kalte Wasser im Nacken, das mich hoffentlich aus diesem Alptraum wecken würde. »Scheiß auf dein verdammtes Selbstmitleid.« Ich hob den Kopf, trocknete mich mit dem Küchenhandtuch ab und schaute wütend aus dem Fenster. Der wunderschöne Park draußen, die Großartigkeit der Natur und vor allem meine Liebe zu Mark, das gab es noch immer. Ich musste lediglich aufhören, ständig allein für alles einstehen zu wollen. Niemand war in der Lage, die Verantwortung für die Untaten Fremder zu tragen. Auch ich nicht.

Ich musste jetzt an mich denken.

Frank kam in die Küche. Er hatte kurz mit Almut und Norma Thata gesprochen und zuckte die Schultern. Wir sahen uns an und plötzlich klopfte er mir auf die Schulter. Ich interpretierte es als seine Art, mir zu sagen, *ich hab eben überreagiert, ich hab's nicht so gemeint.* »Es geht nicht nur um Verurteilung«, sagte ich. »Sie wird damit klarkommen müssen, am Tod zweier Männer beteiligt zu sein. Vielleicht ist das die größte Strafe überhaupt. Das Wissen, dass man sein Leben verwirkt hat. Egal, ob man dafür hinter Gitter kommt oder nicht.«

»Ja, vielleicht«, gab Frank zu. »Aber bis es soweit ist, verhöre ich sie. Und wenn es das Letzte ist, was ich tue.« Er sah mich kämpferisch an und ging wieder hinaus.

Siebenundvierzig

Als ich später ins Wohnzimmer kam, wo Frank Almut und Norma Thata in polizeilichen Gewahrsam genommen hatte, um alles, absolut alles aus ihnen herauszupressen wie aus reifen Zitronen, sah ich alles noch einmal vor mir.

Den Erhängten, der einen Erstickungstod gestorben war. Das Segeltau hatte ihm die Zungenwurzel gegen die hintere Rachenwand gepresst und die Luftwege verlegt. Sendepause. Die großen Venenstämme des Halses waren viel zu fest gedrückt worden und hatten den Abfluss des

Bluts aus dem Gehirn verhindert und schließlich sogar den Blutkreislauf im Gehirn schachmatt gesetzt. Die Strangulationsmarke hätte ich bei genauem Hinsehen erahnt, vermutlich war sie bräunlich verfärbt. Doch ich hatte vorhin viel zu ungenau hingeschaut auf das blaurote, gedunsene Gesicht, die glänzenden Augen, die gespannte Hornhaut, die zwischen den Lippen hervorlugende Zunge, zwischen den Zähnen eingeklemmt. Sicherlich hatte Bogdan Ivanovic im Moment des Erhängens einen Urinabfluss aus der Harnröhre oder einen unwillkürlichen Kotabgang aus dem Mastdarm erlitten. Da war ich mir sicher.

Wenn ich schon nichts Rechtes gesehen oder das Bild überlagert hatte, so musste ich doch wenigstens etwas gerochen haben. Einen sich ausbreitenden fürchterlichen Gestank. Schließlich war ich unter und neben ihm gelegen und hatte dort eine ganze Weile kauernd verharrt.

In der Gerichtsmedizin würde man das Gehirn und die Lunge strotzend vor dunkelrotem, flüssigem Blut finden, die rechte Herzkammer ausgedehnt wie die weiten Hügel der Toskana und die linke leer, so leer wie die flache Ebene nach einem über sie hinweggefegten Sturm. Kleine Blutergüsse im Gehirn, unter dem Lungenfell, an anderen Orten, der ganze gewöhnliche Mist, der beim Suizid dazugehörte. Ich fuhr mir mit der Hand über die Augen und schluckte laut meinen Speichel hinunter.

Man würde mich vermutlich morgen gleich in der Früh befragen, ob ich die Vermutung hege, der Erhängte sei am Ende ein bereits Gestorbener gewesen. Von Almut Lohmann erst aufgehängt, nachdem er bereits getötet worden war. Und ich würde dem Gerichtsmediziner antworten: »Es ist vermutlich anders gelaufen. Sie hat ihn ermordet und lässt es wie Selbstmord aussehen, denn er war ihr Keller-Toy-Boy.«

Die Liebe war Almut weder bei ihrem Mann noch bei ihrem Liebhaber je bekannt vorgekommen, außer vielleicht als abstrakter Begriff, als heimliches Sehnen und schließlich die Inbesitznahme eines erträumten Zustands, den alle zu kennen glauben und es doch nicht tun. Almut war bereits als Schülerin auf der Suche nach Spektakulärem gewesen. Nichts war ihr gut genug gewesen. Sie hatte nie die Bereitschaft gezeigt, zu akzeptieren, dass man das Glück nicht in die Knie zwingen konnte. Sie war eine Träumerin gewesen. Große Träume, die uns andere schon beim Hinhören verschreckt, aber auch gehörig fasziniert hatten.

Wahrscheinlich würde sie auch Frank gegenüber behaupten, sie sei von Bogdan dazu gezwungen worden, ihm das Chloroform zu verabreichen. Nachdem er zum Selbstmord entschlossen gewesen sei. Ich wusste, dass sie sich über den Nachweis eines echten Selbstmords zur Genüge informiert hatte, und wahrscheinlich würden Frank und ich ihr nichts nachweisen können.

Ich hätte Almut gern gesagt, dass Suchen nichts nützte und dass man lediglich warten können musste und dass es die Liebe gab. Vielleicht hätte sie mich gefragt: »Warum sagst du mir das alles ausgerechnet jetzt? Wo es zu spät ist?« Mir war in den letzten Tagen klar geworden, dass Almut im Grunde ein verschrecktes Reh war, das allein und ungeschützt im Lichtkegel stand und nicht wusste, wo der Weg zurück in den Schutz des Waldes war. Deshalb hätte ich ihr noch etwas mit auf den Weg gegeben: »Es ist nie zu spät, Almut. Selbst dann nicht, wenn du es glaubst.«

Frank und jemand von der Spurensicherung kamen auf

mich zu, nachdem sie im Keller die Leiche und den Tatort inspiziert hatten.

Ich riss mich aus meinen Gedanken und stand auf, während das Gerede der anderen zu leisem Flüstern verstummte. Ich sah, dass Frank dabei war, mich mit wenigen, gut geplanten Gesten vor sich herzuschieben, er die Lokomotive, ich der daran gekoppelte Waggon. Er bugsierte mich erneut in die Küche, den Ort meiner letzten seltsamen Beschaulichkeit.

»Wieso hast du die Schlinge nicht gelöst und die künstliche Atmung eingeleitet? Abwechselnd Bauch und Brust zusammenpressen und die Arme rhythmisch vor und rückwärts bewegen, du erinnerst dich doch daran?«, fragte er. Es klang zwar ironisch, aber ich hörte die Anklage deutlich heraus.

»Das hätte nichts mehr genützt. Er war bereits tot«, gab ich vollkommen ruhig an.

»Woher wusstest du das so genau? Sicher war er noch nicht völlig erkaltet, als du ihn gefunden hast!«, blieb Frank bei seiner Meinung, ich habe etwas falsch gemacht. Er stand vor mir wie ein Richter, der sein Urteil längst ausgesprochen hatte und nur noch auf die Vollstreckung wartete.

»Es war zu spät. Einen Moment zu spät!«, gab ich erneut zur Antwort. Frank schüttelte den Kopf und fasste sich schließlich ins Genick, als habe er sich etwas gezerrt oder eingeklemmt. Im Haus ging es inzwischen wie im Hühnerstall zu. Ständig ging jemand hinaus oder es kam jemand herein. Leute von der Spurentechnik, jemand von der Gerichtsmedizin, sogar Platzker war hereingeschneit wie ein plötzlicher Wintereinbruch in der falschen Jahreszeit. Er gönnte mir den Beginn eines Blicks, aus dem noch immer der Mann herauszulesen war, der mich, Lea Einsiedel, den weiblichen Single, begehrte. Was das Berufliche anbelangte, würde ich es wesentlich schwerer haben, mit ihm klarzukommen. Das wusste ich mit Gewissheit.

»Geh nach Hause, Lea! Du bist hier im Moment so falsch am Platz wie Carmen bei ihrem Mann«, riet Frank mir, während ich mir den Rücken an der Arbeitsplatte der Küche anstieß. »Ist das der letzte Rest Kollegialität oder nur die Hoffnung, es allein mit Platzker schneller hinter dich zu bringen?«, brachte ich heraus. »Unsinn. Ich will nur, dass er dich nicht zwischen Daumen und Zeigefinger zerquetscht wie ein Insekt«, fügte Frank an, und als er sich ein Lächeln abrang, wusste ich, dass er es genauso meinte, wie er es sagte.

»Also gut!«, meinte ich mit trockener Stimme. Ich drehte mich um und verließ die Küche und das Haus. Als die Tür hinter mir ins Schloss fiel, stieß ich einen seltsamen Schrei aus. Einen im Kehlkopf steckenden Laut, den ich niemals als einen von mir identifiziert hätte.

Achtundvierzig

Die Fahrt durch die Stadt zog sich in die Länge. Die Rushhour hatte eingesetzt und ich war wie die übrigen Verkehrsteilnehmer auch ein wütender, unnachgiebiger Teil eines Ganzen geworden, mit einer seltsamen Unruhe im

Herzen und dem Fuß hektisch wartend am Gaspedal. Mein monströses Schnauben hinterm Lenkrad und der ständige Blick in den Rückspiegel ließen mich einscheren, den Blinker setzen, bremsen, hoffen, fluchen. Ich fuhr stockend gegen den endgültigen Superstau an, als brächte mich dieses ständige Stop-and-go nicht in ein tristes Zuhause, einen trüben Feierabend für wenige Stunden, sondern in den Schlund eines Learjets, der die Bahamas als Ziel hatte. Beigefarbener Sandstrand, gleißende Sonne, türkisblaues Meer, coole bunte Drinks mit lustigen Schirmchen oder besser noch mit frischen Ananasstückchen am Rand und ein gutgebräunter Mark dazu. Ich seufzte. Wie mich dieser Gedanke tröstete.

Es war kurz vor acht, als ich zu Hause ankam. Wiegenden Schrittes stieg ich die Treppen hinauf. Froh, jeden Moment in meinen eigenen vier Wänden zu sein. Weit weg von allem. Als ich die Tür zu meiner Wohnung aufschloss und hinter mir zuzog, hörte ich ihn vor sich hinmurmeln. Hastige Worte, die er herausließ wie ein eben aus der Wildnis importiertes Tier im Käfig.

»Verlobung?« Er schwieg pikiert, fasste sich dann und sprach weiter. »Das ging ja schnell. Ich gratuliere selbstverständlich, wenn auch nur als Person am Rande des Geschehens. Richte ihr bitte meine Glückwünsche aus.« Er lachte verächtlich auf und das Lachen ließ die Glückwünsche von vorhin wie eine Farce erscheinen. »Renate und ich haben uns ganz gut verstanden, aber im Kern haben wir nicht zueinander gepasst.« Mein Vater ging im Wohnzimmer auf und ab. Nervös, angespannt. Ich stand inzwischen im Türrahmen und sah dabei zu, wie er sich mit dem Finger abwechselnd über Nase und Jochbein fuhr. »Dass wir einander nicht Topf und Deckel waren, so was erzählt man nicht herum. Zumindest, wenn man einen Funken Anstand hat«, gab er von sich. Er ging ganz in der Rolle des Gentlemans auf, die er hervorragend spielte. Ich war froh, dass er mich nicht bemerkte, denn hätte er es getan, hätte er sich anders verhalten. Weniger frei. Ich zog mich zurück und blieb im Flur stehen. »Berchtesgaden, ja, eine wunderbare Gegend«, flötete er, ganz der professionelle Schmeichler. Er klang nun sanfter, geschmeidiger. »Wenn du magst, begleite mich doch. Ich würde mich freuen. Sag mir morgen Bescheid. Ich warte auf deinen Rückruf.« Papa flocht eine strategische Pause in sein Gespräch und holte – damit rechnete ich zumindest –, zum letzten positiven Schlag aus. Meine Vermutung war richtig, er hatte noch etwas in petto. »Übrigens, Heirat ist auch in meinem Alter nicht ausgeschlossen.« Er lachte schüchtern. »Bis morgen, Sonja. Schlaf gut, Liebste.« Das *Liebste* hatte er hingeworfen wie ein achtloses Kompliment, das ihm im letzten Moment eingefallen war, dem deshalb aber nicht weniger Gewicht beizumessen war.

Ich räusperte mich draußen, damit er mich hörte. Das Telefonat schien seine ganze Aufmerksamkeit gefordert zu haben und ich wollte ihn auf mich vorbereiten. Schließlich kam ich ins Wohnzimmer, wo der Fernseher ohne Ton lief und zwei Männer um eine Pistole kämpften, die von einem zum anderen wanderte, wie Spielzeug, um das sich ein echter Kampf im Grund überhaupt nicht lohnte. Ich drehte meinen Blick weg vom Bildschirm und nahm das Gesicht meines Vaters wahr, um dessen Mund ein süffisantes Lächeln spielte. »Wer ist Sonja?«, hob ich an und beschnitt mit der Frage seinen angedeuteten Redestrom. Zumindest ihren Namen hätte ich gehört, auch, wenn ich später herein gekommen wäre. Mein Vater zog die Augenbrauen zusammen und machte eine Geste, als wolle er andeuten, dass er sich von der Dame am Telefon mehr erwarte als Minimalaufmerksamkeit. »Sonja ist Renates Ex-Freundin. Sie hatte insgeheim schon immer ein Auge auf mich geworfen«, erklärte er nicht ohne männlichen Stolz.

»Und was hast du mit ihrem insgeheimen Blick vor? Ich dachte, du trauerst um Renate und willst sie zurück.« Gestern noch war mein Vater ein gebrochener Mann gewesen, zumindest hatte er so getan und jetzt tauchte eine Neue auf und er strahlte wie ein Bräutigam.

Er fuhr sich mit der Hand übers Kinn, über seine kurzen Bartstoppeln. So leger bekam ich ihn selten zu sehen. »Ich habe mich entschlossen, Renates Entscheidung, dass wir getrennt sind, zu respektieren. Sonja hat angerufen, um mich zu fragen, ob ich ihr zur Verlobung gratuliere.«

»Renate hat sich verlobt?«, rief ich erstaunt aus. Das ging schnell. »Ich wundere mich über ihr Tempo. Etwas, das du offenbar bereits hinter dich gebracht hast.« Mein Vater wirkte gefasst anstatt erschüttert. Und im Grunde war es gut so.

»Halt mir keine Predigt, Lea«, begann er, obwohl ich das keineswegs vorgehabt hatte. »Ich bin keiner von denen, die sich in die Schlacht schmeißen, um sich dabei schwer verwunden zu lassen. Renate ist endgültig verloren und ich möchte heil bleiben.«

»Da schmeißt du dich schon lieber auf Sonja!«, mutmaßte ich. Ich schaffte es nicht, ein Kopfschütteln zu verbergen. Doch es war eine amüsierte, keine verurteilende Geste.

»Sie hat vor, in den Bergen auszuspannen. Massage, Wärmetherapie, Wellnessen halt. Das kommt mir gelegen, denn mir scheint, du brauchst dringend ein bisschen Abstand von mir und meinen Kunstwerken. Was liegt also näher, als mich mit Sonja zusammenzutun?« Mein Vater rieb sich vorfreudig die Hände.

»Ja, was liegt näher.« Ich seufzte. Wie Recht mein Vater hatte. Die Vorstellung, mich ein paar Tage ohne ihn in meiner Wohnung zu bewegen, frei und zwanglos, und die Geschichte um Almut zu verdauen, kam mir wie ein Freifahrschein ins Vorzimmer des Glücks vor. Und wenn ich weiterdachte, fielen mir noch weit bessere Dinge ein. Vielleicht gab es bald ja ein erneutes Treffen mit Mark. Im *Little paradise in town*. Wie's aussah, musste ich Sonja dankbar sein, dass sie auf die Idee verfallen war, es bei meinem Vater zu versuchen.

Papa setzte sich auf den Rand der Couch, sah mich eindringlich an und klopfte mehrmals mit der flachen Hand auf die Sitzfläche, als sei ich sein Schoßhündchen, das er neben sich erwartete. Zum täglichen Kraulritual. »Setz dich, mein Kind. Höchste Zeit, dass wir mal etwas ausführlicher über *dich* reden. Seit ich hier eingezogen bin, kann ich nicht anders, als mir ab und an zwischen meinen kreativen Aktivitäten Gedanken über dich und dein unbewegliches Dasein zu machen.« Mein Vater seufzte schwer. »Nimm es nicht persönlich, aber du vermittelst mir das Gefühl, du seist ein Widerstandskämpfer in deinem eigenen Leben. Viel Arbeit, kaum Vergnügen, kein Mann.« Er hob alarmiert den Zeigefinger, so, als wolle er mich auf etwas besonders Schönes oder Wichtiges in der Wohnung aufmerksam machen, etwas, das mir bisher entgangen war. »Aber, und das freut mich angesichts dieser Tatsachen enorm, seit gestern habe ich das Gefühl, du hast jemanden kennengelernt.« Jetzt grinste mein Vater derart verschwörerisch, als hätte ich ihm bereits alles gestanden und er halbherzig geschworen, niemandem etwas von meinem Liebes-Lotto-Sechser zu erzählen. Er sah mich noch immer an. Mit großen, erwartungsvollen Augen. »Vermassle es nicht wieder, Lea. Gib dem Mann eine Chance. Wenn du Wert darauf legst, schau ich ihn mir an und ...« Ich hob mit großer Geste beide Arme. »Nicht nötig, Papa. Aus dem Alter der Begutachtung bin ich raus«, brachte ich gequält hervor.

»Wie heißt er denn?«, fragte mein Vater spitzbübisch.

»Mark«, erwiderte ich. Leugnen hatte keinen Sinn mehr. Ich kannte Papa gut genug, um zu wissen, dass er solange auf mich einreden würde, bis er etwas zwischen die Finger bekam. Zumindest die nötigsten Informationen.

Mein Vater seufzte und ich setzte mich zu ihm.

»Wo hast du ihn aufgegabelt? Es ist doch nicht etwa jemand von der Kripo?«

»Er hat nichts mit der Polizei zu tun, Papa. Du kannst aufatmen«, lenkte ich ein. »Was allerdings viel wichtiger als das ist, wir sind so was wie Seelenverwandte. Nicht das übliche, okay.« Ich lächelte, um ihn zu beruhigen und so die Fragerei vielleicht abzukürzen.

»Also bedeutet er dir etwas? Mehr als Berthold, zumindest zum Schluss, als es nicht mehr rund zwischen euch lief.«

»Ja, er bedeutet mir etwas«, gab ich zu. Da saß ich also und schüttete *meinem Vater* mein Herz aus. Verrückt. Andererseits, weshalb sollte ich es nicht tun? Was hatte ich schon zu verlieren? Alles rund um Mark war außergewöhnlich, deshalb gab es nur zwei Möglichkeiten, damit umzugehen. Entweder ich schwieg ihn aus und zwar vollständig, oder ich ging ganz selbstverständlich mit der Situation um. Der Gedanke Mark, diesen wundervollen Mann, niemandem gegenüber zu erwähnen, hatte mich von Anfang an traurig gestimmt. Doch nun, endlich, sprach ich über ihn. Auf eine innige, vertraute Art und so, als gäbe es ihn *wirklich*. Nicht als Geist, sondern als Mensch, wie jeder andere auch.

»Pack das Leben an, Lea.« Mein Vater hatte sich zu mir vorgebeugt und feuerte mich geradezu an. »Vielleicht ist er der letzte ernsthafte Kandidat, um doch noch zu heiraten« riet er mir. Es klang weniger aggressiv als sonst, irgendwie sogar rührend.

»War ein langer Tag, Papa. Sei mir nicht böse, aber ich schmeiß mich ins Bett.« Ich streichelte meinem Vater kurz übers Haar. Eine Geste, die mir einfach passierte. Kaum ausgeführt, versuchte ich sie zurückzunehmen. So, als habe meine Hand sich an seiner korrekten Frisur verbrannt. »Lass uns ein andermal weiterreden. Übers Heiraten kann ich mich heute unmöglich auslassen«, haspelte ich und stand auf. Mein Vater sah mich verwirrt an und einen Augenblick lang glaubte er sicher, er habe die Berührung meiner Hand auf seinem Kopf nicht gespürt, sondern nur geträumt. Dieser stille Moment zwischen uns war eine fast zärtliche Vorwegnahme seltenen Vertrauens. Ich stand da, unbeweglich, weil ich so verwundert und berührt über meinen Mut war. Aber auch über das Ungläubigsein und eine fast krankhafte Sehnsucht im Blick meines Vaters, die zu flüstern schien: ›Das ist es, wonach ich mich all die Jahre so sehr sehne. Ein kleines bisschen ehrliche Intimität.‹ Plötzlich fühlte es sich nicht länger falsch an, was ich getan hatte, sondern richtig. In meinem Kopf spann sich eine seltsam friedvolle Melodie fort, kaum dass ich die Hand vom Haupt meines Vaters genommen hatte und gewahr wurde, unsere Beziehung durch diese ungeplante Geste in eine entschieden richtigere emotionale Landschaft umzuleiten. Ein flüchtig dahin gehauchter Moment gemeinsamer Geschichte, dessen Tragweite wir vermutlich erst viel später erfassen würden. Aber trotz allem ein Anfang.

Ich lächelte zufrieden, nickte meinem Vater zu und verließ das Wohnzimmer.

Als ich später im Bad das Rollo hinunterließ, sah ich, dass ein fahler Mond aufgegangen war. Einer, der seinen Platz im Dickicht der Sterne fand und den Tag begrub, um bald einen neuen aufgehen zu lassen. Schön, überraschend und staunenswert wie alle vorherigen auch. Mein Leben hatte sich geändert. Es hatte nicht mehr soviel mit der Welt da draußen zu tun, sondern mehr mit mir. Ich war verliebt, ja, das stimmte, aber es war mehr als das. Ich wusste, dass ich mich nicht verliebt hatte, weil ich genug von meinen Ängsten und Sorgen, meiner Lustlosigkeit und dem Stress der Arbeit hatte. Ich hatte mich verliebt, weil ich es wollte. Dass es so leicht war – nur zulassen –, hatte ich nicht gewusst.

Neunundvierzig

Ich wachte früh am nächsten Morgen auf, erstaunt darüber, dass ich lange und vor allem gut geschlafen hatte. Nachdem ich aufgestanden war, zog ich die Vorhänge zur Seite und blickte aus dem Fenster in den dunstigen Himmel. Der Tag versprach, schön zu werden. Das hatte die Wettervorhersage gestern prognostiziert. Ich spürte, wie stark ich mich fühlte. Energiegeladen wie schon lange nicht mehr. Mir fiel Mark ein und das Lächeln, das darauf folgte, gelang mir spielend leicht. Doch dann verdrängte Almut Marks Gesicht. Ich konnte nichts dagegen tun, der Gedanke, dass ihre Tat, der Tod Bogdan Ivanovics, vielleicht niemals gesühnt werden würde, ließ mich noch immer nicht los.

»Es ist nicht deine Aufgabe, zu verurteilen sondern zu verzeihen, Lea!«, hörte ich Mark unerwartet zu mir sprechen. Es war nicht nötig, mich umzudrehen, denn ich wusste, dass er nicht da war, sondern nur mit mir sprach. Das letzte Mal, als wir Kontakt miteinander gehabt hatten, war er greifbar für mich gewesen. Ein Mann, den ich anfassen und lieben konnte und der zu meinem Liebhaber geworden war. Dass ich jetzt nur seine Stimme hörte, kränkte mich. Es war so, als würde er die Umarmungen des letzten Mals zurücknehmen. Ich unterdrückte die Sorge, dass unser »Ausreißer«, die Nacht in dem kleinen Hotel, eine einmalige Sache gewesen war. Darüber wollte ich jetzt nicht nachdenken, denn es wäre zu schmerzlich für mich.

Ich nahm mir vor, Mark unbefangen zuzuhören. Doch als er schwieg, begann schließlich ich zu sprechen.

»Was ist mit Buße, mit dem Abtragen von Schuld?«, gab ich zu bedenken, während ich leise das Fenster schloss, das ich zum Lüften geöffnet hatte.

»Schuld kann man nur abtragen, wenn man Einsicht zeigt, aber niemals indem man in einem Gefängnis ausharrt, Lea. Almut Lohmann wird in Freiheit weiterleben und wir können nur hoffen, dass sie eines Tages erkennt, wie zerstörerisch Hass ist. Es ist wichtig, dass sie sich selbst vergibt und ihr Herz mit Gedanken der Liebe durchtränkt, damit sie erkennt, dass sie betrogen wurde, weil sie selbst betrügt. Alles hat seinen Ursprung im eigenen Herzen.«

Plötzlich spürte ich, dass Mark sich nicht weniger nach mir sehnte, als ich mich nach ihm. Ich hörte es aus seiner Stimme heraus, die weniger fest klang als gewöhnlich. Er hielt nach einer erneuten Berührung meiner hungrigen Hände Ausschau, wie ich nach einer durch seine. »Die Liebe kann manchmal wie ein Schlag sein, von dem man sich nie wirklich erholt, Mark«, brach es aus mir heraus. Das war der Satz, nach dem Almut bisher gelebt hatte und den ich ebenfalls seit meiner Jugend kannte. Eine Einstellung, die aus einem Gedankenkonstrukt geboren war und nicht aus der Weite der Liebe.

Doch jetzt waren solche Überlegungen zu eng für mein Herz geworden.

Ich sah Mark und mich auf einer Wiese liegen, irgendwo außerhalb der Stadt. Gedanklich öffneten sich meine Lippen weit für seine. Ich fühlte, wie sich sein gut temperierter Speichelfluss in mich ergoss. Ich schluckte ihn gierig hinunter, während die Sonne meinen Rücken beschien und wärmte.

Während ich Marks Lippen, die wie köstlicher Nektar schmeckten, in mich hinein sog, und mir alles mögliche mit ihm vorstellte, überkam mich ein überwältigendes Gefühl der Freiheit, das ich nie zuvor derart intensiv gekostet hatte. Als ich mich später umdrehte, um mich anzuziehen, spürte ich, dass Mark fort war. Ich wunderte mich nur kurz darüber, dann schlüpfte ich in Jeans und Bluse, zog meinen Lieblingsblazer über und verließ die Wohnung. Draußen stieg ich in meinen Wagen und fuhr los. Ich wusste, wo ich hin wollte. Zu Almut.

Ich parkte drei Häuser von der Villa entfernt. Als ich aus dem Wagen stieg, waren meine Beine weich. Ich ging vorsichtig den Gehweg entlang, froh darüber, dass sie nicht nachgaben und ihren Dienst taten. Ich hatte keine Ahnung, was ich bei Almut suchte, ob ich klingeln würde und sie mich überhaupt hineinließ. Ob sie überhaupt da war oder noch auf dem Revier? Alles was ich wusste, war, dass ich sie noch einmal sehen wollte. Als ich die Länge ihres Gartens vom Gehweg aus abschritt, sah ich sie durch die Zweige der Bäume hindurch. Ihr schattenhafter Umriss war immer mal wieder durch Lücken in der Bepflanzung zu sehen.

Ich blieb stehen und schaffte mit meinen Händen ein kleines Sichtfeld. Eine Lücke, gerade groß genug für ein hastiges Hindurchschauen. Almut ging auf der Terrasse, die zur Straße hin angelegt war, hin und her. Das Gesicht undurchschaubar ernst. Sie war allein. Ich beobachtete eine Weile, wie sie auf und ab ging und nichts tat. Sie ging einfach. Ich blieb stehen, wo ich war und schaute fasziniert zu ihr hin.

Nach einer Weile fragte ich mich, wo die selbstsichere Almut von früher geblieben war. Was ich hier sah, war eine Frau, die nichts in mir auslöste, bis auf das normale Gefühl des Interesses, das man üblicherweise aufbringt, wenn man weiß, dass man jemanden heimlich beobachtet.

Früher hatte ich immer mit Almut tauschen wollen. Der Ursprung war ein verzehrendes Gefühl gewesen, dass ich selbst nicht genug war und ein Leben in Almuts Körper entschieden besser sei.

Ich hätte mein ich jeden Tag neu für Almut aufgegeben, obwohl wir keine Freundinnen waren, jedenfalls keine wirklichen. Sie hatte vermutlich noch nicht mal etwas von meinen Empfindungen geahnt. Ich hatte für sie geschwärmt und mich zum Fan degradiert, der unten blieb, während das Idol oben lebte.

Heute wusste ich mehr übers Leben, aber es blieben immer noch genug Fragen, die es einem schwer machen konnten. Was zählte, war, dass man etwas spürte und dazu stand. Ich lebte und machte meine eigenen Fehler. Ich lebte ein Leben, das es so nur ein einziges Mal gab. Mein Leben.

Ich wusste plötzlich, weshalb ich hergekommen war. Nämlich um Abschied von Almut und meiner Vergangenheit zu nehmen – einem Stück Lea von damals. Ich ließ die Äste des Strauchs zusammenschnellen und da sah sie mich. Sie blickte zu mir hinüber, fragend, irritiert. Ich wusste, dass sie niemanden mehr hatte. Noch nicht mal sich selbst. Es machte mich traurig, doch ich zwang mich, das Gefühl loszulassen. Es war nicht meins, es war ihres.

Ich nickte ihr zu, ging auf die andere Straßenseite und endgültig davon.

Fünfzig

Ich hatte die Oper hinter mir gelassen und hielt wenige Meter vorm *Little paradise in town*. Der Wagen hatte wie von selbst sein Ziel gefunden. Als ich ausstieg, roch die Luft nach Salz und Abgasen, aber auch nach etwas Undefinierbarem, das mir gefiel. Ich schlenderte auf das Hotel zu, froh dort zu sein, wo ich war. Als ich vor der Ziegelfassade stand, zögerte ich, doch dann gab ich mir einen Ruck und betrat die Halle. Drinnen war es, im Gegensatz zu draußen, angenehm kühl. Ich ließ die kleine Halle auf mich wirken. Den Karostoff, mit dem die Wände ausgekleidet waren, very british, und das cognacfarbene Ledersofa, das von einer altmodischen Stehlampe bewacht wurde und an der Stirnseite des Raums stand. Über dem Ensemble hingen zwei Gemälde in Öl. Darauf waren Hügel, Wälder und Tiere abgebildet. Betsy, die Chefin, kam aus der Küche. Sie hatte ein Handtuch umgebunden und wirbelte auf mich zu. »Ah, was für eine Überraschung. Ihr Mann kennt Sie anscheinend sehr gut. Wie aus dem Effeff.« Sie begrüßte mich, als kenne sie mich seit Jahren, blieb vor mir stehen und tätschelte mir die Wange. »Mein Mann …?«, fragte ich verwundert. Sie sagte nichts weiter darauf, sondern zwinkerte mit den Augen und wischte sich die Hände in das Tuch. »In der Küche wird gebacken. Apple-pie. Riechen Sie es?« Ich nickte. Es roch herrlich. »Ihr Mann meinte, sie kommen im Laufe des Tages vorbei, aber dass es so schnell geht, das hab ich nicht gedacht.« Sie lachte übers ganze Gesicht, als erinnerte sie sich durch unsere Geschichte, meine und Marks, an ihre eigene Liebe. Ganz zu Anfang. »Ich gönne Ihnen Ihr Glück. Es steht Ihnen ausgezeichnet!«, erzählte Betsy und dann hob sie den Finger, damit ich aufmerkte. Im Hintergrund liefen die Beatles. *Love is all you need*! Ich lächelte gerührt und Betsy drehte sich um, machte sich lang und drückte die Tischklingel. Ihr Mann erschien prompt. Er kam von unten aus dem Keller mit einer angestaubten Flasche in der Hand. Er pustete den Staub vom Glas und seufzte, als habe er einen schwierigen Auftrag doch noch lösen können. Nach diversen Anfangsschwierigkeiten. »Kommt selten vor, dass jemand den besten Wein verlangt, den ich im Keller habe.« Betsy schlug ihrem Göttergatten auf den Mund. Eine kurze, wenig schmerzhafte aber wirksame Geste. »Verräter!«, schimpfte sie mit funkelndem Blick. Er schien zu verstehen und hielt sich wie ein kleines Kind, das ertappt worden ist, den Mund zu. »Sorry, ich schaffe es mal wieder, alles herauszuplappern.« Betsy überging seine Ansage und wedelte mit der Hand Richtung Treppe. »Rauf mit Ihnen. Gehen Sie nur. Es ist dasselbe Zimmer wie beim letzten Mal.« Ich nahm sofort die Treppe in Angriff. Stufe um Stufe. Wenn Betsys Reden bedeutete, was ich vermutete, wartete oben Mark auf mich. Woher wusste er, dass ich hierher kommen würde?

Wir hatten das Hotel verlassen und standen eng aneinandergepresst in einer dieser Boxen, in der man Passfotos machen konnte. »Dass es die noch gibt?«, wunderte ich mich und kicherte. Das letzte Mal, als ich in so was ausgeharrt hatte, war ich sechzehn oder so gewesen. »Grimassenschneiden gilt nicht«, sagte Mark gespielt ruppig. »Bleib ernst, sonst wirkt es unseriös.« Wenn mir jemand so kam, musste ich erst recht lachen. Und wie zu erwarten, waren die nächsten zwei Minuten verloren. Zumindest für die Fotos. »Bestimmt willst du eins im Silberrahmen im Wohnzimmer aufstellen. Schon, um deinen Vater zu ärgern.«

»Cheese!«, rief ich laut und kicherte erneut. Ich hatte Marks Hand ergriffen, drückte sie fest und lächelte gleichzeitig. »Du bist unfair«, gluckste ich dann und küsste Mark fest auf die Wange. »Vermutlich können einem Geist Fotos nichts anhaben. Mir allerdings …?« Mark unterbrach mich. »Du allerdings musst jetzt ein Leben lang mit *solchen* Schnappschüssen leben. Hast du eigentlich schon immer *so ein* Gesicht gehabt.« Ich knuffte Mark in die Seite, weil er mich die ganze Zeit aufzog. Ich fühlte mich plötzlich wieder wie früher, als ich noch zur Schule ging. Mark und ich waren zwei Verschwörer des Glücks und wir genossen es einfach.

Als wir uns beruhigt hatten, schafften wir noch gut ein Dutzend Fotos. Mit engelhafter Ausdauer blickten wir in die Kamera. Erst zum Schluss zogen wir noch mal Grimassen, dass es ärger nicht ging.

Als wir mit den Fotos in der Hand zum Hotel gingen, sah Mark mich auf eine Weise an, die ich noch nie an ihm gesehen hatte. Sein Gesicht spiegelte die Grenzenlosigkeit des Universums. »Lass uns die nächsten Stunden schwänzen, Lea«, schlug er vor und küsste mich mit soviel Zartgefühl, dass ich spürte, wie mir die Tränen kamen.

Er schob mich von sich weg und sah mich an, als wolle er die Antwort auf seine Frage aus meinen Augen ablesen. »Hast du auch so eine Idee, *wir* sollten den Tag überraschen, bevor er es tut?«, spornte Mark mich an. Ich nickte heftig, obwohl ich keinen Moment darüber nachgedacht hatte. Ich hatte überhaupt nichts gedacht. Eine seltene Ausnahme. Doch jetzt, als Mark den Gedanken aussprach, kam er mir völlig logisch vor. »Was hältst du von einem 5-Gänge-Menü irgendwo in der Nähe? Als Auftakt zu etwas, dessen Fortgang wir beide nicht kennen.«

»Wenn wir den 6. Gang im *paradise* nehmen, bin ich einverstanden«, schlug ich frech vor. Mark küsste mich auf die Stirn und legte den Arm um mich und so schlenderten wir drauflos.

Später würde ich in unserem kleinen Hotel in Marks Armen liegen und wir würden uns zu den Klängen der Beatles lieben. Love is all you need. Ich schwelgte in Vorfreude. Doch dann stahl sich ein unliebsamer Gedanke in meine Freude. Was geschähe morgen, nächste Woche und nächstes Jahr?

»Kannst du dir vorstellen, dass das *paradise* unser Zuhause wird, Lea?« Mark war vor einer Ampel stehen geblieben und ich mit ihm. Er sah mich auffordernd an. »Unser Zuhause?«, wiederholte ich. Ich war mir nicht sicher, ob ich ihn richtig verstanden hatte. Wie konnte er diesen Satz nur gemeint haben? »Wir könnten uns dort treffen, wann immer es uns möglich ist«, schlug Mark vor und scheuchte dabei eine Fliege von meiner Nase, die mich ordentlich gekitzelt hatte. Stumm vor Staunen stand ich neben ihm. »Wie lange kannst du denn in deinem Körper bleiben?« Das war für mich die alles entscheidende Frage. »Jedes Mal solange, bis ich dich glücklich sehe. Reicht dir das? Und alles andere ist Schicksal, Lea.«

Weshalb dachte ich jetzt schon an Jahre, die irgendwann einmal auf mich zukämen, anstatt im Augenblick zu schwelgen? Das Glück stand an meiner Seite. Ich hatte es bereits erkannt und musste es nur noch würdigen. Damit wäre mein Part erledigt.

Die Ampel sprang auf grün. Ich sank in Marks Arme und küsste ihn, während uns Passanten kichernd, schimpfend, aber auch Worte der Zustimmung rufend, umrundeten. Während der Strom Menschen die Straße überquerte, presste ich meine Lippen auf Marks und spürte, wie sehr Liebe mich wärmte.

Das Glück fuhr in meinen Körper und richtete mich neu aus. Alles auf Start. »Das Schicksal klopft täglich neu bei jedem an«, sagte ich leichthin und machte mich von Mark los. »Und wenn ich mal keine Lust hab, geh ich einfach nicht zur Tür.«

»Ja, meine kluge Schöne«, erwiderte er lächelnd. »Genauso machst du es.« Sein Körper drängte sich erneut an meinen. Ich ergriff seine Hand und bevor die Ampel umschlug, schafften wir es auf die andere Straßenseite. »Love is all you need!«, begann Mark vor sich hinzusummen. Und ich stimmte laut mit ein.

ENDE

Danksagung

Ich danke dem Naturwissenschaftler Dr. Dieter Broers, der sich in einem Film und Interviews mit dem Thema ›Wohin steuert die Menschheit‹ auseinandersetzt und mir damit die Grundlage für verschiedene Thesen in meinem Roman gab.

Außerdem danke ich Dr. David Servan-Schreiber, der das Buch ›Die neue Medizin der Emotionen‹ geschrieben hat und sich unter anderem mit neurokognitven Wissenschaften auseinandersetzt. Sein Buch war mir eine große Hilfe, um ›Vom Himmel das Helle‹ zu schreiben.

Mein letzter Dank gilt dir, Claudia. Am Telefon hast du mir Mut gemacht, vielleicht weißt du es gar nicht mehr, ich jedenfalls habe es mir gemerkt. Es waren die richtigen Worte zur richtigen Zeit. Du bist die Vollmilchschokolade unter den Lektorinnen. Und wer weiß, wie sehr ich Schokolade liebe, der ahnt, was dieser Satz bedeutet.

*Weitere Romane finden Sie auf den
folgenden Seiten und im Internet:
www.gmeiner-verlag.de*

Unsere Lesermagazine
2 x jährlich das Neueste aus der Gmeiner-Bibliothek

DIN A6, 20 S., farbig   *10 x 18 cm, 16 S., farbig*   *24 x 35 cm, 20 S., farbig*

Alle Lesermagazine erhalten Sie in Ihrer Buchhandlung oder unter www.gmeiner-verlag.de.

GmeinerNewsletter
Neues aus der Welt der Gmeiner-Romane

Haben Sie schon unsere GmeinerNewsletter abonniert?

Monatlich erhalten Sie per E-Mail aktuelle Informationen aus der Welt der Krimis, der historischen Romane und der Frauenromane: Buchtipps, Berichte über Autoren und ihre Arbeit, Veranstaltungshinweise, neue Literaturseiten im Internet und interessante Neuigkeiten.

Die Anmeldung zu den GmeinerNewslettern ist ganz einfach. Direkt auf der Homepage des Gmeiner-Verlags (www.gmeiner-verlag.de) finden Sie das entsprechende Anmeldeformular.

Ihre Meinung ist gefragt!
Mitmachen und gewinnen

Wir möchten Ihnen mit unseren Romanen immer beste Unterhaltung bieten. Sie können uns dabei unterstützen, indem Sie uns Ihre Meinung zu den Gmeiner-Romanen sagen! Senden Sie eine E-Mail an gewinnspiel@gmeiner-verlag.de und teilen Sie uns mit, welches Buch Sie gelesen haben und wie es Ihnen gefallen hat. Alle Einsendungen nehmen automatisch am großen Jahresgewinnspiel mit attraktiven Buchpreisen teil.

Wir machen's spannend

Alle Gmeiner-Autoren und ihre Romane auf einen Blick

ANTHOLOGIEN: Mords-Sachsen 5 • Secret Service 2012 • Tod am Tegernsee • Drei Tagesritte vom Bodensee • Nichts ist so fein gesponnen • Zürich: Ausfahrt Mord • Mörderischer Erfindergeist • Secret Service 2011 • Tod am Starnberger See • Mords-Sachsen 4 • Sterbenslust • Tödliche Wasser • Gefährliche Nachbarn • Mords-Sachsen 3 • Tatort Ammersee • Campusmord • Mords-Sachsen 2 • Tod am Bodensee • Mords-Sachsen 1 • Grenzfälle • Spekulatius **ABE, REBECCA:** Im Labyrinth der Fugger **ARTMEIER, HILDEGUNDE:** Feuerross • Drachenfrau **BÄHR, MARTIN:** Moser und der Tote vom Tunnel **BAUER, HERMANN:** Philosophenpunsch • Verschwörungsmelange • Karambolage • Fernwehträume **BAUM, BEATE:** Weltverloren • Ruchlos • Häuserkampf **BAUMANN, MANFRED:** Wasserspiele • Jedermanntod **BECK, SINJE:** Totenklang • Duftspur • Einzelkämpfer **BECKER, OLIVER:** Die Sehnsucht der Krähentochter • Das Geheimnis der Krähentochter **BECKMANN, HERBERT:** Die Nacht von Berlin • Mark Twain unter den Linden • Die indiskreten Briefe des Giacomo Casanova **BEINSSEN, JAN:** Todesfrauen • Goldfrauen • Feuerfrauen **BLANKENBURG, ELKE MASCHA** Tastenfieber und Liebeslust **BLATTER, ULRIKE:** Vogelfrau **BODENMANN, MONA:** Mondmilchgubel **BÖCKER, BÄRBEL:** Mit 50 hat man noch Träume • Henkersmahl **BOENKE, MICHAEL:** Riedripp • Gott'sacker **BOMM, MANFRED:** Mundtot • Blutsauger • Kurzschluss • Glasklar • Notbremse • Schattennetz • Beweislast • Schusslinie • Mordloch • Trugschluss • Irrflug • Himmelsfelsen **BONN, SUSANNE:** Die Schule der Spielleute **BOSETZKY, HORST (-KY):** Der Fall des Dichters • Promijagd • Unterm Kirschbaum **BRENNER, WOLFGANG:** Alleingang **BRÖMME, BETTINA:** Weißwurst für Elfen **BÜHRIG, DIETER:** Schattenmenagerie • Der Klang der Erde • Schattengold **BÜRKL, ANNI:** Narrentanz • Ausgetanzt • Schwarztee **BUTTLER, MONIKA:** Abendfrieden • Herzraub **CLAUSEN, ANKE:** Dinnerparty • Ostseegrab **CRÖNERT, CLAUDIUS:** Das Kreuz der Hugenotten **DANZ, ELLA:** Geschmacksverwirrung • Ballaststoff • Schatz, schmeckt's dir nicht? • Rosenwahn • Kochwut • Nebelschleier • Steilufer • Osterfeuer **DIECHLER, GABRIELE:** Vom Himmel das Helle • Glutnester • Glaub mir, es muss Liebe sein • Engpass **DOLL, HENRY:** Neckarhaie **DÜNSCHEDE, SANDRA:** Nordfeuer • Todeswatt • Friesenrache • Solomord • Nordmord • Deichgrab **EMME, PIERRE:** Zwanzig/11 • Diamantenschmaus • Pizza Letale • Pasta Mortale • Schneenockerleklat • Florentinerpakt • Ballsaison • Tortenkomplott • Killerspiele • Würstelmassaker • Heurigenpassion • Schnitzelfarce • Pastetenlust **ERFMEYER, KLAUS:** Drahtzieher • Irrliebe • Endstadium • Tribunal • Geldmarie • Todeserklärung • Karrieresprung **ERWIN, BIRGIT / BUCHHORN, ULRICH:** Die Reliquie von Buchhorn • Die Gauklerin von Buchhorn • Die Herren von Buchhorn **FEIFAR, OSKAR:** Dorftratsch **FINK, SABINE:** Kainszeichen **FOHL, DAGMAR:** Der Duft von Bittermandel • Die Insel der Witwen • Das Mädchen und sein Henker **FRANZINGER, BERND:** Familiengrab • Zehnkampf • Leidenstour • Kindspech • Jammerhalde • Bombenstimmung • Wolfsfalle • Dinotod • Ohnmacht • Goldrausch • Pilzsaison **GARDEIN, UWE:** Das Mysterium des Himmels • Die Stunde des Königs

GMEINER
Wir machen's spannend

Alle Gmeiner-Autoren und ihre Romane auf einen Blick

GARDENER, EVA B.: Lebenshunger **GEISLER, KURT**: Friesenschnee • Bädersterben **GERWIEN, MICHAEL**: Isarbrodeln • Alpengrollen **GIBERT, MATTHIAS P.**: Menschenopfer • Zeitbombe • Rechtsdruck • Schmuddelkinder • Bullenhitze • Eiszeit • Zirkusluft • Kammerflimmern • Nervenflattern **GOLDAMMER, FRANK**: Abstauber **GÖRLICH, HARALD**: Kellerkind und Kaiserkrone **GORA, AXEL**: Die Versuchung des Elias • Das Duell der Astronomen **GRAF, EDI**: Bombenspiel • Leopardenjagd • Elefantengold • Löwenriss • Nashornfieber **GUDE, CHRISTIAN**: Kontrollverlust • Homunculus • Binärcode • Mosquito **HÄHNER, MARGIT**: Spielball der Götter **HAENNI, STEFAN**: Scherbenhaufen • Brahmsrösi • Narrentod **HAUG, GUNTER**: Gössenjagd • Hüttenzauber • Tauberschwarz • Höllenfahrt • Sturmwarnung • Riffhaie • Tiefenrausch **HEIM, UTA-MARIA**: Feierabend • Totenkuss • Wespennest • Das Rattenprinzip • Totschweigen • Dreckskind **HENSCHEL, REGINE C.**: Fünf sind keiner zu viel **HERELD, PETER**: Die Braut des Silberfinders • Das Geheimnis des Goldmachers **HOHLFELD, KERSTIN**: Glückskekssommer **HUNOLD-REIME, SIGRID**: Die Pension am Deich • Janssenhaus • Schattenmorellen • Frühstückspension **IMBSWEILER, MARCUS**: Schlossblick • Die Erstürmung des Himmels • Butenschön • Altstadtfest • Schlussakt • Bergfriedhof **JOSWIG, VOLKMAR / MELLE, HENNING VON**: Stahlhart **KARNANI, FRITJOF**: Notlandung • Turnaround • Takeover **KAST-RIEDLINGER, ANNETTE**: Liebling, ich kann auch anders **KEISER, GABRIELE**: Engelskraut • Gartenschläfer • Apollofalter **KEISER, GABRIELE / POLIFKA, WOLFGANG**: Puppenjäger **KELLER, STEFAN**: Totenkarneval • Kölner Kreuzigung **KINKOFER, LOTTE / BAHR, ANKE**: Hermann für Frau Mann **KLAUSNER, UWE**: Engel der Rache • Kennedy-Syndrom • Bernstein-Connection • Die Bräute des Satans • Odessa-Komplott • Pilger des Zorns • Walhalla-Code • Die Kiliansverschwörung • Die Pforten der Hölle **KLEWE, SABINE**: Die schwarzseidene Dame • Blutsonne • Wintermärchen • Kinderspiel • Schattenriss **KLIKOVITS, PETRA M.**: Vollmondstrand **KLUGMANN, NORBERT**: Die Adler von Lübeck • Die Tochter des Salzhändlers • Schlüsselgewalt • Rebenblut **KOBJOLKE, JULIANE**: Tausche Brautschuh gegen Flossen **KÖSTERING, BERND**: Goetheglut • Goetheruh **KOHL, ERWIN**: Flatline • Grabtanz • Zugzwang **KOPPITZ, RAINER C.**: Machtrausch **KRAMER, VERONIKA**: Todesgeheimnis • Rachesommer **KREUZER, FRANZ**: Waldsterben **KRONECK, ULRIKE**: Das Frauenkomplott **KRONENBERG, SUSANNE**: Kunstgriff • Rheingrund • Weinrache • Kultopfer • Flammenpferd **KRUG, MICHAEL**: Bahnhofsmission **KRUSE, MARGIT**: Eisaugen **KURELLA, FRANK**: Der Kodex des Bösen • Das Pergament des Todes **LADNAR, ULRIKE**: Wiener Herzblut **LASCAUX, PAUL**: Mordswein • Gnadenbrot • Feuerwasser • Wursthimmel • Salztränen **LEBEK, HANS**: Todesschläger **LEHMKUHL, KURT**: Kardinalspoker • Dreiländermord • Nürburghölle • Raffgier **LEIMBACH, ALIDA**: Wintergruft **LEIX, BERND**: Fächergrün • Fächertraum • Waldstadt • Hackschnitzel • Zuckerblut • Bucheckern **LETSCHE, JULIAN**: Auf der Walz **LICHT, EMILIA**: Hotel Blaues Wunder **LIEBSCH, SONJA / MESTROVIC, NIVES**: Muttertier @n Rabenmutter **LIFKA, RICHARD**: Sonnenkönig **LOIBELSBERGER, GERHARD**: Mord und Brand • Reigen des Todes • Die

Alle Gmeiner-Autoren und ihre Romane auf einen Blick

Naschmarkt-Morde **MADER, RAIMUND A.**: Schindlerjüdin • Glasberg **MARION WEISS, ELKE**: Triangel **MAXIAN, JEFF / WEIDINGER, ERICH**: Mords-Zillertal **MISKO, MONA**: Winzertochter • Kindsblut **MORF, ISABEL**: Satzfetzen • Schrottreif **MOTHWURF, ONO**: Werbevoodoo • Taubendreck **MUCHA, MARTIN**: Seelenschacher • Papierkrieg **NAUMANN, STEPHAN**: Das Werk der Bücher **NEEB, URSULA**: Madame empfängt **NEUREITER, SIGRID**: Burgfrieden **ÖHRI, ARMIN / TSCHIRKY, VANESSA**: Sinfonie des Todes **OSWALD, SUSANNE**: Liebe wie gemalt **OTT, PAUL**: Bodensee-Blues **PARADEISER, PETER**: Himmelreich und Höllental **PARK, KAROLIN**: Stilettoholic **PELTE, REINHARD**: Abgestürzt • Inselbeichte • Kielwasser • Inselkoller **PFLUG, HARALD**: Tschoklet **PITTLER, ANDREAS**: Mischpoche **PORATH, SILKE / BRAUN, ANDREAS**: Klostergeist **PORATH, SILKE**: Nicht ohne meinen Mops **PUHLFÜRST, CLAUDIA**: Dunkelhaft • Eiseskälte • Leichenstarre **PUNDT, HARDY**: Bugschuss • Friesenwut • Deichbruch **PUSCHMANN, DOROTHEA**: Zwickmühle **RATH, CHRISTINE**: Butterblumenträume **ROSSBACHER, CLAUDIA**: Steirerherz • Steirerblut **RUSCH, HANS-JÜRGEN**: Neptunopfer • Gegenwende **SCHAEWEN, OLIVER VON**: Räuberblut • Schillerhöhe **SCHMID, CLAUDIA**: Die brennenden Lettern **SCHMÖE, FRIEDERIKE**: Rosenfolter • Lasst uns froh und grausig sein • Wasdunkelbleibt • Wernievergibt • Wieweitdugehst • Bisduvergisst • Fliehganzleis • Schweigfeinstill • Spinnefeind • Pfeilgift • Januskopf • Schockstarre • Käfersterben • Fratzenmond • Kirchweihmord • Maskenspiel **SCHNEIDER, BERNWARD**: Todeseis • Flammenteufel • Spittelmarkt **SCHNEIDER, HARALD**: Blutbahn • Räuberbier • Wassergeld • Erfindergeist • Schwarzkittel • Ernteopfer **SCHNYDER, MARIJKE**: Stollengeflüster • Matrjoschka-Jagd **SCHÖTTLE, RUPERT**: Damenschneider **SCHRÖDER, ANGELIKA**: Mordsgier • Mordswut • Mordsliebe **SCHÜTZ, ERICH**: Doktormacher-Mafia • Bombenbrut • Judengold **SCHUKER, KLAUS**: Brudernacht **SCHWAB, ELKE**: Angstfalle • Großeinsatz **SCHWARZ, MAREN**: Treibgut • Zwiespalt • Maienfrost • Dämonenspiel • Grabeskälte **SENF, JOCHEN**: Kindswut • Knochenspiel • Nichtwisser **SKALECKI, LILIANE / RIST, BIGGI**: Schwanensterben **SPATZ, WILLIBALD**: Alpenkasper • Alpenlust • Alpendöner **STAMMKÖTTER, ANDREAS**: Messewalzer **STEINHAUER, FRANZISKA**: Sturm über Branitz • Spielwiese • Gurkensaat • Wortlos • Menschenfänger • Narrenspiel • Seelenqual • Racheakt **STRENG, WILDIS**: Ohrenzeugen **SYLVESTER, CHRISTINE**: Sachsen-Sushi **SZRAMA, BETTINA**: Die Hure und der Meisterdieb • Die Konkubine des Mörders • Die Giftmischerin **THIEL, SEBASTIAN**: Wunderwaffe • Die Hexe vom Niederrhein **THADEWALDT, ASTRID / BAUER, CARSTEN**: Blutblume • Kreuzkönig **THÖMMES, GÜNTHER**: Malz und Totschlag • Der Fluch des Bierzauberers • Das Erbe des Bierzauberers • Der Bierzauberer **TRAMITZ, CHRISTIANE**: Himmelsspitz **TRINKAUS, SABINE**: Schnapsleiche **ULLRICH, SONJA**: Fummelbunker • Teppichporsche **WARK, PETER**: Epizentrum • Ballonglühen **WERNLI, TAMARA**: Blind Date mit Folgen **WICKENHÄUSER, RUBEN PHILLIP**: Die Magie des Falken • Die Seele des Wolfes **WILKENLOH, WIMMER**: Eidernebel • Poppenspäl • Feuermal • Hätschelkind **WÖLM, DIETER**: Mainfall **WOLF, OLIVER**: Netzkiller **WUCHERER, BERNHARD**: Die Pestspur **WYSS, VERENA**: Blutrunen • Todesformel

Wir machen's spannend